Renegat. Atlas. Tom 2

J.N. Chaney

Renegat. Atlas.

Tom 2

Tłumaczenie Monika Wiśniewska

Podium

Renegat. Atlas. Tom 2

Tłumaczenie Monika Wisniewska

Tytuł oryginału *Renegade Atlas*

Język oryginału angielski

Zdjecie na okładce: Shutterstock
Copyright © 2017, 2022 J.N. Chaney i SAGA Egmont

Wszystkie prawa zastrzeżone

ISBN: 978-1-0394-6026-3

Wydanie I

www.podiumentertainment.com

Dla Ashley,
*   irytującej siostry*
*   i fantastycznej przyjaciółki*

1

– Do diaska – mruknąłem, wypuszczając z rąk kubek z kawą. Wyglądałem właśnie przez okno placówki medycznej na planecie Paragon III. Czarny parujący płyn opryskał mi spodnie i szybko odskoczyłem. – Cholera! Cholera!

Zirytowała mnie własna niezdarność. Po krótkiej chwili raz jeszcze zerknąłem na rozgrywające się na szpitalnym dziedzińcu widowisko. Z dwóch statków transportowych – sarkonijskich, sądząc po złotych i czerwonych barwach – wysypało się dwudziestu uzbrojonych żołnierzy w egzoszkieletach.

Niewiele czasu spędzałem tak blisko przestrzeni sarkonijskiej, więc tylko kilka razy miałem okazję widzieć ich uzbrojenie, ale za każdym razem potwierdzało to moją dotychczasową wiedzę: należy unikać tych sukinsynów za wszelką cenę.

– Czy mam się przygotować do odlotu? – zapytał mnie głos w uchu. To był Sigmond, sztuczna inteligencja mojego statku. – Wygląda na to, że będzie pan miał niechciane towarzystwo.

– Możliwe, że to dobry pomysł – odparłem.

– Doskonale, proszę pana.

Odwróciwszy się, puściłem się biegiem przez korytarz, sprzątnięcie kałuży kawy zostawiając dla kogoś innego.

W mijanych przeze mnie salach pacjenci i pielęgniarki tłoczyli się przy oknach, przyglądając się małej armii, która zaraz miała szturmować budynek. Zastanawiałem się, czy taki widok to dla nich coś normalnego. Zapuściliśmy się daleko na Martwoziemie, więc niewykluczone.

Skręciwszy, w trzecich drzwiach dostrzegłem Freddiego. Gdy nasze spojrzenia się spotkały, już wiedziałem, co zamierza powiedzieć.

– Kapitanie, co się dzieje?

– Wygląda mi to na sarkonijskie wojsko – odparłem, podchodząc do drzwi.

Na szpitalnym łóżku siedziała Octavia. Przebywała tu od niemal dwóch dni i dzięki zespołowi chirurgów i komorze inkubacyjnej czuła się już znacznie lepiej. Kiedy ją tu przywiozłem, lekarze wątpili, czy wydobrzeje, udowodniła jednak, że nie mieli racji.

– Kapitanie, musimy opuścić szpital? – zapytała.

– Jeszcze nie wiem.

Obok niej siedział Hitchens i trzymał małe wiaderko z lodem.

– Święci pańscy! Nie możemy jej stąd jeszcze zabrać. Musi odpoczywać!

Wciągnąłem Freddiego do środka i zamknąłem drzwi, a następnie podszedłem do okna, aby zaciągnąć zasłony.

– Odpoczynek to luksus, na który nas nie stać, doktorku.

– Wiemy, dlaczego się tu zjawili? – zapytała Octavia.

Nim zdążyłem udzielić odpowiedzi, ze szpitalnych głośników dobiegł dudniący głos:

– Uwaga, unijni zbiedzy! Wiemy, że tu jesteście! Poddajcie się, w przeciwnym razie zaatakujemy z pełną siłą!

Spojrzałem na Octavię.

– Masz już odpowiedź na swoje pytanie?

– Jasna cholera – mruknęła, próbując się wyprostować. – Czyli to by było na tyle, jeśli chodzi o wakacje.

Spomiędzy szafy i drzwi prowadzących do łazienki wyciągnąłem wózek inwalidzki, po czym jednym ruchem ręki go rozłożyłem.

– Ze mną nie ma czasu na wakacje – rzuciłem i pchnąłem go w stronę łóżka.

Podałem jej rękę. Przytrzymując się jej, Octavia dźwignęła się z łóżka.

– Masz rację. Po co odpoczywać, skoro znowu mogę zostać postrzelona? – Z głuchym odgłosem wylądowała na wózku.

– I o to chodzi – uśmiechnąłem się krzywo.

Szybko wyszliśmy na korytarz. Ja prowadziłem, pchając wózek.

– Dokąd idziemy? – zapytał Hitchens.

– Na statek – rzuciłem przez ramię. – A gdzieżby indziej?

Na końcu korytarza pojawiło się dwóch sarkonijskich żołnierzy.

– Jak pan zamierza obejść strażników? – zainteresował się Hitchens.

Opancerzeni mężczyźni na nasz widok unieśli broń.

– Ruchy! – warknąłem, wbiegając do najbliższego pomieszczenia.

Na korytarzu rozległy się strzały. Wyciągnąłem pistolet i z plecami przyklejonymi do ściany odpowiedziałem na ogień trzema seriami. Kule chybiły i Sarkonianie ponownie wystrzelili, zmuszając mnie do wycofania się.

– Siggy, powiedz Abigail, że trochę nam zejdzie.

– Poinformuję ją o opóźnieniu, proszę pana – odparła AI.

– Uwaga, uciekinierzy! – zawołał jeden z żołnierzy. – Poddajcie się! Nie uda wam się uciec!

Nachyliłem się i zerknąłem przez szparę w drzwiach. Dostrzegłem jednego z nich. Przypuszczałem, że w szparze zmieści się kula.

Przyłożyłem do niej pistolet, wycelowałem, a potem…

Framuga drewnianych drzwi eksplodowała, kiedy z mojej broni wystrzeliła seria. Trafiła żołnierza, odrywając mu żuchwę od czaszki. Obrócił się w miejscu, po czym padł na ziemię.

Natychmiast wychynąłem na korytarz i zobaczyłem drugiego mężczyznę, który odwrócił się właśnie, aby spojrzeć na nieżywego kolegę.

Szybko pociągnąłem za spust i oddałem dwa strzały. Jeden w głowę, drugi w klatkę piersiową.

Biedak zginął, nim zdążył zareagować.

Olivia wyjechała wózkiem na korytarz.

– Ale bałagan – stwierdziła, kiedy znowu zaczęliśmy iść.

– Następnym razem wolałabyś łagodniejsze podejście? – zapytałem, zaciskając dłonie na uchwytach wózka.

– Zatrzymaj się! – rzuciła, gdy zbliżyliśmy się do zwłok.

– Co się stało? – zapytałem.

Octavia wskazała na jeden z karabinów.

– Daj go tutaj, Jace.

Podniosłem go i rzuciłem w jej stronę.

Chwyciła broń obiema dłońmi.

– Tak sobie myślę, że skoro pchasz, to nie możesz celować, więc równie dobrze mogę wziąć sprawy w swoje ręce.

– Dobrze myślisz – pochwaliłem i podałem drugi karabin Freddiemu, który wziął go ode mnie z pewnym wahaniem.

Gdy ruszyliśmy, na końcu korytarza pojawili się kolejni Sarkonianie. Octavia wystrzeliła serię – jeden żołnierz dostał w szyję.

Puściłem wózek, dobyłem swojej broni i oddałem kilka strzałów. Gdy trafiłem drugiego w głowę, kula przeleciała mi koło ucha.

– Ja pierdolę! – warknąłem. Buzowała we mnie adrenalina.

– Mówiłam? – uśmiechnęła się Octavia.

Wyszczerzyłem się.

– Nieźle jak na kalekę.

Spojrzała na mnie z ukosa.

– Ostrożnie, kapitanie, inaczej będziesz następny.

Biegliśmy na tyle szybko, na ile pozwalał nam wózek, zatrzymaliśmy się jednak, kiedy zbliżyliśmy się do podwójnych drzwi prowadzących do zewnętrznego holu. Oba skrzydła były przeszklone.

Gestem pokazałem pozostałym, aby się nie ruszali. Zerknąłem szybko przez szybę i dostrzegłem trzy pary żołnierzy.

– Wygląda na to, że jest tam połowa ich oddziału.

– Co robimy? – zapytał Freddie z lekkim drżeniem w głosie.

– A jak myślisz? – Obejrzałem się na niego. – Nie będziemy tu siedzieć jak jacyś inwalidzi. – Spojrzałem na Octavię. – Bez urazy.

Posłała mi krzywe spojrzenie.

– Wyznacz mi cel i zejdź z drogi.

– Ktoś się pali do zabijania. Okej, Hitchens, ty pilnujesz wózka. Kiedy stąd wyjdę…

– Czyli zamierza pan wbiec do tamtego pomieszczenia? – zapytał Freddie.

– Aha, a wy zostaniecie tutaj.

– Nie uda się to panu w pojedynkę, kapitanie – rzucił ostrzegawczo.

– Owszem. Jeśli nie będziesz mi przerywał, to wszystkiego się dowiesz.

Przełknął ślinę, po czym kiwnął głową.

– Róbcie, co mówię, a wydostaniemy się stąd. No dobra, Hitchens, masz pchnąć wózek na tyle, aby drzwi się uchyliły, a Olivia miała dobry widok. Tylko nie za daleko. Rozumie mnie pan?

– Czy… to jest bezpieczne?

Octavia ujęła jego dłoń.

– W porządku, doktorze. Proszę zrobić to, co on mówi.

Hitchens wziął głęboki oddech.

– Dobrze, skoro uważasz, że to dobry pomysł, Octavio.

– A ty, Freddie – kontynuowałem – będziesz strzegł tyłu. Nie pozwól, aby ktoś strzelił nam w dupsko. Słyszysz?

– Nie idę z panem? – zapytał.

– Ktoś musi pilnować tyłów. Tym kimś będziesz ty, chłopcze. I niech bogowie mnie mają w swojej opiece, ale nie zamierzam zginąć od kuli w tyłek, jasne?

Przytaknął.

– Nie zawiodę pana, kapitanie.

Odwróciłem się i uniosłem pistolet.

– To dobrze, Freddie, bo moja historia w żadnym razie nie dobiega końca.

2

– Zatrzymaj…

Moja kula trafiła sarkonijskiego żołnierza w szyję, nim ten zdążył dokończyć zdanie.

Jego partner odwrócił się w moją stronę, kiedy już biegłem na drugi koniec pomieszczenia, lawirując między pozostałą piątką żołnierzy. W panice odbezpieczył karabin. W ślad za mną pomknęły jego pociski, trafiając w ścianę i, ku mojej radości, w jednego z jego kolegów.

Biedaczysko nie wiedział nawet, co go trafiło.

Dotarłem do kolejnych drzwi i dałem w nie nura. Otworzyły się i walnęły o ściany, po czym powróciły do tyłu.

Obróciłem się na plecy, wycelowałem w drzwi wahadłowe i oddawałem strzał za każdym razem, kiedy się otwierały.

W czasie, kiedy uwaga Sarkonian skupiła się na mnie, uzbrojona w karabin Octavia wjechała do pomieszczenia i otworzyła ogień.

Pierwszego trafiła w sam środek pleców. Klatka piersiowa eksplodowała mu, kiedy przeszyła ją kula, wyrzucając w powietrze odłamki kości. Padł martwy na twarz.

Jeden z żołnierzy dobiegł do drzwi, przytrzymał je otwarte, po czym wymierzył prosto w moją głowę. Ja zrobiłem to samo w stosunku do niego, lecz zanim jeden z nas zdążył załadować serię w czaszkę tego drugiego, Sarkonianina załatwiła kobieta na wózku.

Krew opryskała mi spodnie i szybko się cofnąłem.

Pozostali żołnierze skupili się na Octavii, tyle że Hitchens zdążył już ją wycofać na korytarz. Skorzystałem z okazji, aby podnieść się z ziemi.

Według moich wyliczeń zostało jeszcze dwóch.

– Odejdźcie, a was nie zabijemy! – wrzasnąłem i przykleiłem się plecami do ściany tuż za drzwiami.

– J-już tu idą posiłki! Poddajcie się, a nie zostaniecie…

Nim zdążył dokończyć, rozległy się dwa głośne strzały, a po nich dźwięk brzmiący jak ciała padające na ziemię. Spojrzałem w stronę korytarza, ale reszta pozostawała w ukryciu.

– Co to, u licha, było? – zapytałem.

– Możecie już wyjść! – zawołał znajomy głos.

– Abigail? – Pchnąłem drzwi i wszedłem do pomieszczenia.

Za dwoma świeżymi trupami stała Abigail z dużym karabinem w ręce.

– Pomyślałam, że przyda wam się pomoc.

Z korytarza przybiegł Freddie.

– Siostro Abigail!

Tuż za nimi pojawili się Hitchens i Octavia.

– Święci pańscy! – wykrzyknął doktor, omiatając spojrzeniem wszystkie ciała i gromadzącą się wokół nich krew. – To wygląda jak strefa działań wojennych!

– Bo tym jest – zapewniłem go, po czym spojrzałem na Abigail. – Dlaczego nie jesteś na statku? Gdzie Lex?

– Ze mną, proszę pana – odezwał się Sigmond. – Proszę się nie obawiać, zamknąłem Gwiazdę do czasu, aż wrócicie.

– Miałem wszystko pod kontrolą – rzuciłem do byłej mniszki, gdy do niej podszedłem.

– Z pewnością – odparła. – Ale gonił nas czas, bo zmierza tu cała armia.

– Armia? – zapytał Hitchens.

Kiwnąłem głową.

– Ona ma rację. Na pewno przyślą więcej statków. Musimy się zmywać, i to szybko.

– Rozumiemy – zapewniła Octavia.

Popędziliśmy na koniec budynku, w stronę piątej platformy, gdzie czekała Gwiazda.

Śluza była zapieczętowana, lecz Siggy otworzył ją, gdy tylko statek ukazał się naszym oczom.

– Czekam na rozkazy – powiedział, kiedy znaleźliśmy się na pokładzie.

– Zabierz nas na orbitę i aktywuj pelerynę – oświadczyłem, biegnąc do kokpitu.

W saloniku dostrzegłem Lex. Grała w jakąś grę. Coś edukacyjnego z cyferkami.

– Dzień dobry, panie Hughes!

– Hej, mała – rzuciłem, mijając ją szybko.

Chwilę później siedziałem już na swoim fotelu i patrzyłem przez przednie okienko statku, a w tym czasie silniki buczały. Zbuntowana Gwiazda oderwała się od platformy, na chwilę zawisła nieruchomo, po czym ruszyła przed siebie.

Wznieśliśmy się i przez ogromny otwór w zatoce poszybowaliśmy w stronę okolicznych chmur.

– Wychwytuję ruch w okolicy Punktu Wylotu Slipspace – powiedział Sigmond.

– Kolejne sarkonijskie statki? – zapytałem.

– Wprost przeciwnie, proszę pana, wygląda mi to na…

– Uwaga, statku renegacki – przerwał mi chrapliwy głos dochodzący z głośników. – Z tej strony generał Marcus Brigham z unijnego statku Galaktyczny Świt. Wzywam statek identyfikujący się jako Zbuntowana Gwiazda. Proszę o odpowiedź, w przeciwnym razie będziecie mieć do czynienia ze zmasowanym atakiem.

– Pierdol się – warknąłem. – Siggy, odetnij głośniki i zabierz nas stąd.

– Już się robi, proszę pana.

Gdy przedarliśmy się przez atmosferę planety, Sigmond aktywował tunel Slipspace. Galaktyczny Świt co prawda zmierzał w naszą stronę, nim tu jednak dotrze, my już będziemy daleko stąd.

– Wchodzimy do Slipspace – oznajmił Sigmond, tym razem przez system głośników zainstalowany na statku. – Proszę o nieopuszczanie swoich miejsc.

Czarna otchłań zwykłej przestrzeni szybko ustąpiła miejsca szmaragdowemu wirowi. Wzdłuż ścian tunelu połyskiwały żółte iskry, gdy szczelina zamknęła się za nami, oddzielając nas od pościgu.

– Ten Brigham już po raz drugi nas namierzył – rzekłem. – Sarkonianie musieli wysłać wiadomość przed naszą ucieczką.

– To mało prawdopodobne – stwierdził Sigmond.

– Och? Masz inną teorię?

– Galaktyczny Świt opuścił Slipspace wtedy, kiedy my dokonaliśmy ucieczki, krótko po tym, jak statki Sarkonian wylądowały pod szpitalem.

– No i?

– Między czasem, kiedy Sarkonianie wylądowali, a tym, kiedy unijny statek opuścił tunel, minęło tylko czternaście minut. Najbliższy Punkt Wylotu, z którego skorzystano, znajduje się jakieś trzydzieści minut dalej.

– Co chcesz powiedzieć, Siggy?

– Że matematyka sugeruje, że byli już w trasie, kiedy sarkonijski statek wylądował na planecie.

– Myślisz, że dali im znać, kiedy znajdowali się na orbicie?

– Możliwe, ale czujniki Gwiazdy wychwyciły Sarkonian dopiero niedawno, dosłownie kilka chwil przez ich przylotem.

– Czyli Unia wiedziała, że tu jesteśmy, zanim jeszcze pojawili się Sarkonianie?

– Na to wygląda, proszę pana, ale pewności mieć nie mogę. Nie bez dodatkowych danych.

Zerknąłem na przytwierdzoną do deski rozdzielczej figurkę Foxy Stardust. Głowa jeszcze jej się kołysała od startu.

– Cóż, spróbuj uzyskać te dane. Zajrzę teraz do reszty załogi.

Odpiąłem pasy i wstałem. Jeszcze zanim otworzyłem drzwi, dobiegły mnie głosy.

– … trzeba zawieźć Octavię do innego szpitala. – To Freddie.

– Najpierw musimy mieć pewność, że jesteśmy bezpieczni – odezwała się Abigail.

– A co, jeśli potrzebne jej dalsze leczenie? – zapytał Hitchens, stojący obok wózka swojej asystentki.

Lex też tam była i przysłuchiwała się pozostałym. Na mój widok uśmiechnęła się, po czym podbiegła do mnie.

– Pani Hughes!

– Hej, mała.

– Możemy lecieć w jakieś fajne miejsce? Mam dość bycia na statku.

– Chciałbym – odparłem i poklepałem ją po głowie. – Przy odrobinie szczęścia niedługo znowu wylądujemy.

Ściągnęła brwi.

– Coś ci jednak powiem – dodałem. – Daj mi dziesięć minut, a przyniosę ci trochę suszonego mięsa i sera.

Na myśl o jedzeniu rozbłysły jej oczy.

– Mogę, eee, mogę dostać trochę zupy pomidorowej?

– Pewnie, mała.

Minąłem ją i podszedłem do pozostałych.

– Po prostu nie… – Freddie urwał, kiedy mnie zobaczył. – Kapitanie Hughes, wszystko już dobrze? Statek nie ucierpiał?

– Wiedzielibyście, gdyby tak się stało – odparłem.

– Co z tamtym statkiem Unii? – chciała wiedzieć Abigail.

– To znaczy? – zapytałem.

– Ściga nas? Jesteśmy bezpieczni?

– Dowiemy się tego dopiero po dotarciu do kolejnego Punktu Wylotu. – Spojrzałem na Octavię. – A ty?

– Ja?

– Trzymasz się jakoś?

– Nie mam czucia w nogach. Jak ci się wydaje?

– Skoro stać cię na sarkazm, to nie może być aż tak źle.

– Punkt dla ciebie – stwierdziła.

– Jeśli chodzi o plan, to będziemy się trzymać mapy – kontynuowałem. – Według atlasu znalezionego w jaskini mamy zmierzać właśnie w tę stronę. Pozostaniemy na kursie i będziemy myśleć o nagrodzie.

– Zachowujesz się tak, jakby to była łatwizna – powiedziała Abigail. – Jakbyśmy próbowali wygrać coś z automatu z zabawkami.

– A od kiedy jest to proste? – zapytałem.

– Nie wiem, ale przypuszczam, że w porównaniu z ratowaniem własnej skóry nie jest aż takie trudne.

– Pamiętaj, że mam statek wyposażony w pelerynę.

– Myślisz, że to wystarczy?

– Zaufaj mi. Kiedy wylecimy z tego tunelu, ukryjemy się i poczekamy na właściwy moment. Nikt nie będzie wiedział, dokąd polecieliśmy, a nawet jeśli komuś uda się to rozgryźć, my się dosłownie rozpłyniemy.

3

Trzymając nogi na biurku, odchyliłem się na krześle, bawiąc się złotym zegarkiem od Abigail. Wygrawerowano na nim planetę, którą mniszka nazywała Ziemią. Nie wiedziałem czy wierzę w ten mit, ale zegarek i tak mi się podobał. Podarowała mi go, żywiąc przekonanie, że więcej się nie zobaczymy.

To było, zanim zaczęliśmy razem uciekać. Teraz wszyscy byliśmy członkami załogi, a czekająca nas droga była pełna nieznanych możliwości.

Terytorium przed nami należało w większości do Sarkonian, lecz jego granice pozostawały płynne. Z tego, co mi było wiadomo, zdążyliśmy już je przekroczyć. Ci dranie uwielbiali przywłaszczać sobie układy, które leżały w sporej odległości od ich przestrzeni.

Ale wszechświat to ogromny twór, a oni mogli dokonywać ekspansji w najprzeróżniejszych kierunkach. Jeśli pozostaniemy na tym kursie, w ciągu kilku dni przetniemy ich przestrzeń. Z aktywowaną peleryną byłoby nam łatwiej.

Z myśli wyrwało mnie ciche pukanie do drzwi. Opuściłem nogi i schowałem zegarek.

– Kto tam? – zapytałem.

– Fred. Ma pan chwilę?

– Nie – odparłem. – Jestem zajęty oglądaniem holo. Słyszałeś o *Lubieżnych grzechach sarkonijskiej żony*?

Cisza.

– Och, ja, eee, nie…

Wcisnąłem guzik otwierający drzwi i rozsunęły się. Za nimi stał zmieszany Freddie.

– O co chodzi?

– P-pan rzeczywiście to ogląda?

– Będę, jeśli tylko się pospieszysz – burknąłem.

– Ja… – Zawahał się i zaczerpnął powietrza. – Mam do pana małą prośbę.

– A konkretnie? Musisz z kimś pogadać? Sugeruję, abyś poszedł z tym do Hitchensa. We mnie raczej nie znajdziesz nic ojcowskiego.

– Chcę, aby nauczył mnie pan strzelać.

Słowa te zawisły na chwilę w powietrzu, zaskakując mnie.

– Co ty powiedziałeś?

Chłopak odchrząknął.

– Proszę posłuchać, kapitanie, nie jestem głupi. Wiem, że kazał mi pan trzymać się z tyłu, bo podczas walki jestem bezużyteczny.

Nie mylił się. Biedak nie miał w tej dziedzinie praktycznie żadnego doświadczenia. Gotów byłem pójść o zakład, że gdybym dał mu karabin i wyznaczył cel, nie trafiłby nawet w ścianę Gwiazdy.

– Nie wiem, czy mam czas na tego rodzaju rzeczy.

– Proszę, kapitanie. – Spojrzał na mnie błagalnie. – Nie chcę stać z boku, podczas gdy pozostali walczą za mnie.

Nazwijcie mnie frajerem, ale żal mi się zrobiło chłopaka. Nie został wychowany tak, jak ja. Nie dorastał na ulicy i jako dziewięciolatek nie wdawał się w bójki z nożem w ręce.

– Czy zanim dołączyłeś do tamtej sekty, musiałeś kiedyś użyć broni, Freddie?

– Raz czy dwa – odparł z wahaniem.

– Musiałeś kogoś zabić?

Pokręcił głową.

– To może być problem. Chyba nie mam czasu, aby pozbawić cię tej części ciebie.

– Jakiej części? – zapytał.

Dźgnąłem go w klatkę piersiową.

– *Tej*. No wiesz, tego czegoś w środku, co każe ci bać się zamordować jakiegoś dupka, nim ten zamorduje ciebie.

– Morderstwo? Ale to przecież samoobrona, prawda?

– Czasami obowiązek. Czasami czyn wyprzedzający – wyjaśniłem. – Robi się to, co trzeba, Freddie. Tak to działa.

Otworzył szeroko oczy.

– Kapitanie, w taki właśnie sposób pan żyje?

– To jedyny możliwy sposób. Dzięki temu pozostaje się przy życiu. To nie Unia, Fred, ani wasz Kościół. To jest pierdolona otchłań. Nie obowiązują tu żadne zasady. Nie ma cywilizacji, która mówi, jak żyć. Robi się, co trzeba, zabija, kogo musi, i stara się wyjść z tego w jednym kawałku.

Chciałem, aby dotarł do niego sens moich słów. Chciałem, aby zrozumiał. Zabijanie nie jest czymś łatwym, ale chwila wahania może sprawić, że sam staniesz się trupem.

– Ale… to konieczne – mruknął. – W taki sposób chroni się pozostałych. Zgadza się?

Kiwnąłem głową.

– W taki sposób załoga pozostaje przy życiu. Robimy to razem. Wspieramy się nawzajem. Ale trzeba chcieć pociągnąć za spust.

Stał przez chwilę i widziałem obracające się w jego głowie trybiki. Przekonywał samego siebie, że tak być powinno, usprawiedliwiał to, co trzeba zrobić.

– Okej – powiedział w końcu. – Rozumiem, kapitanie.

– To dobrze, bo jeśli zginę przez ciebie, Freddie, przysięgam na bogów, że wstanę z grobu i po ciebie wrócę. Mamy jasność?

Popołudnie poświęciłem na naukę. Kiedy już miałem pewność, że siła odrzutu nie złamie Freddiemu nosa, przeszedłem do wyjaśniania niuansów celowania.

– Oddech musi być miarowy. To banał i wszyscy o tym wiedzą, ale hej, taka jest prawda.

– Co pan ma na myśli? – zapytał.

Położyłem sobie dłoń na klatce piersiowej.

– Oddychaj, ale równo – powiedziałem i zrobiłem wydech. – Chodzi o utrzymanie równowagi. Potrzebny ci spokój.

– Spokój?

– Każdy zaprawiony w boju żołnierz w końcu to zyskuje. To stan umysłu. Lepiej ci tego nie wytłumaczę.

– Ale czego?

Nigdy dotąd nie wyjaśniałem tego typu kwestii, więc chwilę trwało, nim udało mi się znaleźć odpowiednie słowa.

– Kojarzysz, jak kiedy biegniesz, mocno ci wali serce?

– Jasne, wyrzut adrenaliny – odpowiedział, kiwając głową.

– Otóż to. Tak samo jest tutaj, tyle że sto razy gorzej. Całe ciało ci się spina. Synapsy w mózgu szaleją. Język staje się suchy. Robi ci się niedobrze, jakbyś miał zaraz puścić pawia. Identycznie się dzieje przed pierwszym bzykaniem. Robisz się niezdarny i niemądry i szybko możesz w ten sposób stracić życie.

– Jak się to kontroluje? – zapytał.

– Praktyką – odparłem krótko. – I oddechem. Ćwiczysz oddech w każdej chwili z możliwych. Bierzesz głębokie oddechy, kiedy leżysz na pryczy, zatrzymujesz się na korytarzu, kiedy nikt cię nie widzi. Po prostu to robisz.

– I to wszystko?

Zaśmiałem się.

– Nie, mały. Będziesz potrzebował stoczyć z kimś walkę. Może nawet odnieść rany. Nie wiem. Potrzeba czasu na zyskanie spokoju.

– Rozumiem. – Spojrzał na trzymany w rękach karabin.

Byłem dla niego surowy, ale musiał to wszystko usłyszeć. Z jakiegoś powodu lubiłem Freddiego i nie chciałem, aby w najbliższym czasie zginął. Jeśli ci unijni i sarkonijscy dranie nadal będą nas nachodzić, będzie musiał umieć zachować zimną krew. Będzie musiał być skłonny zabić.

– Gdzie się dziś podziewa mniszka? – zapytałem po chwili.

– Ma pan na myśli siostrę Abigail?

– Na statku nie ma innych mniszek.

– Z tego, co mi wiadomo, uczy Lex matematyki.

Zastukałem w komunikator w uchu.

– Siggy, połącz mnie z pokojem Abigail.

– Już się robi, proszę pana – odparła AI.

Chwilę później rozległ się jej głos.

– O co chodzi, Jace? – zapytała z wyraźną irytacją. – Zajęta jestem.

– Zbyt zajęta, aby pomóc swojemu kumplowi Fredowi? – zripostowałem.

– Co się stało? Nic mu nie jest?

– Nic się nie stało. Chcę, abyś zeszła do ładowni.

– Już idę – odparła.

Wyłączyłem komunikator i wziąłem od Freddiego broń, po czym schowałem ją do pobliskiej szafki.

– Abby zaraz ci pomoże.

– Pomoże mi? – zapytał.

– Nie mogę się wszystkim zajmować i naprawdę nie mam czasu. Przykro mi to mówić, Fred, ale jesteś jak dopiero co narodzone szczenię. Potrzebna ci mama.

Drzwi ładowni się rozsunęły. Abigail zeszła po schodkach i z rękami splecionymi za głową dołączyła do nas.

– O co chodzi? – zapytała, unosząc brew.

– Chcę, żebyś sprała Freddiego na kwaśne jabłko – oświadczyłem, wskazując na niego kciukiem. – Poradzisz z tym sobie?

Pięść Abigail wylądowała na żuchwie Freddiego z taką siłą, że usłyszałem trzask. Z ust pofrunęła mu ślina, a policzki zafalowały od ciosu. Chłopak krzyknął i się zachwiał.

– Mówiłam, żebyś mnie zablokował! – wrzasnęła mniszka.

Upadł na tyłek i zasłonił szybko siniejącą twarz.

– N-nie byłem gotowy!

– Podczas walki nie zawsze jest się gotowym. – Pokręciłem głową z udawanym rozczarowaniem. – Co za żenada.

– Stało ci się coś? – zapytała Abigail.

Podała Freddiemu rękę, a ten wstał, obmacał żuchwę i odparł:

– Nic mi nie będzie.

– Gotowy na powtórkę? – rzuciłem.

– Powtórkę? Nie widziałeś, co się stało? – zapytała Abigail.

– Jestem gotowy – przerwał nam Freddie.

Oboje spojrzeliśmy na niego.

– Słyszałaś? – rzuciłem do Abigail, unosząc brew. – Jest gotowy.

– Słyszałam. – Spiorunowała mnie wzrokiem. – Ale jeśli nie będzie uważał, to może odnieść poważne obrażenia, a nie możemy do tego dopuścić, jeśli Unia znowu nas znajdzie.

– Dam sobie radę – upierał się Freddie. Uniósł pięści jak bokser.

Próbowałem się nie roześmiać.

Abigail zignorowała go.

– Mogę cię prosić na słówko, kapitanie?

– Jasne. – Udałem się za nią w stronę drzwi na końcu ładowni, gdzie Freddie nas nie widział. – Coś mi to przypomina.

– Słucham?

Przypomniało mi się, jak byłem tu już raz z Abigail i prowadziłem rozmowę na temat pasażera, tyle że wtedy nie chodziło o Freddiego, a o Lex. Powiedziała mi, że jej sytuacja jest skomplikowana… że ma pewne kłopoty, a ja dałem wiarę jej słowom, bo tak to tutaj działało. Trudno uwierzyć, jak daleko zaszliśmy od tamtej pory.

– Nic takiego – odparłem, nie chcąc się w to zagłębiać. – Co chcesz mi powiedzieć? Zakładam, że chodzi o Freddiego.

Skrzyżowała ręce na piersi.

– Musisz traktować go łagodnie.

– Łagodnie? – zdziwiłem się. – To on poprosił o pomoc.

– Robi to tylko dlatego, że uważa, że to jego obowiązek. Musisz mu powiedzieć, że walka to nie jego działka.

– A co w takim razie nią jest? Hitchens i Octavia są archeologami. Ty szaloną mniszką lubiącą pociągać za spust. Lex to dziwaczny dzieciak z magicznymi mocami. Ja jestem właścicielem tego statku. Co konkretnie robi Freddie?

– Jest ekspertem od Kościoła i wczesnych dzieł Dariusa Clare'a.

– Czyli tego staruszka, który założył Kościół?

– Zgadza się – przytaknęła. – Całą bibliografię doktora Clare'a zna praktycznie na pamięć.

Uniosłem ręce.

– Na pewno przyda mu się to w walce.

Zmrużyła oczy.

– Wiesz, że to nie fair. On ma inne wartości.

– Nie fair? – powtórzyłem. – Nie bierzemy udziału w pielgrzymce. Na ogonie siedzi nam gigastatek, który próbuje nas namierzyć i pozabijać. A przynajmniej większość z nas. Na pewno zabiorą Lex, a resztę zostawią na…

– Rozumiem – przerwała mi.

– Naprawdę? Bo jeśli mamy przeżyć tę samobójczą misję w kosmosie, to każdy na tym statku musi być przeszkolony i gotowy do walki. Freddie musi wiedzieć, jak zabić bez mrugnięcia okiem. Chcesz, aby się zawahał, kiedy stawką będzie twoje życie?

– W porządku. – Jęknęła. – Przysięgam na bogów, Jace. – Odwróciła się i wróciła do środka. – Frederick, przygotuj się.

– Z-znowu mnie uderzysz?

Wszedłem do ładowni i oparłem się o balustradę nad schodkami.

– Skopie ci tyłek na całego, Fred – rzuciłem do niego.

– O rety. – Chłopak wziął głęboki oddech.

Abigail przybrała waleczną pozę.

– Ignoruj go i staraj się za mną nadążać.

4

Zostawiłem Abigail i Freddiego, aby mogli trenować, a raczej aby mniszka mogła mu skopać tyłek, i wróciłem do saloniku.

Na kanapie siedzieli Hitchens i Lex. Naukowiec trzymał w rękach pudełko – jeden z pradawnych reliktów, które zabrał z pasa asteroid. Wręczył je uśmiechniętej dziewczynce. Urządzenie od razu się rozjaśniło, oświetlając jej twarz.

– Macie nową zabawkę? – zapytałem. Skrzyżowawszy ręce na piersi, oparłem się o ścianę kilka metrów od kanapy.

– Ach, Kapitanie! Jeśli tylko znajdzie pan dla mnie chwilę, chciałbym o czymś porozmawiać.

– Wygląda na to, że teraz jest pan zajęty. – Wskazałem brodą na jarzący się kwadrat w rękach Lex. – Co to, kolejna pozytywka?

Podszedłem do baru z przekąskami i moje spojrzenie zatrzymało się na miejscu, gdzie wcześniej stał ekspres do kawy, zanim Fratley i jego zbiry nie zrobili nalotu na mój statek i nie zniszczyli połowy wyposażenia. Cholernie brakowało mi tego aromatycznego napoju.

– Niezupełnie – odparł doktor. – To bardziej…

Pudełko nagle otworzyło się. Towarzyszący temu dźwięk przestraszył Lex, szybko się jednak zaśmiała.

– Skrytka – dokończył Hitchens. Zachichotał. – Pora sprawdzić, co się w niej kryje.

Lex zajrzała do środka.

– Co to takiego?

Hitchens wyjął z pudełka jakiś przedmiot. Był płaski jak tablet, tyle że bez wyświetlacza.

– Dziwne – mruknął archeolog. – Czegoś takiego jeszcze nie widziałem.

– Czy to zabawka? – zapytała dziewczynka.

– Możliwe – odparł i posłał jej szeroki uśmiech. – Co powiesz na to, abyśmy się dowiedzieli?

– Okej!

Hitchens wziął od niej pudełko i światło w jego wnętrzu natychmiast się ściemniło, a po kilku sekundach zupełnie zgasło. Podał jej drugi, znacznie mniejszy przedmiot, który wzięła od niego z ciekawością.

Przyglądaliśmy się temu, czekając, aż coś się stanie.

– No i co? – zapytałem po długiej chwili.

Hitchens postukał się w brodę.

– Możliwe, że się zepsuło. Być może będę musiał wymienić kilka części, nie wiem jednak, czy dysponuję nimi w tej chwili. Lex, moja droga, czy możesz schować to urządzenie z powrotem do…

Z rąk dziewczynki eksplodował nagły snop światła i trafił w ścianę obok drzwi prowadzących do kokpitu.

Odruchowo padłem na ziemię.

– Ja pierdolę!

Lex krzyknęła i puściła przedmiot. Odskoczyła i opadła z powrotem na kanapę. Hitchens objął ją, chroniąc przed tym, co się, u licha, działo.

Światło zgasło krótko po tym, jak się pojawiło, nie powstrzymało to jednak dziewczynki i Hitchensa przed panikowaniem. Podniosłem się z ziemi i kopnąłem to małe urządzenie na drugi koniec pomieszczenia – przeleciało pod stołem, na którym wcześniej stał ekspres do kawy.

Hitchens puścił Lex.

– O-och, święci pańscy! Nic ci się nie stało?

– Moja… moja ręka – wyjąkała.

Ze łzami płynącymi po policzkach wpatrywała się w swoje palce. Były czerwone i zakrwawione.

– O rety. – Hitchens ostrożnie je ujął. – Kapitanie! Kapitanie, Lex potrzebna jest medyczna pomoc!

Stuknąłem się w ucho.

– Siggy, powiedz Octavii, aby natychmiast się tu zjawiła. Abigail też niech przyjdzie.

– Tak jest – odpowiedział Sigmond.

– Możesz zginać palce? – zapytał Hitchens. Choć wyglądał na zaniepokojonego, próbował to ukryć. – Spróbuj zacisnąć dłoń w pięść, dobrze?

– O-okej.

Tak zrobiła. Zacisnęła palce, lekko się przy tym wzdrygając. A mnie się przypomniało, jak twarde z niej dziecko.

Nie minęło kilka sekund, a do salonu wjechała Octavia.

– Co się dzieje?

Zatrzymała się przed kanapą.

– Lex usmażyła sobie dłonie – wyjaśniłem. – To wina Hitchensa. Dał jej jeden z tych głupich reliktów.

Nachyliła się w stronę Lex i ujęła jej nadgarstek, aby przyjrzeć się obrażeniom.

– Wygląda to na oparzenie – stwierdziła. – Doktorze, kapitan ma rację? Pan to zrobił?

Hitchens ściągnął brwi.

– Och, tak bardzo mi przykro. Tak, to prawda, Octavio. W ogóle nie pomyślałem. Przepraszam cię, Lex.

– Nic się nie stało, panie Hitchens – odparła Lex, wycierając oczy ramieniem. – Już tak nie boli.

– Nie? – zapytał naukowiec.

– Nie tak jak wcześniej. – Ale kiedy Octavia ją dotknęła, to aż podskoczyła.

– Wygląda na to, że masz uwrażliwione palce. Musimy posmarować ci skórę żelem – orzekła Octavia. – Doktorze, może ją pan zaprowadzić do mojego pokoju? Przywiozę apteczkę.

– Już się robi – odparł Hitchens i wstał z kanapy. – Róbmy, co każe Octavia, Lex.

Obserwowałem, jak prowadzi dziewczynkę przez korytarz. Kiedy zniknęli z pola widzenia, Octavia obróciła się z wózkiem w moją stronę.

– Gdzie to jest? – zapytała.

– Ale co?

– To urządzenie, o którym wspominałeś. Zakładam, że nadal tu jest.

– Pod stołem – rzekłem i wskazałem głową.

Przyjrzała się temu z ciekawością, po czym rzuciła:

– Pozbądź się tego.

– Nie chcesz zachować tego czegoś i go zbadać? – Jej słowa mnie zaskoczyły, bo przecież była archeologiem, tak jak Hitchens.

– Nie, jeśli jest aż tak niebezpieczne. Widziałeś jej palce?

– Nieciekawie to wyglądało.

– Ma poparzenia drugiego stopnia, kapitanie. To są poważne obrażenia.

– Nie zachowywała się, jakby aż tak bardzo ją bolało – rzekłem.

– Przypuszczam, że wkrótce, kiedy minie szok, poczuje pełnię bólu.

Zerknąłem na leżące na ziemi urządzenie, na to coś, co wypuściło w moim salonie wiązkę światła.

– No to będę musiał znaleźć jakieś miejsce, aby to schować.

Nie wyrzuciłem urządzenia do kosza, lecz schowałem do pudełka, w którym wcześniej się znajdował, a jego z kolei wsadziłem do stojącej w moim pokoju szafy.

Na stacji Taurus mój stary kumple Ollie (niech spoczywa w pokoju) powiedział mi, że te relikty mają niemałą wartość. Może jeśli zachowam te śmieci, to znajdę gdzieś kupca, który ich rozpaczliwie pragnie.

Przecież musiałem czymś płacić za paliwo, nie?

– Za dziesięć minut opuszczamy Slipspace, proszę pana – oznajmił Siggy.

– Już lecę – odparłem, po czym wyszedłem z pokoju i zamknąłem za sobą drzwi.

Salon okazał się pusty, więc wszyscy przypuszczalnie towarzyszyli Lex, jak nic zaniepokojeni jej samopoczuciem.

I pewnie uważali, że skoro tak ją ignoruję, to jestem bez serca, ale ja wiedziałem swoje. Ta mała była twardsza, niż się mogło wydawać. Nie była jakąś tam delikatną dziewczynką. Ona była silna. Musiała, skoro się tu znalazła.

Dostrzegłem to na jej twarzy, kiedy zabiłem Fratleya. Lex wszystko widziała, ale nie zrobiło to na niej wrażenia. Coś takiego możliwe było tylko w przypadku, jeśli wcześniej było się świadkiem czegoś znacznie gorszego.

Lex musiała wiedzieć, czym jest śmierć, jeszcze zanim znalazła się na tym statku. Mała dziewczynka, pośrodku galaktyki… zanim się pojawiłem, z pewnością była świadkiem zabójstwa, może nawet niejednego.

Z krzywym uśmiechem szedłem przez korytarz. „Nieważne, jaka jest twoja historia, mała, cieszę się, że zaszłaś tak daleko", pomyślałem.

Krótko po tym, jak usiadłem na swoim fotelu, opuściliśmy Slipspace. Szmaragdowe światło szczeliny zniknęło za nami, gdy tunel się zamknął.

– Aktywuj pelerynę, Siggy.

– Zrozumiałem, proszę pana. Chce pan, abym nas pokierował do następnego wejścia do tunelu?

– Chcę – odparłem. – Jakiś ruch w układzie?

– Owszem, proszę pana. Wygląda na to, że na księżycu krążącym wokół pobliskiego gazowego olbrzyma odbywa się jakaś budowa.

A to zaskoczenie. Wcześniej zakładałem, że będziemy sami.

– Dlaczego nie powiedziałeś mi o tym, zanim tu przylecieliśmy?

– Najmocniej przepraszam, ale ten projekt nie został jeszcze naniesiony na mapę gal–netu.

– Może nie chcą, aby Unia o nim wiedziała – zasugerowałem. – Albo Sarkonianie.

– Niewykluczone, proszę pana.

– Możesz przeprowadzić dokładny skan i powiedzieć mi, co tam się znajduje?

– Już to zrobiłem – odparł Sigmond. Jak zawsze uprzedzał moje potrzeby. Skromna liczba sklepów na lokalnym bazarze oraz stacja paliwowa.

W holo pojawiła się lista sprzedawców, którzy oferowali różności, od piwa i szaszłyków do ubrań.

– Jeśli wolno mi coś zasugerować, kapitanie – kontynuował Sigmond – to przydałoby się uzupełnić zbiorniki z paliwem.

Pomyślałem o lodówce i braku jedzenia.

– Właściwie to przydałoby nam się coś więcej niż paliwo.

Usłyszałem pukanie do drzwi.

– Panie Hughes? Jest pan tam? – Drzwi się uchyliły, a kiedy się obejrzałem, okazało się, że do środka zagląda Lex.

– O co chodzi, mała? Nie powinnaś odpoczywać po tym wybuchu?

– Minęło już trochę czasu – odparła, trzymając się drzwi i lekko podskakując. – Co pan tu robi?

– Szukam nam miejsca na przeczekanie. – Odwróciłem się z powrotem w stronę konsoli.

Usłyszałem, jak wchodzi do kokpitu i zajmuje miejsce obok mnie.

– Na co czekamy?

– Jeszcze nie wiem – mruknąłem.

– Och.

Zerknąłem na jej dłoń. Ktoś – pewnie Octavia – zabandażował ją.

– Jak twoja ręka?

– Co? Och... – Położyła ją na kolanach i zasłoniła palcami drugiej. – Już lepiej.

– Lepiej? – zapytałem. – Nie musisz zgrywać twardzielki, mała.

Przeniosła spojrzenie na konsole, jakby się zawstydziła.

Siedzieliśmy tak chwilę w milczeniu. Sądziłem, że Lex wstanie i wyjdzie, tak się jednak nie stało. Po jakimś czasie odchrząknąłem, znużony ciszą.

– Hej. Kiedy ręka ci się zagoi, dam ci grę komputerową. Wyścigi. Lubisz?

– A co to za gra? – zapytała.

– Taka, w której dziesięć statków rywalizuje o to, który jest najlepszy.

– Trudna?

– Zależy od tego, jak bardzo jest się w tym dobrym. Dla mnie łatwa. Ale dla ciebie... – Uniosłem brew i pokręciłem głową. – Niekoniecznie. Bo wiesz, żeby sobie poradzić w wyścigach, trzeba być twardym.

– Jestem twarda – oświadczyła i wyprostowała się. – Dam sobie radę.

– Naprawdę? Nie wydajesz mi się twarda. Skąd mam to wiedzieć?

– Jestem! – upierała się. – Dam radę!

Postukałem się w brodę.

– Hmm... wiesz co, może i jesteś twarda.

– Aha – przytaknęła. – Przysięgam, że jestem.

– Cóż, to kiedy ręka ci się zagoi, będziemy musieli to sprawdzić. Wtedy mi pokażesz.

– Ale mojej ręce nic już nie jest! – Uniosła zabandażowaną dłoń, już się nie wstydząc. – Widzi pan? Jest lepiej!

– Z pewnością – odparłem takim tonem, jakbym jej wierzył. – Ale dajmy jej trochę więcej czasu.

Lex ściągnęła brwi.

– Ale już się zagoiła! Niech pan spojrzy, panie Hughes!

Zaczęła odwijać bandaż z palców.

– Hej, mała, zaczekaj – upomniałem ją. – Nie powinnaś tego robić.

„Kurde, co ja sobie myślałem?"

Szybko zdjęła bandaż i upuściła go na podłogę.

– Widzi pan? Niech pan spojrzy, panie Hughes.

Uniosła rękę i poruszyła palcami. Spodziewałem się czerwonej, a może nawet zakrwawionej i spalonej skóry. Zamiast tego palce były jasnoróżowe, jak u noworodka. Ujałem jej dłoń i przytrzymałem, aby się lepiej przyjrzeć.

– Że co? – mruknąłem, nachylając się i szukając oparzeń. – Co się stało? Dlaczego nic tu nie ma? Nawet blizny?

Lex uśmiechnęła się.

– To znaczy, że mogę teraz zagrać w wyścigi?

– Chwileczkę – rzuciłem. – Siggy, nie nagrałeś przypadkiem incydentu w salonie? Odpowiedz mi prywatnie.

– Oczywiście, proszę pana – usłyszałem w uchu jego głos. – Chce pan, abym odtworzył nagranie?

Zerknąłem na Lex, która wpatrywała się we mnie, nadal się uśmiechając. To raczej nie był dobry pomysł. Może i była twarda, ale nie wiedziałem, czy dałaby radę spokojnie siedzieć i patrzeć, jak dzieje jej się krzywda. Poza tym Abigail by mnie zabiła.

– Nie – zdecydowałem. – Dokonaj jedynie szybkiej analizy i powiedz mi, jak poważne były obrażenia.

Ujałem dłoń Lex i na nowo ją obandażowałem. Z jakiegoś powodu uznałem, że tak będzie najlepiej.

Kilka krótkich sekund później Siggy wrócił z odpowiedzią.

– Początkowa analiza Octavii Brie była po części właściwa,

proszę pana. Lex doznała poparzeń drugiego stopnia, ale na palcu wskazującym pojawiły się także oparzenia pierwszego stopnia.

Obróciłem się na fotelu, po czym raz jeszcze ująłem dłoń Lex i przyjrzałem się palcom. Żaden nie wydawał się uszkodzony.

– Jak długo goi się takie oparzenie, Siggy?

– Zważywszy na to, jakie środki medyczne są dostępne na statku, rzekłbym, że sześć dni. Jednakże raczej pozostałyby blizny i depigmentacja.

Puściłem rękę dziewczynki. Opadła jej na kolana, a Lex wbiła we mnie spojrzenie wielkich, zaciekawionych oczu.

Odwróciłem się od niej i zniżyłem głos, tak że był niewiele głośniejszy od szeptu.

– Siggy, skoro powinny pozostać blizny albo coś innego, skoro powinno być tak źle, jak mówiłeś, czy znasz powód, dla którego tak się nie stało?

– Absolutnie żadnego, proszę pana – przyznał.

5

Krótko po rozmowie z Lex poprosiłem Abigail i Octavię, aby spotkały się ze mną w ładowni.

Octavia siedziała na wózku; dłonie trzymała na kołach. Musieliśmy pozostać na górnym pokładzie, gdyż nie miałem rampy.

– Co tu robimy? – zapytała Abigail, opierając się pośladkami o balustradę. – Ma to jakiś związek z powodem, dla którego zatrzymaliśmy się w tym układzie?

– Dojdziemy do tego – odparłem, nie tracąc czasu. – Pierwsza sprawa: czy któraś z was widziała dłoń Lex?

Popatrzyły po sobie.

– Co masz przez to na myśli? – zapytała Octavia. – Chodzi ci o bandaż?

– Nie, o to, co jest pod bandażem.

– Kiedy ostatnim razem widziałam jej dłoń, była tam rana – odparła.

– O co chodzi? – zapytała Abigail. – Kapitanie, co konkretnie się stało?

– Nie chodzi o to, co się stało, lecz o to, co się *nie* stało.

Przechyliła głowę.

– Słucham?

Wskazałem palcem na korytarz.

– Rany tej małej zagoiły się. Nie ma żadnych oparzeń.

– Żadnych oparzeń? – powtórzyła Octavia.

– Żadnych – potwierdziłem.

– Ale ja je przecież widziałam – zaprotestowała. – Miała poważne obrażenia na całych palcach.

– Już nie. Jej skóra wygląda nieskazitelnie.

– Po prostu nie wiedziałeś, na co patrzysz – zasugerowała Abigail.

– Mam ją zawołać? – zapytałem. – Siedzi w salonie i gra w grę, którą jej dałem, ale możemy ją tu sprowadzić i wtedy same się przekonacie.

– Chwileczkę, kapitanie – wtrąciła Octavia. – Sugerujesz, że jej rany zagoiły się w przeciągu kilku godzin. Zgadza się?

– Ja niczego nie sugeruję – poprawiłem ją. – Mówię, co widziałem.

– Ale przecież tak właśnie twierdzisz na swój własny, pokręcony sposób – rzekła do mnie Abigail.

– Nie ma opcji, aby te oparzenia tak się zagoiły. To niemożliwe – oświadczyła Octavia.

– No ale jednak się zagoiły. – Wzruszyłem ramionami.

Abigail spojrzała na koleżankę.

– Może postawiłaś błędną diagnozę?

– Nie sądzę. – Pchnęła koła i zawróciła. – Chodźmy z nią porozmawiać.

Zrobiłem krok w bok, aby zrobić jej miejsce. Jak na osobę na wózku poruszała się całkiem szybko.

Znaleźliśmy Lex dokładnie tam, gdzie ją zostawiłem – siedziała na kanapie z niewielką konsolą w ręce i grając, przechylała ją to w prawo, to w lewo. Zobaczyłem, że przemieszczając się z jednego układu słonecznego do drugiego, rozbija swój statek o niewidzialne bariery na torze wyścigowym. Zajmowała trzynaste miejsce. Biedny dzieciak zupełnie z tym sobie nie radził.

– Lex, skarbie, możemy z tobą porozmawiać? – zapytała Octavia.

Dziewczynka podniosła wzrok znad ekranu.

– Co? Ale ja się ścigam.

– To zajmie tylko chwilkę – wtrąciła Abigail. – Później dokończysz grę.

Lex spojrzała na mnie z miną mówiącą: „Panie Hughes, proszę mnie uratować".

Wzruszyłem bez słowa ramionami.

Lex spuściła głowę i odłożyła konsolę na kanapę.

– Możemy zobaczyć twoją rękę? – zapytała Octavia.

Albinoska kiwnęła głową, a wtedy Octavia nachyliła się i ostrożnie ujęła jej dłoń.

Obserwowaliśmy razem z Abigail, jak odwija bandaż i uważnie przygląda się dłoni. Otworzyła szeroko oczy, jakby nie rozumiała tego, co widzi, szybko jednak wzięła się w garść.

– Dziękuję ci, Lex – powiedziała spokojnie. I nie zawracała już sobie głowy bandażowaniem ręki.

– Mogę teraz grać? – zapytała Lex.

– Jasne – odparła Octavia. – Ale czy możesz pójść do swojego pokoju?

Dziewczynka przytaknęła, ześlizgnęła się z kanapy, po czym wyszła na korytarz. Odczekaliśmy, aż się oddali, po czym wymieniliśmy spojrzenia.

– Rozumiecie, o czym mówię? – zapytałem.

– Jestem pewna, że oparzenie nie było aż tak poważne – powiedziała Abigail.

– To nie ma sensu – mruknęła Octavia, wpatrując się w bandaże.

Abigail usiadła na kanapie i przeniosła spojrzenie z bandaża na koleżankę.

– Jesteś pewna, że po prostu nie popełniłaś błędu podczas…

– Nie popełniłam. Mówię wam, ta dziewczynka miała poparzenia. Takie, które nie goją się w kilka godzin.

Abigail zaczęła coś mówić, lecz wszedłem jej w słowo.

– Kazałem Siggy'emu obejrzeć nagranie. Powiedział, że nie ma możliwości, aby takie oparzenia tak szybko się zagoiły.

– Sigmondzie, to prawda? – zapytała.

– Prawda – odparła AI.

– Nie rozumiem jednak, jak coś takiego jest możliwe – westchnęła Abigail.

– Czy wcześniej zdarzyło jej się już takie szybkie wyzdrowienie? – zapytała Octavia.

– Nic mi o tym nie wiadomo – odparła mniszka, po czym się zawahała, jakby nie była tego do końca pewna.

Widziałem, że próbuje sobie przypomnieć, więc zadałem jej inne pytanie:

– Widziałaś kiedyś, jak doznaje obrażeń?

Spojrzała na mnie.

– Wiesz, że tak.

– Och? Wiem?

– Kiedy na statku zjawił się ten cały Fratley. Jego ludzie poturbowali ją.

– Nie – zaprotestowałem. – Poturbowali *ciebie*, nie Lex. Widziałem wszystko. Może ty nie, bo przecież byłaś nieprzytomna.

– Ostrożnie, kapitanie. – Posłała mi spojrzenie sugerujące, że jeśli się nie przymknę, to mogę pożałować.

– Tak czy inaczej – przerwała Octavia – czy doszło do sytuacji, kiedy w czasie przebywania pod twoją opieką została ranna?

Zaskoczyła mnie otwartość tego pytania. Równie dobrze mogła zapytać, czy Abigail jest opiekunką zaniedbującą swoje obowiązki.

– Nie, do niczego poważnego – odparła Abigail.

– Możliwe, że potrzebujemy więcej informacji.

– Co sugerujesz? – zapytałem. – Chcesz ją skaleczyć? Zobaczyć, jak szybko rana się zagoi?

Octavia przez chwilę milczała.

– Nie, nie możemy tego zrobić – rzekła w końcu.

– Wobec tego co proponujesz? – chciałem wiedzieć.

Znowu zamilkła, wpatrując się w leżący na jej kolanach bandaż. Wzięła go do ręki, a zakrwawione końce musnęły jej ramię.

– Możliwe, że mam pewien pomysł.

Octavia wezwała do nas Hitchensa. Zasugerowała, aby przyprowadził ze sobą Lex i zabrał mikroskop elektronowy.

Nie minęło kilka chwil, a wparował do ładowni z nieporęcznym sprzętem w objęciach.

– Gdzie go postawić? – zapytał, oddychając ciężko.

Zaraz za nim weszła Lex ze swoją małą rakietą w ręce, którą wymachiwała, wydając przy tym świszczące odgłosy.

– Najlepiej w miejscu, którego będę mogła dosięgnąć – powiedziała Octavia.

– Wobec tego na stole. – Kaczym krokiem podszedł do niego.
– Proszę bardzo.

– Lex, skarbie, możesz na chwilę tu podejść? – zapytała Abigail.

Dziewczynka przybiegła do Abby. Mniszka z uśmiechem ujęła jej dłoń.

Octavia gestem przywołała je do siebie.

– Może raz jeszcze zobaczyć twoją dłoń, Lex?

– Aha. – Dziewczynka wyciągnęła rękę.

Asystentka archeologa i była unijna lekarka wzięła do ręki małe narzędzie i położyła je delikatnie na nadgarstku Lex. Na swój sposób przypominało broń, ze spustem i rękojeścią. Przyłożyła lufę do skóry dziecka i usłyszałem ciche kliknięcie.

Nawet jeśli Lex poczuła ból, nic nie dała po sobie poznać. Wolną ręką nie przestawała się bawić rakietą, uśmiechając się przy tym.

Octavia w końcu ją puściła.

– Załatwione – rzekła. – Możesz się teraz bawić.

Lex bez słowa zbiegła po schodach do większej części ładowni.

– Jaki masz plan? – zapytałem, kiedy dziewczynka znajdowała się już wystarczająco daleko.

– Przeprowadzimy analizę komórek jej skóry i zobaczymy, co uda nam się znaleźć – wyjaśniła.

– Jakich spodziewasz się wyników?

– Sama nie wiem – przyznała. – Możliwe, że w ogóle niczego nie znajdziemy, ale coś jest na rzeczy. Myślę, że wszyscy się w tej kwestii zgadzamy.

Kiwnąłem głową.

– Ile to potrwa? – zapytała Abigail.

– Maksymalnie pół godziny – odparła. – Jak chcecie, to możecie…

Kliknęła mi słuchawka w uchu.

– Przepraszam – wtrącił Sigmond – ale niedaleko otwiera się tunel.

Uniosłem rękę, aby wszystkich uciszyć, po czym dotknąłem bocznej części ucha.

– Czy ty powiedziałeś „tunel", Siggy?

– Zgadza się. Przeprowadzam właśnie skan, aby określić kod klasyfikacyjny zbliżającego się statku.

– Muszę lecieć – rzuciłem. – Zostańcie tutaj i bawcie się krwią. Albo skórą. Czym tam chcecie.

– Coś się stało, kapitanie? – zapytał Hitchens.

– Ktoś wyleciał właśnie ze Slipspace i zmierza w naszym kierunku. Może to być problem, ale jeszcze nie wiem.

– Ktoś? – powtórzyła Abigail. – Ale przecież znajdujemy się daleko od jakichkolwiek kolonii.

Skłamałbym, gdybym rzekł, że to, co sugerowała, nie pojawiło się już w mojej głowie. Skoro ktoś przebył taki kawał drogi, istniało spore prawdopodobieństwo, że miało to jakiś związek z nami. Nie musiało to być prawdą, nie zamierzałem jednak ryzykować. Nie dzisiaj.

Puściłem się biegiem w stronę przedniej części statku, a kiedy znalazłem się w kokpicie, nakazałem Sigmondowi zamknąć za mną drzwi. Nie miałem czasu na to, aby mnie rozpraszano, nieważne, czy miałaby to czynić mniszka, czy dziecko. Miałem robotę do wykonania.

– Siggy, co mamy? – zapytałem, zaciskając dłonie na dźwigniach, gotowy na odpalenie poczwórnego działa, gdyby zaszła taka potrzeba.

– Nie wykrywam żadnych zbliżających się statków – odpowiedział Siggy.

– Żadnych? Wobec tego po co tunel miałby się otworzyć?

– Nie mam pewności.

– Cóż, lepiej jej nabierz, i to szybko.

– Zrozumiałem, proszę pana. Kontynuuję skanowanie.

Po chwili szczelina zamknęła się, blokując zielone fale, tak że znowu widać było tylko gwiazdy. Siedziałem w bezruchu i czekałem jak jakiś osioł.

– Siggy? – zapytałem. – Masz coś?

– Nie ma śladu ruchu – odpowiedział. – Bardzo dziwne, proszę pana.

– Bardzo dziwne? – powtórzyłem. – Kiedy ostatni raz widziałeś, aby tunel się zamknął, a nikt przez niego wcześniej nie wyleciał?

– Nie przypominam sobie takiego zdarzenia.

– Ani ja – mruknąłem.

Dotknąłem konsoli, zastanawiając się, czy przypadkiem protokoły detekcyjne Sigmonda nie uległy awarii. Trochę już czasu minęło, odkąd zafundowałem mu aktualizację. Może coś teraz przeoczył.

Nie, drugie skanowanie potwierdziło to, co powiedział mi Siggy.

Bez względu na to, co się działo, miałem niedobre przeczucie… i wiedziałem, że lepiej go nie ignorować.

6

Siedem godzin i dwa tunele ślizgu później nasze skany wykryły niewielką księżycową kolonię w pobliżu układu Proxi Beta, nazwanego tak dlatego, że jest mniejszym sąsiadem Proxi Alfa.

Układ formalnie rzecz biorąc znajdował się w przestrzeni sarkonijskiej, aczkolwiek w okolicy przebywało zaledwie kilka statków wojskowych. Powodem było to, że kolonia pozostawała jeszcze w budowie, i właśnie dlatego zdecydowałem się tu przylecieć. Dopiero za kilka miesięcy w tym układzie pojawi się na tyle aktywności, abym się zaczął martwić. Na razie mogłem spokojnie uzupełnić paliwo i pozostałe zapasy, a potem ruszyć w dalszą drogę.

Poza tym Sarkonianie zezwalali kupcom odwiedzać swoje najdalej leżące kolonie, które często zakładali jako strefy handlowe. Pomagało to utrzymywać przy życiu ich kulejącą gospodarkę. Dzięki moim renegackim kontaktom i gal-netowi udało mi się zdobyć papiery potwierdzające bycie zarządcą ocalonego mienia.

Dzięki temu nie zwracałem na siebie uwagi, a jednocześnie miałem legitny powód, aby przebywać na tym totalnym zadupiu.

– Wszyscy znają swoje zadania? – zapytała Abigail, stojąc obok mnie w ładowni.

Zbuntowana Gwiazda wylądowała właśnie na księżycu, na trzeciej co do wielkości platformie dokującej. Miejsce 226.

Freddie kiwnął głową.

– Do mnie należy paliwo.

– A my mamy nie ruszać się z miejsca – powiedział Hitchens, mając na myśli siebie i Octavię.

– Zgadza się – potwierdziła Abigail. – Streszczajmy się. Żadnego zwiedzania.

– Wątpię, aby było tu co zwiedzać – wtrąciłem.

– A wy co robicie? – zapytał Freddie, wskazując na mnie i mniszkę.

– Zajmujemy się zapasami – odparłem.

– Czyli jedzeniem. – Octavia posłała mi znaczące spojrzenie.

Uniosłem brew.

– Między innymi.

– Chcesz się po prostu najeść i napić.

– Jestem kapitanem tego statku i to ja decyduję, jakiego rodzaju racje żywnościowe znajdą się na pokładzie. Koniec pieśni.

– W porządku, ale prosimy przynajmniej o coś, co wszystkim będzie smakować. Nie same kabanosy i cały ten przetworzony syf, który tak lubisz.

– Niczego nie obiecuję.

Abigail klasnęła w dłonie.

– Okej, widzimy się na statku za dwie godziny. Nie traćmy czasu. – Zerknęła na mnie. – I starajmy się nie zwracać na siebie zbytniej uwagi.

– Mówisz o mnie, mniszko? – zapytałem.

– A o kogóż innego miałoby jej chodzić? – zapytała z przekąsem Octavia.

Ku frustracji Lex zostawiliśmy ją na statku z Hitchensem i Octavią. Nie protestowała jednak. Wyglądało na to, że ten dzieciak rozumie, o co chodzi.

Freddie napełniał już silnik paliwem, co oznaczało, że ja i Abigail musieliśmy jedynie zrobić zakupy i szybko wrócić. Łatwe zadanie, o ile nie pojawią się żadne nieprzewidziane okoliczności, a ich akurat się nie spodziewałem. Znajdowaliśmy się na zadupiu, na maleńkim księżycu, nigdzie ani śladu Unii. Nie było powodów do obaw.

Mogłem spokojnie zaopatrzyć się w piwo i przekąski, a może nawet znaleźć jakieś słodycze.

Razem z Abigail przekroczyliśmy próg kolonii, która ewidentnie była jeszcze w budowie. Pod gipsowymi ścianami leżały metalowe dźwigary i wszystko wyglądało bardzo surowo.

To oczywiście nie powstrzymywało tysięcy osób przed przybyciem tutaj i wypełnianiem ulic.

Kolonia składała się z trzech kopuł: większej pośrodku, dwóch mniejszych po bokach. W przypadku kolonii tej wielkości często decydowano się na taki właśnie projekt. Kopuły były na tyle solidne, aby przetrwać deszcz meteorów, ale za słabe, aby poradzić sobie z czymś poważniejszym. Czego się jednak spodziewać po konstrukcji wzniesionej praktycznie z dnia na dzień? I naprawdę niewiele by trzeba, aby je zniszczyć, gdyby Sarkonianom albo Unii przyszedł do głowy taki pomysł, odnosiłem jednak wrażenie, że to miejsce nie bez powodu nie zostało umieszczone na mapie w gal-necie.

– Witamy w Spiketown! – zawołał jakiś mężczyzna w śmiesznej czapce. – Chcielibyście może kupić karabin? W mieście nie można ich używać, ale przydadzą się podczas polowania na Decca Trzy, zaledwie kilka układów stąd. Widzę, że ma pan pistolet. Może potrzebna dodatkowa amunicja? Mam całe mnóstwo…

– Nie jestem zainteresowany – odparłem zimnym tonem sugerującym, że jeśli zada mi jeszcze jedno pytanie, to rzucę mu się do gardła.

– Z-zrozumiałem, proszę pana – odparł i powoli się wycofał.

Pod kopułą wybudowano rzędy budynków.

– Ciekawe, gdzie jest jakiś targ – rzuciłem, omiatając spojrzeniem ulice.

Abigail podeszła do mężczyzny od broni.

– Hej, gdzie znajdziemy sklepy?

– Och, eee, na końcu tej ulicy trzeba skręcić w lewo, ale to kawał drogi. Dlatego ja rozstawiłem się tutaj, zaraz przy wejściu. Sprytne, co? Dzięki temu mogę przywitać was ładnie i…

Odwróciła się na pięcie i odeszła.

– Do końca ulicy i w lewo – rzuciła, wróciwszy do mnie.

W słuchawce w moim uchu rozbrzmiał głos Octavii:

– Kapitanie, rozejrzymy się po hangarze i zobaczymy, czy uda nam się znaleźć jakieś zapasy medyczne. Na pewno jest tu jakaś apteka czy coś w tym rodzaju. Dam znać, co dostanę. – Pauza. – Aczkolwiek mam pewne obawy odnośnie do jakości.

– Wezwij nas, gdyby zrobiło się niebezpiecznie.

– O nas się nie martw – odparła Octavia. – Dam sobie radę. Skup się na zdobyciu pozostałych zapasów.

Uśmiechnąłem się drwiąco.

– Co, użyjesz kół do obrony?

– Mów tak dalej, a przekonasz się o tym jako pierwszy – odcięła się.

Ze śmiechem zacząłem iść, prawie jej wierząc.

Abigail przyspieszyła, aby dotrzymać mi kroku, i szliśmy razem w stronę targu. To było zimne miasto, o ile w ogóle można tak nazwać to miejsce, i śmierdziało w nim tłuszczem i paloną gumą, co stanowiło skutek uboczny tego rodzaju konstrukcji. Na ulicach roiło się od mieszkańców i gości, którzy zjawili się tu licho wie po co. Większość miała na sobie stroje robocze.

Doszliśmy do końca ulicy i zgodnie z sugestią sprzedawcy broni skręciliśmy w lewo. Wkrótce naszym oczom ukazał się targ: kilka tuzinów namiotów i naprędce skleconych bud. Wyczułem zapach gotowanego mięsa – przez chwilę unosił się w powietrzu, po czym zniknął. Przypominał mi pieczoną wołowinę. Gdy podeszliśmy bliżej, dostrzegłem dół z ogniem i ustawionymi nad nimi szpikulcami z mięsem. Ślina nabiegła mi do ust.

Nic nie mówiąc do Abigail, udałem się szybkim krokiem w stronę sprzedawcy i machnąłem do niego ręką. Kiwnąwszy głową, zdjął znad ognia jeden ze szpikulców.

Wziąłem go od niego i wgryzłem się w największy kawałek mięsa. Okazało się twarde i żylaste i miało dziwny, nieznany mi smak. Nie była to wołowina, jak wcześniej sądziłem, ani żaden znany mi drób. Mięso nie było niesmaczne, o nie. Prawdę mówiąc, w tej chwili zadowoliłby mnie każdy jego rodzaj.

– Dobre? – zapytała Abigail.

Uśmiechnąłem się z zadowoleniem.

– Lepsze, niż się można spodziewać – odparłem i odgryzłem kolejny kawałek.

– Dwanaście kredytów – powiedział kucharz, trzymając w ręce terminal.

Zastukałem w ucho.

– Siggy, przelej pieniądze.

– Przetwarzam – odparł Sigmond. – Transakcja zakończona.

Kupiec spojrzał na termin, kiwnął głową i się uśmiechnął.

– Miło robi się z panem interesy.

– Mogę zapytać… – przełknąłem i wziąłem kolejny kęs – co to takiego?

– Rombdyn – odpowiedział beznamiętnie.

Nigdy w życiu nie słyszałem o czymś takim.

– A co to takiego ten rombdyn?

– Nigdy pan o nim nie słyszał? – zapytał.

– A powinienem? Gatunek ptaka czy coś w tym rodzaju?

– Szkodnik. – Wzruszył ramionami. – Podobny do szczura.

Stojąca za mną Abigail zachłysnęła się.

– Co takiego?

– Szkodnik – powtórzył mężczyzna. – A co? Nie smakuje panu?

Wpatrywałem się w mięso, które pozostało na szpikulcu.

– Jace, odłóż to! – oświadczyła z odrazą w głosie Abigail. – Nie możemy tego jeść. Okropne!

Zaburczało mi w brzuchu.

– Ale…

Pokręciła głową.

– Tak bywa, kiedy zamiast spytać, od razu się działa.

– Ale…

– Ale co? Nie mów, że chcesz zjeść resztę. Wiesz, co za choroby może przenosić takie zwierzę?

– Żadnych chorób – zaprotestował sprzedawca. – Podczas gotowania wszystko ginie.

Do ust napłynęła mi ślinka na widok mięsa i spieczonej skóry oprószonej solą i przyprawami.

– Jace, proszę cię, rozchorujesz się, jeśli…

Wgryzłem się w pozostałe mięso, rozrywając zębami twardego rombdyna. Połykałem prawie bez żucia.

Uniosłem szpikulec i wyszczerzyłem się.

– Jeszcze jeden!

Sprzedawca także się uśmiechnął i wręczył mi dokładkę.

Abigail odwróciła wzrok.

– Nie mogę na to patrzeć.

Kiedy już się najadłem, położyłem szpikulce koło ogniska i wstałem.

– Gotowa? Muszę to strawić. – Poklepałem się po brzuchu.

Nawet na mnie nie spojrzała.

– Śmierdzisz jak rzygi. Wiesz o tym, prawda?

Wyszczerzyłem się.

– Mnie to pasuje.

Abigail uparła się, abyśmy kupili jedzenie tylko z importu, zapieczętowane i zamrożone. Próbowałem protestować i nakłonić ją do zabrania na Gwiazdę trochę świeżego mięsa rombdyna, nie chciała jednak nawet o tym słyszeć, więc ostatecznie odpuściłem.

Załadowawszy wózek zakupami, uznałem, że muszę się odlać, kazałem więc Abigail pozostać na miejscu, a sam udałem się za potrzebą.

Do najbliższej toalety był spory kawałek, ale dojrzałem przejście między dwoma budynkami i nie chciałem czekać. Poza tym i tak śmierdziało tu sikami. Kiedy zapinałem spodnie, usłyszałem za sobą jakiś ruch. Odwróciłem się z ręką na pistolecie.

To była młoda, odziana w łachmany dziewczyna, trzymająca pod pachą jakiś przedmiot.

– Ups – rzuciła, mało na mnie nie wpadając.

Odsunąłem się na bok.

– A ty coś za jedna?

– P-przepraszam, jeśli pana przestraszyłam – powiedziała ze skruchą.

– Nie przestraszyłaś. – Spojrzałem na pudełko. Miało niespotykany design, z warstwami nachodzącego na siebie metalu, i było podobne do tych starych, znalezionych przez Hitchensa artefaktów. – Co tam masz?

– Och, eee, nic takiego – odparła.

Pudełko, o ile tym właśnie był ten przedmiot, miało rozmiar mniej więcej mojej głowy. Trochę większe od tego, którym bawiła się Lex, kiedy oparzyła sobie dłonie.

– Co zamierzasz z tym zrobić? – zapytałem.

– Mój ojciec ma sklep. Może pan to kupić, jeśli chce. Mamy tego więcej.

– Za ile?

– Nie wiem. Jego pan musi zapytać.

Przez głowę przebiegła mi myśl, aby to ukraść, odsunąłem ją jednak od siebie. Abigail by mnie zabiła, gdybym świsnął coś dziecku.

– Możesz mnie zaprowadzić do waszego sklepu?

– Pewnie. Naprawdę chce pan to kupić?

– Jeszcze nie wiem, ale możliwe.

Ruszyła w stronę ulicy i gestem mi pokazała, abym szedł za nią.

Abigail nadal stała obok wózka z zapasami. Za pomocą komunikatora dałem jej znać, dokąd idę, bo tłum tylko by mnie spowolnił, a pragnąłem dotrzymać kroku tej dziewczynie.

– Co to znaczy, że idziesz zapytać o pudełko? – zapytała mnie Abby.

– To jakiś relikt. Wygląda podobnie do tego, którym bawili się Hitchens i Lex. Może warto byłoby go kupić. Jedź już z zapasami na statek i spotkamy się na miejscu.

– Jeśli sądzisz, że pozwolę ci tak uciec, to chyba oszalałeś – fuknęła. – Zaraz tam będę. Sigmondzie, przyślij mi, proszę, lokalizację Jace'a.

– Zrozumiałem – odparł Siggy.

Mało nie zakląłem zirytowany tym, że będę miał niańkę, ostatecznie jednak odpuściłem.

– Gdzie jest ten sklep, mała? – zapytałem dziewczynę, kiedy przeszliśmy na drugą stronę ulicy.

Wskazała na średnich rozmiarów namiot tuż przed nami – czerwono-fioletowy, z przytwierdzonymi po bokach plakatami reklamującymi różne wydarzenia. Dowiedziałem się, że jutro wieczorem odbędzie się pojedynek w klatce z udziałem niejakiego Mayfew i Cole'a. A kilka godzin później dwie imprezy rave. No a w przyszłym tygodniu w Doro's Grill będzie wyprzedaż. Opierając się wyłącznie na tych reklamach, zaczynałem sądzić, że to miasto dla mnie.

– Wróciłam – rzuciła dziewczyna, wchodząc szybkim krokiem do namiotu.

Wszedłem za nią.

– Witaj, Camillo – odparł potężny mężczyzna za ladą.

Miał gęstą brodę, przedramiona grubsze niż cielę, a klatkę piersiową tak szeroką, że zastanawiałem się, dlaczego pracuje tutaj, zamiast brać udział w walkach gladiatorów w jakimś innym świecie. W sumie może i kiedyś tak właśnie robił.

– Ten pan chce cię zapytać o te rzeczy z kopalni – powiedziała Camilla.

– Rzeczywiście? – zapytał krzepki jegomość. Wyciągnął do mnie rękę. – Bolin Abernathy. Miło cię poznać, nieznajomy.

Uścisnąłem mu dłoń.

– Jace – odparłem zwięźle.

– Co mogę dla ciebie zrobić, Jace? Naprawdę jesteś zainteresowany zakupem tych pudełek?

– Możliwe – odparłem. – Zależy od ceny.

Uniósł brew.

– Co możesz zaoferować?

– Obawiam się, że niewiele. Zbieram złom, więc nie mam za dużo kasy, ale zapłacę, ile będę mógł, jeśli cena okaże się uczciwa.

Kiwnął głową, jakby rozumiał.

– To może zacznijmy od tego, co? – Zastukał w pudełko, które przyniosła mu córka.

– Pewnie. Co powiesz na pięćdziesiąt kredytów?

– Jak na początek nie jest źle. Wyskoczysz ze stu?

Skrzywiłem się.

– Ech, nie sądzę. Przy tej cenie niewiele na nich zyskam. Wszystko powyżej sześćdziesięciu to za dużo.

– Sześćdziesiąt, co? – zapytał Bolin. – Cóż, może się dogadamy, ale musiałbyś wziąć więcej niż jedno.

– Ile ich masz?

– Takie tylko jedno, za to podobnych trochę więcej. – Poklepał córkę po głowie. – Moja mała Camilla zabiera je z miejsc, gdzie prowadzi się wykopy, ale nie ma tego zbyt wiele. Mam tylko siedem takich rzeczy.

– Czyli razem osiem? – zapytałem.

– Zgadza się, ale jak już mówiłem, tylko jedno to pudełko.

Kiwnąłem głową, udając, że się zastanawiam.

– Trudna decyzja. Sześćdziesiąt kredytów za sztukę uderzy mnie po kieszeni. – Oczywiście zdecydowałem się już na zakup. Na wolnym rynku mógłbym to przypuszczalnie sprzedać za dziesięć razy tyle. – Wiesz co, jasne. Zapłacę ci tyle, ale najpierw muszę zobaczyć pozostałe rzeczy.

Bolin uśmiechnął się.

– Mądra decyzja, przyjacielu.

– Mam nadzieję – odparłem.

– Camillo, przynieś resztę – rzucił do córki.

Z uśmiechem pobiegła do drugiej części namiotu.

– Jeśli wolno mi spytać, jak to się stało, że facet twojego pokroju sprzedaje złom w miejscu takim, jak to? – zapytałem.

Zachichotał.

– To nie jest moje jedyne zajęcie. Pracuję także dla tutejszej spółki handlowej. Jestem budowlańcem. – Ponownie się zaśmiał. – Jak niemal wszyscy w tym mieście.

– Co jeszcze tu budują? – zainteresowałem się. – I nie mów mi, że tylko trzy kopuły, bo jak na kolonię, to miejsce leży mocno na uboczu.

Kiwnął głową.

– Z tego, co słyszałem kiedyś, może z jakiś tysiąc lat temu, było tu coś jeszcze. Nie jestem pewny, ale firma, dla której pracuję, postanowiła kopać. Jak na razie nie znaleziono praktycznie niczego, ale prace są kontynuowane.

„Tysiąc lat temu?", pomyślałem. „To wyjaśnia obecność tych artefaktów".

W tym momencie przy wejściu do namiotu usłyszałem kroki. Obejrzałem się i zobaczyłem, że Abigail wsadza do niego głowę, pewnie sprawdzając, czy rzeczywiście tu jestem.

– No, znalazłam cię – rzekła.

– To twoja żona? – zapytał Bolin.

Popatrzyliśmy z Abigail na siebie.

– Och, eee, ona jest…

– Tak, jesteśmy małżeństwem – weszła mi w słowo.

Zmrużyłem oczy.

– Hę?

– Lecimy właśnie do mojego wujka, ale Jace się uparł, aby tu zatankować. A potem zachciało mu się rundki po sklepach. – Pokręciła głową. – Widzę, że coś wypatrzył.

Bolin zaśmiał się.

– Rozmawialiśmy właśnie o zbieraniu złomu. Wygląda na to, że mamy takie same zainteresowania.

– To prawda? – zapytała, patrząc na mnie. – Co za zbieg okoliczności.

– Rzeczywiście – przyznałem.

– A co konkretnie udało ci się znaleźć tym razem?

– Chciał kupić kilka takich rzeczy. – Bolin wskazał na pudełko.

Na widok artefaktu Abigail otworzyła szeroko oczy. Szybko przywołała się do porządku, wiedziałem jednak, że chodzi o coś więcej, co tylko rozbudziło moją ciekawość.

– Och, tylko niech się pospieszy, bo chciałabym już ruszyć w dalszą drogę. Mój wuj pewnie się niepokoi.

– Załatwimy wszystko najszybciej, jak się da – zapewnił ją Bolin.

Usłyszałem kliknięcie w uchu.

– Kapitanie, tu doktor Hitchens. Jest pan dostępny czy zajęty?

Dotknąłem ucha.

– O co chodzi, doktorku?

– Octavii i mnie nie udało się zdobyć żadnych porządnych zapasów medycznych. Wygląda na to, że miasto jest nadal w budowie i nie ma szpitala ani nawet placówki medycznej. Można by pomyśleć…

– Coś jeszcze czy tylko to chciał mi pan powiedzieć? – zapytałem, wchodząc mu w słowo.

– Och, przepraszam. Octavia namierzyła stację kosmiczną zajmującą się badaniami medycznymi. Niedaleko stąd, w dodatku leży na naszej trasie.

– I myślicie, że to pomoże nam z Lex?

– Jeśli ta stacja posiada odpowiednie zaopatrzenie i sprzęt, to raczej tak, kapitanie.

Spojrzałem na Abby.

– Co ty na to?

– Myślę, że to dobre posunięcie – odparła.

– Okej, zarejestrowałeś to, Siggy? – zapytałem. – Przy pierwszej nadarzającej się okazji zaktualizuj trasę.

– Zrozumiałem, proszę pana. Niezwłocznie się tym zajmę.

W końcu pojawiło się światełko w tunelu. Mieliśmy obiecane artefakty, a niedaleko stąd znajdowało się porządne laboratorium, które przebada małą, a może nawet uzyska konkretne odpowiedzi. Zastanawiałem się, czy bezpiecznie jest zacząć czuć optymizm, odsunąłem jednak od siebie to uczucie.

Optymizm sprawiał, że człowiek czuł się bezpieczny. To najszybszy sposób na to, aby dać się zabić. Nie mogłem do tego dopuścić.

– Wszystko w porządku? – zapytał Bolin.

Zapomniałem, że tu jest. Ups.

– Tak, nic ważnego. Rozmawiałem jedynie z kolegą. Jest na naszym statku i liczył na to, że uda mu się uzupełnić zapasy leków. Ale nic z tego.

– Och, rozumiem. Jest lekarzem? Słyszałem, jak nazwałeś go doktorkiem.

– Coś w tym rodzaju – odparłem, ale nie rozwinąłem tematu.

Wróciła Camilla z kilkoma mniejszymi przedmiotami. Nie rozpoznałem żadnego z nich, lecz zdecydowanie należały do tego rodzaju technologii, o który nam chodziło. Kusiło mnie, aby zadzwonić do Hitchensa i Octavii i zapytać ich o zdanie, mogłoby to jednak wzbudzić podejrzenia Bolina, a nie mogłem dopuścić do tego, aby podniósł cenę albo kogoś wezwał. Ostatnie, czego mi trzeba, to aby mnie sprawdzono, bo wtedy na ekranie pojawiłyby się list gończy i setki tysięcy kredytów nagrody, która skusiłaby tych ludzi do wydania mnie.

– Dziękuję, Camillo. – Bolin pomógł jej położyć przedmioty na pobliskim stole. – Proszę bardzo, obejrzyjcie sobie.

Zmierzyłem wzrokiem każdy z reliktów, udając, że wiem, co robię. Zobaczyłem, że Abigail robi to samo, aczkolwiek ona starała się sprawiać wrażenie niezainteresowanej. Lepiej by było, gdyby nasze role się odwróciły i to ona odgrywała eksperta od złomu, a ja niezorientowanego w temacie męża, ale za późno na coś takiego. Poza tym nie miałem zwyczaju niczego żałować.

– Kilka to przyzwoite okazy, ale pozostałe... sam nie wiem – mruknąłem, przesuwając palcami po żuchwie, jakbym się zastanawiał. – Wiesz co, kupiłbym to wszystko od ciebie za, powiedzmy, trzysta siedemdziesiąt pięć. Co ty na to?

– Trzysta siedemdziesiąt pięć kredytów? – zapytał.

Kiwnąłem głową.

– To uczciwa cena za to, co masz.

Zerknął na leżące na stole przedmioty, przypuszczalnie próbując ocenić ich wartość, wiedziałem jednak, że kompletnie się na tym nie zna. Nikt w tym namiocie nie wiedział, ile jest wart ten złom.

– Niech ci będzie – powiedział po dłuższej chwili. – Okej.

– Super, w takim razie dobiliśmy targu. Wszystkie te rzeczy za trzysta siedemdziesiąt pięć kredytów.

– Zaraz dam ci terminal, żebyś mógł zrobić przelew. – Zajrzał pod ladę. – Czy jest coś jeszcze, co chciałbyś…

W oddali rozległ się głośny dźwięk. Brzmiał jak strzał.

Odwróciłem się na pięcie i sięgnąłem do pasa.

– Co to, u licha, było?!

– Och! – Camilla schowała się za ojcem. – Czy to Grabieżcy?

– Kto? – zapytałem.

– Grabieżcy – powtórzył Bolin. – Stacjonujące tu sarkonijskie wojsko. Czasem się tu zapuszczają w poszukiwaniu nielegalnego handlu.

– Nielegalnego handlu? – Raz jeszcze zerknąłem na relikty. – Wolno ci to mieć?

Bolin podrapał się po głowie.

Walnąłem dłonią w stół.

– Szybko, zawiń to w coś i schowaj, zanim się tu zjawią!

Nie protestował, przypuszczalnie dlatego, że wiedział, że sarkonijskie wojsko się nie patyczkuje. Wrzucił wszystko do wielkiego brązowego worka i razem z córką pobiegł na zaplecze.

Usłyszałem odgłosy otwieranych i zamykanych pokryw, kiedy gorączkowo próbowali ukryć dowody.

W tym momencie poła namiotu się uniosła. Ja i Abigail odwróciliśmy się i zobaczyliśmy, jak do środka wpada troje żołnierzy z karabinami. Ubrani byli w sarkonijskie zbroje, takie same jak te, które mieliśmy okazję widzieć w szpitalu.

– Niech nikt nie rusza się z miejsca! – warknęła kobietą z cienką blizną biegnącą przez policzek.

Abigail i ja unieśliśmy ręce, po czym powoli przeszliśmy na bok, z dala od lady.

– My tylko robimy tu zakupy – rzekłem do funkcjonariuszki. – Nie musicie odstrzelać nam głów.

– Gdzie jest właściciel sklepu? Ma tu natychmiast przyjść!

Z tylnej części namiotu szybko wyszedł Bolin.

– P-przepraszam – bąknął. – Próbowałem znaleźć dla tego człowieka części silnika.

– Części silnika? – zapytała funkcjonariuszka, zerkając na mnie. – Masz statek?

– Mam – potwierdziłem.

Zmierzyła mnie wzrokiem.

– Nie wyglądasz na mieszkańca. Co tu robisz?

– Razem z żoną jesteśmy w podróży poślubnej i lecimy do jej wujka. Postanowiliśmy zatrzymać się tutaj, aby zobaczyć, co można kupić. I pomyślałem, że przy okazji zaopatrzę się w kilka części zapasowych.

– Rozumiem. – Wpatrywała się w nas długą chwilę. Gotów byłem przysiąc, że na ułamek sekundy coś jej błysnęło w jednym oku, ale doszedłem do wniosku, że to tylko nerwy. – Cóż, nie wchodźcie nikomu w drogę, a nic wam się nie stanie. Na razie jednak nie ruszajcie się stąd. Dokonujemy przeszukania wszystkich sklepów.

– To dlatego słychać było przed chwilą strzał?

– Ktoś narobił nam kłopotu. Lepiej nie robić tego, co ta osoba.

– Naturalnie. – Spojrzałem na Abigail. – Nie sprawimy kłopotu. Prawda, moja droga?

– W życiu – odparła, a jej głos nagle stał się o wiele łagodniejszy. – O rety, nikomu nie chcę sprawiać żadnych kłopotów.

Zamrugałem zaskoczony tym, że brzmiała jak zupełnie inna osoba.

– Pan Abernathy, zgadza się? Z naszych akt wynika, że ma pan córkę. Gdzie teraz jest? – zapytała funkcjonariuszka.

– Śpi. Jest tutaj od wielu godzin – odparł.

– Proszę ją natychmiast przyprowadzić.

– Cz-czy to konieczne, proszę pani? – zapytał.

– Tak, chyba że chce pan zostać aresztowany. Proszę robić to, co każę.

Spojrzał na nas, wyraźnie zaniepokojony, po czym powoli się wycofał do tylnej części namiotu. Chwilę później wrócił z córką, która tarła oczy, jakby dopiero co się obudziła.

Trzeba oddać dziewczynie, że potrafiła grać. Nawet włosy miała w nieładzie.

Funkcjonariuszka podeszła do nich. Trzymając w ręce karabin, spojrzała na córkę Bolina.

– Camilla Abernathy?

– Tak – odparła, patrząc na kobietę.

– Proszę wyjść zza lady.

Camilla powoli obeszła stół, a na jej twarzy konsternacja mieszała się z przerażeniem. Wszyscy wiedzieliśmy, w jakim to zmierza kierunku.

Funkcjonariuszka skinęła na swoich towarzyszy.

– Bierzcie ją.

Mężczyźni chwycili nadgarstki dziewczyny i umieścili je za jej plecami.

– Co się dzieje? – zapytałem.

– To dziecko zostaje aresztowane za wtargnięcie na teren prywatny. Widzieliśmy ją na nagraniu holo, tuż za ogrodzeniem.

Na twarzy Bolina pojawiło się przerażenie.

– Nie, to nie ona! Ona była tutaj przez cały dzień!

– Proszę nie kłamać. Sama widziałam nagranie. Nie ma żadnych wątpliwości co do tego, że to ona. I nawet sugeruję, aby przyniósł pan skradziony przez z nią przedmiot, w przeciwnym razie zastrzelimy was oboje tam, gdzie stoicie.

– Z-zaraz – rzucił błagalnie Bolin. – Nie widziałem, żeby cokolwiek ze sobą przyniosła. Nie róbcie jej krzywdy!

Kobieta kiwnęła głową do podwładnego.

– Rozejrzyj się na zapleczu.

Wypełniając jej rozkaz, udał się na tył namiotu. Słychać było odgłosy przesuwania. Rozległ się także dźwięk tłuczenia. Kilka chwil później mężczyzna wrócił z workiem pełnym rzeczy, które pokazał nam Bolin, w jednej ręce, a pudełkiem w drugiej.

– Tak jak myślałam – powiedziała żołnierka.

Spanikowana Camilla zaczęła szybko oddychać. Jej spojrzenie pobiegło od funkcjonariuszki do wyjścia i zaczęła przesuwać jedną stopę.

Wiedziałem, co sobie myśli. Problem w tym, że gdyby puściła się biegiem, nie uciekłaby daleko. Tak już było z amatorami. Po kilkunastu metrach kres jej ucieczce położyłaby kulka w głowę.

Westchnąłem, po czym wyjąłem pistolet spod płaszcza i celując w twarz kobiety, rzuciłem:

– Puśćcie dziewczynę.

Abigail wyglądała na totalnie zaskoczoną. W sposób oczywisty nie spodziewała się mojej interwencji, jednak dopasowanie się do mnie zajęło jej tylko chwilę. Wyciągnęła własną broń i wycelowała z niej do jednego z żołnierzy.

– A wy co wyrabiacie? – zapytała funkcjonariuszka. – Życie wam niemiłe?

– Może i nie. A teraz puśćcie ją.

Nie wydawała się zdeprymowana faktem, że celujemy do nich z dwóch broni.

– Wiesz, z kim rozmawiasz?

– Z Sarkonianką.

– Jestem major Mercer Equestri. Zrobisz, co ci każę, w przeciwnym razie…

Szarpnąłem ręką w lewo i oddałem strzał w nogę jednego z żołnierzy. Z głośnym krzykiem padł na kolana.

Mercer Equestri spojrzała na mnie szeroko otwartymi oczami.

– Czemu to zrobiłeś?!

– Sięgał po broń. Niezbyt mądre posunięcie.

Mężczyzna ponownie krzyknął z bólu. A ja ponownie wycelowałem w panią major.

– Jeśli myślisz, że oddam ci tę dziewczynę, to chyba oszalałeś! – oświadczyła.

Wzruszyłem ramionami.

– Wygląda na to, że chcesz zarobić kulkę w pierś.

Zacisnęła zęby i spojrzała na Camillę, która stała obok niej, przytrzymywana przez drugiego żołnierza.

– Ostatnia szansa, paniusiu.

Zawahała się, po czym pokręciła głową.

– Puść ją.

Żołnierz tak zrobił.

– I oddaj jej to pudełko – rzuciłem.

– To własność sarkonijskiego rządu! – upierała się Mercer.

– Zrób to, inaczej postrzelę was obu w różne kończyny.

Posłała mi spojrzenie, które mogło znaczyć, że albo ma mnie ochotę zabić, albo zaciągnąć do łóżka. Nie interesowało mnie ani jedno, ani drugie.

– Oddaj je – rzekła w końcu.

Żołnierz podał pudełko Camilli, a ja pokazałem jej, aby podeszła do mnie. Kiedy znalazła się wystarczająco blisko, nachyliłem się i szepnąłem:

– Biegnij do hangaru. Miejsce 226. Rozumiesz?

Kiwnęła głową.

– Okej.

Przytrzymałem ją za ramię, aby nie od razu wybiegła z namiotu.

– Chwileczkę – szepnąłem, następnie wycelowałem w połę namiotu i oddałem strzał.

Kula przedarła się przez materiał i w coś trafiła. Tuż przed wejściem na ziemię padł mężczyzna. I głośno jęknął.

– Zawsze uważaj na strażnika pilnującego tyłów – rzekłem do dziewczyny. – A teraz leć, mała.

Przeskoczyła nad leżącym na ziemi żołnierzem i pobiegła przed siebie.

– Wkrótce ją znajdziemy – powiedziała Mercer. – W tym mieście jest ponad dwustu aktywnych członków personelu zabezpieczającego, a każdy ma dostęp do tego samego systemu alarmowego, co ja. Kiedy tylko nasze czujniki wychwycą jej biometrię, będą wiedzieli, co to za jedna.

Podszedłem do niej, nie przestając celować, i zabrałem jej strzelbę, po czym przerzuciłem ją sobie przez ramię. Zabrałem także broń żołnierzowi z kulą w nodze. A potem odwróciłem Mercer i przyłożyłem lufę pistoletu do dolnej części jej pleców.

Abigail zrobiła to samo z żołnierzem, który nie był ranny.

– Hej, Bolin – rzuciłem. – Nie masz może jakichś kajdanek? Albo czegoś podobnego?

– Ja... eee... mam plastikowe zaciski – odparł, kucnąwszy za ladą.

Gdy mi je przyniósł, wyczułem, że Mercer się spina.

– Taki brak kontroli musi być trudny – powiedziałem, biorąc od sprzedawcy zaciski.

– To ty nie masz kontroli – odparła.

– Pewnie, paniusiu, pewnie. – Owinąłem jej lewy nadgarstek plastikiem, porządnie i ciasno.

Odchyliła się, aby spojrzeć na mnie. Na jej twarzy błąkał się uśmiech.

– Musisz być z Unii albo gdzieś z Martwoziem, prawda?

– Zamknij się – nakazałem. – Nieważne, skąd jestem.

– Nie znasz za dobrze sarkonijskich mundurów, nie?

Owinąłem także drugi nadgarstek, dzięki czemu w końcu miała zabezpieczone dłonie.

– Mówię serio, paniusiu, mów dalej, a zarobisz kulkę w głowę.

– Wyświadcz sobie przysługę i zajrzyj pod tę małą klapkę pod moją marynarką. Tę z guzikiem.

Podążając za spojrzeniem Mercer, zerknąłem na jej brzuch.

– Po co?

– Po prostu zajrzyj – odparła. – Powinieneś się dowiedzieć.

– Jeśli to jest pułapka, to cię zastrzelę. Wiesz o tym, nie?

Kiwnęła głową.

– Oczywiście i zapewniam, że nią nie jest.

Odpiąłem guzik, następnie uniosłem klapkę, odsłaniając kawałek metalu nie większego niż mój kciuk.

– Co to jest?

– Rejestrator głosu. Mój osobisty identyfikator. W sumie to mnóstwo rzeczy w jednym.

– To coś nas nagrywa? – zapytałem, odsuwając rękę.

– I właśnie zeskanowało twoją twarz – odparła z cierpkim uśmiechem. – Och, popatrz tylko.

Zobaczyłem, jak odbicie w jej tęczówce ulega zmianie. To musiał być implant służący do uzyskiwania danych. Słyszałem o takim wynalazku. W sumie nawet chciałem załatwić sobie coś takiego, tyle że trudno to znaleźć na rynku.

– Jace Hughes ze Zbuntowanej Gwiazdy, zgadza się? – zapytała. – Wygląda na to, że wyznaczono niemałą cenę za twoją głowę. Może cię jednak nie zabiję. Może jedynie porządnie poturbuję, a potem aresztuję. – Zerknęła na Abby i zobaczyłem kolejny błysk w jej oku. – I Abigail Pryar. Wow. A nagroda za was oboje jest jeszcze wyższa.

Oderwałem od jej ubrania urządzenie nagrywające, rzuciłem na podłogę, po czym je zdeptałem.

– Za późno, kapitanie Hughes – oświadczyła Mercer. – Pozostały personel zabezpieczający otrzymał już stosowne powiadomienie.

Abigail chwyciła mnie za ramię.

– Musimy uciekać!

Przycisnąłem lufę pistoletu do skroni żołnierki. Na pewno ją to zabolało, niemniej uśmiechnęła się.

– Odwołaj ich! – nakazałem.

– Nie ma takiej opcji, Hughes.

Zacząłem pociągać za spust, po czym się zawahałem. Martwa dowódczyni zapewniłaby żołnierzom jeszcze większą motywację, aby mnie ścigać.

Uśmiechnęła się.

– Mądre posunięcie, kapitanie. Nie chcesz do listy swoich przewinień dodawać zabójstwa. To byłoby…

Kolbą pistoletu walnąłem ją w bok głowy. Mercer osunęła się nieprzytomna na ziemię. Może i nie zarobiła dzisiaj kulki, ale to nie znaczyło, że nie mogę jej zafundować bólu głowy.

Abigail wciągnęła głośno powietrze.

– Na niebiosa!

– Zwiąż tych idiotów i spadamy! – Spojrzałem na Bolina. – Pomóż mi z tym drugim.

– Okej, już się robi – odparł sprzedawca. We dwóch przyciągnęliśmy krwawiącego żołnierza do lady, gdzie przywiązaliśmy go do nóg stołu. – Co teraz? – zapytał.

– Spierdalamy stąd, oto co. – Wysunąłem głowę z namiotu i rozejrzałem się. – A ty razem z nami.

7

Gdy tylko uniosłem połę namiotu, wpadła do niego kula. Naliczyłem sześciu żołnierzy, aczkolwiek z powodu panikującego tłumu nie miałem pewności, czy nie ma ich więcej.

– Mamy problem – rzekłem, unosząc broń. – Abby, bierz Bolina i lecimy!

– Tak jest – odparła.

Chwyciła sprzedawcę za ramię i choć był dwa razy od niej większy, jasne było, kto z tych dwojga sprawuje kontrolę.

– Co robimy? – zapytał.

– Biegniemy – rzuciła Abigail i pociągnęła go za sobą. – Trzymaj się blisko mnie i staraj się nie dać zabić.

Kolejna seria trafiła w wózek Abigail, stojący zaledwie metr ode mnie.

Odpowiedziałem ogniem, trafiając jednego żołnierza w klatkę piersiową. Padł na ziemię, jednak zostało ich jeszcze pięciu.

– Ruchy! – wrzasnąłem, puszczając się biegiem.

Abigail i Bolin pobiegli za mną i we trójkę pędziliśmy ulicą.

Musieliśmy jak najszybciej dotrzeć na statek, w przeciwnym razie zwaliłaby nam się na głowę reszta tej armii zapomnianej przez Boga i ludzi.

Za nami rozległy się kolejne wystrzały, lecz nie zatrzymałem się. Nie było czasu na strzelanie, nie, kiedy w całym mieście lada chwila miał zostać ogłoszony alarm. Musieliśmy…

– Jace! – wrzasnęła Abigail, zatrzymując się kilka metrów za zakrętem. – Stop!

– Po co?!

Odwróciłem się i zobaczyłem, że podtrzymuje Bolina. Jedną ręką ją obejmował, a drugą trzymał w górze. Z miejsca, gdzie powinien mieć palec, kapała krew.

– Problem!

Zawróciłem, mało nie ślizgając się na żwirze. Po kilku sekundach byłem już przy nich.

– Możesz dalej iść?

– Ch-chyba tak – stęknął Bolin.

Z jego kieszeni wyszarpnąłem jakąś szmatę i owinąłem nią ranną dłoń.

– Trzymaj się i do przodu!

Żołnierze nie byli wcale daleko od nas. Nie mieliśmy czasu na cackanie się z rannym.

Jakby czytając mi w myślach, Abigail oświadczyła:

– Nie możemy go tu zostawić, Jace!

– Do diabła, Abby.

Wziąłem drugą rękę sprzedawcy i przerzuciłem ją sobie przez ramię.

W zamontowanym pod kopułą systemie głośników rozległ się dźwięk syreny.

- UWAGA. TRWA POŚCIG ZA PRZESTĘPCAMI. PROSZĘ WRÓCIĆ DO DOMÓW.

– To pewnie o nas – rzekłem, gdy mozolnie próbowaliśmy biec. Stuknąłem się w ucho. – Siggy, słyszysz mnie?

– Tak, proszę pana – odparł Sigmond.

– Odpal ten cholerny statek! Jesteśmy blisko!

– Oczywiście, proszę pana. Przygotowuję się do startu.

– Co z pozostałymi? – zapytała Abigail.

– Siggy, gdzie reszta załogi?

– Z wyjątkiem was cały personel znajduje się bezpiecznie na pokładzie, proszę pana.

– Super, powiedz wszystkim, żeby się przypięli i czekali. Zaraz będziemy.

– Przyjąłem do wiadomości.

Obejrzałem się za siebie i dostrzegłem kilku żołnierzy skręcających w naszą ulicę.

– Szybciej! – warknąłem.

Tuż przed sobą mieliśmy wyjście. Jeszcze kilkanaście metrów i będziemy bezpieczni.

Za nami rozległy się strzały.

– Zatrzymajcie się! – wrzasnął jeden z mężczyzn.

Puściłem rękę Bolina.

– Zabierz go na statek – poleciłem Abigail. Wyciągnąłem pistolet i oddałem dwa szybkie strzały. – Zaraz do was dołączę!

Abigail nie protestowała. Może w końcu dotarło do niej, jak działają rozkazy.

Kucnąłem za pobliskim pojazdem w nadziei, że okaże się porządną osłoną, i ponownie strzeliłem w stronę żołnierzy. Pierwszy pocisk rozbił witrynę sklepową, za to drugi i trzeci trafiły jednego z nich w ramię i udo.

Schowałem się i przeładowałem broń.

Nad moją głową fruwały kule, roztrzaskując szkło i kołysząc pojazdem. Nachyliłem się i od strony podwozia oddałem sześć szybkich strzałów. Dwóch mężczyzn trafiłem w stopy. W chwili, kiedy padli na ziemię, rzuciłem do Siggy'ego:

– Jeśli masz jakiś pomysł, jak się z tego wyplątać, to zamieniam się w słuch.

– Chwileczkę, proszę pana. Spróbuję włamać się do ich systemu bezpieczeństwa, aby odwołać alarm.

– Nic to nie da! Co z ludźmi, którzy próbują mnie zabić?

– Obawiam się, że w tej kwestii nic nie mogę zrobić, proszę pana.

Zza paska wyjąłem awaryjny granat dymny.

– Pierdolę – mruknąłem, a potem rzuciłem go za siebie.

Wylądował kilka metrów przed żołnierzami.

– Granat! – wrzasnął jeden z nich i natychmiast się rozpierzchli.

Oparłem lufę o maskę samochodu i strzelałem raz za razem w stronę dymu. Nic nie widziałem, usłyszałem za to kilka razy krzyk.

Dobry znak.

Niedaleko mnie rozległ się głos.

– Co tu robisz?

Rozejrzałem się.

Za jednym ze straganów siedział sprzedawca, który próbował sprzedać nam broń, kiedy wchodziliśmy do tego cholernego miasteczka. Wyglądał na zirytowanego.

– Bierz dupę w troki i spadaj, zanim zarobisz kulkę w łeb, idioto! – rzuciłem do niego.

– Nie mogę zostawić swojego towaru – odparł. – Czym wkurwiłeś ochronę?

– Zastrzeliłem jednego z nich. – Uniosłem pistolet nad głowę i oddałem trzy kolejne strzały. Usłyszałem krzyk i domyśliłem się, że jeden okazał się celny.

Kule, nieprzerwanie trafiając w pojazd, zrobiły wgniecenia w metalu i przebiły dwie opony.

Sięgnąłem po nowy magazynek i w tym momencie zorientowałem się, że wszystkie już wykorzystałem.

Sprzedawca dał nura za swój stragan, kiedy sarkonijska kula mało nie odstrzeliła mu głowy. Chwilę później wychylił się z drugiej strony.

– Masz jakąś amunicję? – zapytałem niecierpliwie.

Uniósł brew.

– Mogę ci coś sprzedać – odparł. – To Z91, nie? Chwila.

Zaskoczyła mnie zmiana tonu jego głosu. Wystarczyło dziesięć sekund, by z przerażonego świadka strzelaniny zmienić się w profesjonalnego sprzedawcę.

– Tak, będziesz coś miał?

– Oczywiście. Dam ci kilka magazynków, jeśli zrobisz mi przelew. – Pokazał mi terminal.

Kolejna seria trafiła w samochód.

– Okej. Ile chcesz za dwa magazynki?

Zasznurował usta.

– Powiedzmy pięćset za jeden.

– Pięćset kredytów? Zwariowałeś? Na szyldzie napisałeś, że masz najtańszy towar.

– Co mogę rzec? – Wyszczerzył się. – Popyt wzrósł w zawrotnym tempie.

Zacząłem już mówić, aby rzucił mi magazynki, ale urwałem.

Po co mam się ograniczać tylko do amunicji, skoro mam przed sobą handlarza bronią.

– Co jeszcze masz? – zapytałem.

Posłał mi przebiegły uśmiech.

– A czego potrzebujesz?

– Granaty?

Wsunął rękę za stragan i wyjął z niego małe pudełko.

– Co tylko sobie życzysz. Osiemset kredów za dwa.

Stuknąłem w ucho.

– Siggy, przelej tysiąc osiemset kredytów temu dupkowi handlującemu bronią, który nazywa się... – Urwałem. – Hej, ośle, jak się nazywasz?

– Garin Shill – odparł.

Nawet nazwisko miał takie jakieś parszywe.

Garin przyglądał się wyświetlaczowi i wyszczerzył się, kiedy przyszedł przelew.

– Proszę bardzo. – Rzucił mi pierwszy magazynek. – Miło robi się z tobą interesy, przyjacielu.

– Taa – mruknąłem i wsunąłem kule do pistoletu. – Cholerny oszust.

Następnie rzucił drugi magazynek, który na razie schowałem za pasem, a na koniec granaty.

– Idziemy! – usłyszałem głos jednego z żołnierzy. – Na pewno go zdjęliśmy.

Uśmiechnąłem się drwiąco.

– Chcielibyście.

Załadowałem drugi magazynek, a mimo to nie zrobiłem żadnego postępu. Sarkonianie zachowywali dystans, nie pozwalając mi opuścić tego miejsca. Zastanawiałem się, ile jeszcze zniesie ten samochód, nim kula przebije się przez niego i trafi w moje ciało.

Przesunąłem się w stronę przedniej części auta, próbując wycelować, ale w maskę trafiły kolejne pociski, zmuszając mnie do pochylenia się.

– Poddaj się, renegacie! – rozległ się znajomy głos.

„To chyba ta Mercer", pomyślałem.

– Widzę, że się obudziłaś! – odkrzyknąłem.

– Nie myśl, że ujdzie ci to płazem!

Wziąłem głęboki oddech, zerkając na wyjście. Dzieliło mnie od niego jedynie jakieś dziesięć metrów, tyle że korytarz zaczynał się już przed pierwszym skrętem. Mogłem zarobić kulkę w plecy, ale nie mogłem też czekać tu bez końca.

Ponownie oddałem strzały w stronę grupy żołnierzy.

– Dość tego, kapitanie Hughes – warknęła Mercer. – Nie chcę cię zabić, ale zrobię to, jeśli będę musiała.

– Chyba będziesz musiała, bo nie zamierzam pozwolić, abyś zgarnęła nagrodę! – zawołałem.

Sprzedawca nadal kucał za straganem i bacznie mnie obserwował.

– Hej, dupku, daj mi coś większego – rzuciłem do niego. – Potrzebuję cholernej armii!

– Czyli czegoś spod lady – odparł Garin. Wyjął spod koszuli mały medalion i dotknął nim ściany straganu. Ta się przesunęła, odsłaniając schowek.

– A co to takiego? – zapytałem.

Wyszczerzył się.

– Słyszałeś o howlizterze 47?

Otworzyłem szeroko oczy.

– O w mordę – mruknąłem.

Wyjął z pudełka broń. Była na tyle mała, że dla niewprawnego oka wyglądała jak zwykły pistolet, ja jednak wiedziałem, jak wygląda howlizter. Zdradzały to trzycentymetrowa rękojeść, w której skrywał się mikrogenerator, oraz jej srebrna obwódka.

– Łap! – zawołał i rzucił broń wysoko ponad naszymi głowami.

Przełożyłem swój pistolet do drugiej ręki i chwyciłem howliztera. Zacisnąłem palce wokół tego maleńkiego śmiercionośnego działa.

– Generator uruchamia się, przyciskając ten czerwony guzik obok spustu – wyjaśnił Garin.

Przesunąłem palcem po bocznej części i znalazłem guzik.

– No to jazda – mruknąłem i wcisnąłem go.

Broń zabuczała mi cicho w dłoni.

– Mruczy jak marzenie, no nie? – zapytał Garin.

– Ostatnia szansa, Hughes! – ryknęła Mercer.

Spojrzałem na Garina.

– Lepiej się nie wychylaj!

Położyłem palec na spuście i odwróciłem się z wyciągniętą ręką, celując w małą armię.

Pociągnąłem za spust i z lufy wystrzeliła wiązka czerwonej energii, przecinając górne części stojących w pobliżu pojazdów. Gdy zatoczyłem ręką łuk, w sześciu samochodach natychmiast roztrzaskały się szyby.

Sarkonianie uskoczyli na bok, unikając wiązki, która przesunęła się tam, gdzie przed chwilą znajdowały się ich głowy. Jeden okazał się zbyt wolny i gorące światło przejechało mu po nadgarstku, odcinając dłoń razem z trzymanym przez nią karabinem. Krzyknął w panice.

Po kilku sekundach laser zniknął. Spojrzałem na Garina, który wzruszył ramionami.

– Nadaje się tylko do jednego strzału – powiedział.

– Ty sukin…

Przerwały mi strzały, co oznaczało, że żołnierze podnieśli się z ziemi. Mercer krzyknęła coś, czego nie zrozumiałem, a potem przywołała jednego z żołnierzy, który jej coś podał.

Rzuciła to coś w moją stronę, tyle że wylądowało bliżej Garina.

– Ja pierdolę! – krzyknąłem. – Granaty! Uciekaj…

Eksplozja rzuciła mnie na pojazd i kiedy zasłoniłem rękami twarz, poczułem falę gorąca. Opuściwszy je, zobaczyłem dziurę w ziemi tam, gdzie jeszcze przed chwilą stał stragan.

Kurwa mać, Garin.

U wyjścia z tunelu pojawiła się jakaś postać, niewyraźna z powodu dymu.

– Jace? Gdzie jesteś?

– Kto to? – zapytałem.

Gdy dym opadł, zobaczyłem stojącą w tunelu Abigail. Patrzyła w moją stronę. Coś trzymała w rękach.

Coś dużego.

– Abby? Co ty… czy to jest to, co mi się wydaje? – krzyknąłem.

Nie odpowiedziała. A przynajmniej nie w sposób werbalny. Uzyskałem potwierdzenie, kiedy uniosła potężne poczwórne działo i oddała strzał w stronę Sarkonian. Odrzut sprawił, że wpadła na wózek, którego wcześniej użyła, aby zabrać drugą część sprzętu.

Pocisk wylądował między mną a wojskiem, burząc beton i sprawiając, że samochody poleciały na pobliskie budynki.

Pod całą kopułą rozbrzmiał grzmot. W uszach dzwoniło mi tak głośno, że nie miałem pewności, czy jeszcze wróci mi słuch. Nim zdążyłem się podnieść, poczułem na nadgarstku dłonie Abigail, ciągnące mnie.

– Chodź! – wrzasnęła mi w twarz.

Zamrugałem kilka razy i chwilę później biegłem już za nią. Minąłem działo.

– Chwila! – zawołałem. – Ja go potrzebuję!

Wrzuciłem go na wózek, który następnie pchałem przez tunel. Pomagała mi Abigail.

Kiedy doszliśmy do końca korytarza, skąd wychodziło się do hangaru, Abigail odwróciła się do mnie i rzuciła:

– Mógłbyś mi przynajmniej podziękować.

– I dać ci tę satysfakcję? – zapytałem, nadal przekrzykując dzwonienie w uszach. – W życiu bym sobie tego nie wybaczył.

Śluza zamknęła się, a ja przebiegłem przez mostek, gotowy wydać rozkaz do odlotu, kiedy usłyszałem głos Freddiego:

– Ktoś jest przy statku!

– Pewnie, że tak! – odkrzyknąłem. – Ścigają nas Sarkonianie!

– Nie, to nie żołnierz.

Hitchens podbiegł do okienka.

– On ma rację! To jakaś dziewczyna.

– Dziewczyna? – zapytał Bolin, który siedział na kanapie. Octavia bandażowała mu właśnie ramię. – Jak wygląda?

– To Camilla – odparła Abigail. – Szybko, Sigmondzie, otwórz drzwi!

– Zrozumiałem – powiedziała AI.

Zobaczyłem, że w stronę śluzy biegnie nastolatka.

– Zabierzcie ją, jeśli chcecie. Za dwie minuty startujemy.

Udałem się szybko do kokpitu, a kiedy tylko usiadłem w fotelu, zapiąłem pasy.

– Siggy, powiedz mi, kiedy tylko będziemy gotowi do startu.

– Oczywiście – odpowiedział. Jakieś dziesięć sekund później dodał: – Wszystkie systemy są gotowe.

– Dziewczyna jest na pokładzie? – zapytałem.

– Właśnie weszła – poinformował mnie Siggy. – Zamykam teraz śluzę.

– Dobrze.

Włączyłem przycisk zapłonu. Oderwaliśmy się od ziemi, na chwilę znieruchomieliśmy, następnie szybko pofrunęliśmy ku niebu, łamiąc po drodze kilkanaście przepisów.

Kilka statków stojących w pobliżu zakołysało się, żaden jednak nie doznał większych uszkodzeń. Po kilku krótkich sekundach znajdowaliśmy się już daleko od księżyca.

– Ktoś nas goni? – zapytałem szybko.

– Na razie nie – odparł Sigmond.

Odetchnąłem z ulgą.

– No to lecimy. – Odchyliłem się na fotelu. – Chyba dosyć mam ludzi jak na jeden dzień.

8

Kiedy wróciłem do salonu, Bolin ze łzami w oczach tulił swoją córkę. Dłoń nadal mu krwawiła, ale zdawał się tego nie zauważać. Liczyła się tylko Camilla.

– Papo, nic mi nie jest. – Głos miała zduszony, bo tak mocno ją tulił.

– Moja córeczka – zaszlochał.

– Oboje jesteście teraz bezpieczni – odezwała się Abigail. – Tylko to się liczy.

– Nikomu nic się nie stało? – zapytałem, omiatając spojrzeniem załogę.

Wyglądało na to, że nie ucierpiał nikt oprócz Bolina.

Zobaczyłem także, że stojąca obok Octavii Lex z zaciekawieniem przygląda się tej scenie.

– Tak bardzo wam dziękuję, że nas stąd zabraliście – zwrócił się do mnie Bolin. Oczy miał czerwone od płaczu.

– Mamy pelerynę – wyjaśniłem. – A niedaleko jest tunel. Zmierzamy w stronę leżącej niedaleko stąd stacji kosmicznej. Jeśli chcecie, to możecie tam znaleźć jakiś statek, który zabierze was z dala od granicy. Sugerowałbym udanie się tak daleko od terytorium sarkonijskiego, jak tylko się da. Na pewno jesteście już traktowani jako zbiegowie.

Dziewczyna spojrzała na ojca.

– Co teraz zrobimy?

– Nie wiem, Camillo. Pewnie będziemy musieli zacząć od nowa.

Ściągnęła brwi i pociągnęła nosem.

– Nie chciałam robić ci kłopotów, papo.

– To nie twoja wina. Niepotrzebnie w ogóle pojechałem w tamto paskudne miejsce.

„Właściwie to jej wina, bo to przecież ona ukradła tamto pudełko", pomyślałem, ale nic nie powiedziałem.

– Powinniśmy byli odlecieć stamtąd zaraz po przylocie. Byłem głupcem, sądząc, że jest tam to, czego potrzebujemy – oświadczył Bolin.

– Czyli co konkretnie? – zapytałem.

Oboje spojrzeli na mnie.

– Po co polecieliście na ten księżyc? – doprecyzowałem.

– To była okazja – odparł Bolin. – Chciałem nowego początku. Oboje chcieliśmy.

– Nowego początku po czym? – odezwała się Octavia.

– Imperium Sarkonijskie dokonało inwazji na nasz układ – wyjaśnił Bolin. – Okupacja zmusiła ludzi do opuszczenia swoich domów i większość rozpierzchła się po całym układzie. Kilka miesięcy później nowy rząd zaczął oferować pracę, więc się zgodziłem. – Pokręcił głową. – Nie chciałem, ale to była jedyna praca, jaką udało mi się znaleźć.

– Rozumiem – odparłem. – Różne rzeczy trzeba robić, aby przeżyć.

– Właśnie. Kiedy Sarkonianie uznają cię za swojego obywatela, nie pozwolą opuścić swojego terytorium, więc nie mogłem wybrzydzać. To była najlepsza opcja. – Spuścił głowę. – Bogowie, posłuchajcie mnie tylko.

– W porządku, Bolinie. Zrobiłeś tyle, ile byłeś w stanie – rzekł uspokajająco Freddie.

– Mało nie straciłem dzisiaj córki – mruknął. – Nigdy bym sobie nie wybaczył.

– Ale nie straciłeś – powiedziałem.

– Nie dzięki sobie. – Spojrzał na mnie. – To ty ją uratowałeś. Machnąłem ręką.

– Sama to zrobiła.

Wróciłem na przednią część statku w chwili, kiedy zbliżyliśmy się do następnego tunelu. Utworzyła się szczelina, a chwilę później zostawiliśmy za sobą kolonię i, przy odrobinie szczęścia, także Sarkonian.

Odstąpiłem Camilli swój pokój, natomiast Bolin spał na kanapie. Nie przeszkadzało mi to, bo i tak wolałem pozostać u sterów. Nasz przelot przez tunel miał być krótki, więc mogłem sobie pozwolić jedynie na drzemkę. I tak właśnie by się stało, gdyby nie zapukał do mnie Hitchens.

– Przepraszam, że przeszkadzam – powiedział, wchodząc do kokpitu. Był zdecydowanie za gruby, aby tu przebywać, nic jednak nie powiedziałem.

– O co chodzi? – zapytałem, licząc, że przejdzie od razu do sedna sprawy.

– Przez to wszystko, co się stało, nie udało nam się w końcu porozmawiać.

Wytarłem oczy.

– Nie wiem, o czym pan mówi.

– W salonie, kiedy razem z Lex otworzyliśmy tamto pudełko, zapytałem, czy moglibyśmy o czymś porozmawiać. Było to dość pilne, tyle że sytuacja uległa eskalacji i…

Uniosłem rękę.

– Rozumiem.

Kiwnął głową.

– Chodzi o ten wykres gwiazd i kierunek, w którym zmierzamy.

– Och? – zdziwiłem się. – Znalazł pan lepszą trasę?

– Niezupełnie. Studiowałem mapę razem z Lex i porównywaliśmy ją z uniwersalną mapą gwiazd dostępną w galaktycznym necie. Jasne, istnieje wiele niezbadanych regionów, ale wygląda na to, że nasze miejsce docelowe zostało już zbadane i nie znaleziono tam żadnych planet.

– Chcesz powiedzieć, że ta mapa prowadzi donikąd? – zapytałem.

Ekstra. Byłem poszukiwanym listem gończym zbiegiem w dwóch imperiach, miałem mało pieniędzy, prawie żadnych zapasów i to wszystko w imię czego?

– Och, nie, kapitanie, nie to chciałem powiedzieć. Zdecydowanie coś tam jest. Tyle że nie Ziemia.

– Nie pomaga pan, Hitchens. Mów pan, co konkretnie się tam znajduje.

– W skrócie planeta, tyle że nie taka, o którą nam chodzi. To raczej będzie drugi krok na naszej ścieżce. Podejrzewam, że atlas prowadzi nas do początku kolejnego etapu podróży.

– Kolejnego etapu? Myśli pan, że ten nasz atlas jest tylko pierwszą połową czy coś w tym rodzaju?

– Niewykluczone. Niestety pewności mieć nie mogę. – Podrapał się po policzku. – Tak czy inaczej musimy podążać za tą mapą. Jestem przekonany, że znajdziemy odpowiedź, o ile tylko zachowamy czujność.

– Trudno powiedzieć, abyśmy mieli wybór – burknąłem. – Nie możemy zawrócić.

– W rzeczy samej. Ale przynajmniej możemy kierować się przed siebie.

Tunel ślizgu zabrał nas do układu leżącego tuż obok mgławicy. Znajdowała się tu tętniąca życiem stacja kosmiczna, która tak się akurat składało, że pozostawała poza granicami terytorium sarkonijskiego. Według gal-netu właścicielem stacji była organizacja prowadząca badania naukowe, która płaciła Sarkonianom spory podatek za dostęp do tego regionu.

Dla mnie było to marnowanie pieniędzy, ale co ja tam wiedziałem?

– Są tu trzy statki z identyfikatorami Martwoziem – poinformował Sigmond.

– Połącz mnie z tym z najczystszą kartoteką – poleciłem.

Chwilę później rozmawiałem już z facetem o imieniu Hutch o zabraniu w jakieś bezpieczniejsze miejsce dwojga pasażerów. Przystał na to za niewielką opłatę w wysokości czterystu kredytów i trochę pracy fizycznej podczas podróży. Wiedziałem, że Bolin zrobi, co tylko będzie trzeba, aby zapewnić córce bezpieczeństwo. Jeśli to oznaczało zmywanie przez tydzień czy dwa naczyń i mycie podłóg, na pewno da sobie z tym radę.

Zadokowałem Gwiazdę na stacji naukowej, nie planowałem

jednak spędzić tu dużo czasu. Wydarzenia z ostatniego postoju nadal kazały mi się oglądać przez ramię w poszukiwaniu Sarkonian, co nie było przyjemnym uczuciem. Im szybciej stąd odlecimy, tym lepiej.

Oczywiście trasa prowadziła nas znowu prosto do sarkonijskiej przestrzeni, co nie było sytuacją idealną, ale tunele Slipspace nie były elastyczne. Biegły tylko konkretnymi ścieżkami, mając w nosie to, czego chcesz. Jeśli zamierzaliśmy kontynuować podróż, następny tunel był naszą jedyną opcją.

Po zadokowaniu statku otworzyłem śluzę i powiedziałem wszystkim, aby wyszli zażyć odrobinę ruchu.

– Napijcie się, jeśli macie ochotę. Kupcie coś do jedzenia. W tamtym mieście straciliśmy zapasy, więc tutaj zaopatrzcie się w co się tylko da.

– A co z nami? – zapytał Bolin.

– Znalazłem już statek, który was zabierze – odparłem.

Wyglądał na zaskoczonego.

– Zrobiłeś to dla nas? Bardzo ci dziękuję!

– Drobiazg. Udajcie się na platformę dokującą numer trzy i zapytajcie o Hutcha. To kapitan tego statku. Towarowca specjalizującego się w... w czym, Siggy?

– Nabywaniu i transporcie sprzętu związanego z rozrywką dla dorosłych, w tym holografów, urządzeń przenośnych i sztucznych replikantów człowieka – odparł Sigmond.

– Ano właśnie – przytaknąłem. – Przewozi towary egzotyczne. Nic, czym można by się przejmować.

Camilla stała kilka metrów od nas i rozmawiała z Lex. Po chwili ojciec ją przywołał i rzekł, że pora się zbierać.

– Już? Miałam nadzieję, że dłużej tu zostaniemy.

– Ci ludzie wystarczająco dużo dla nas zrobili, Camillo. Teraz musimy sami się o siebie zatroszczyć – powiedział Bolin.

Kiwnęła głową i spojrzała na mnie.

– Zabrałam ze sobą pudełko – rzekła w końcu. – Zostawiłam je na kanapie. To dla pana za to, że nas pan uratował.

– To miło z twojej strony – odparłem.

– Dopiero co znalazłam je w tamtej kopalni i sprzedalibyśmy je panu, gdyby nie nadeszli ci żołnierze.

Bolin uśmiechnął się i przytulił córkę.

– Dobre z niej dziecko, mój anioł.

Ta mała była złodziejką, a nie aniołem, nie wyprowadzałem go jednak z błędu. Skoro chciał wierzyć, że takie z niej niewiniątko, nie zamierzałem mu tego zabraniać.

– Bolin, mogę cię prosić? – zawołała Octavia. – Muszę jeszcze sprawdzić te rany.

– Ach, tak, dziękuję – odparł były sprzedawca. Spojrzał na mnie. – Raz jeszcze dziękuję, kapitanie.

Po tych słowach podszedł do Octavii, która czekała cierpliwie z apteczką na kolanach. Jak zawsze mogła liczyć na pomoc Hitchensa.

Camilla pozostała u mojego boku.

Zerknąłem na nią.

– Co tu jeszcze robisz? – zapytałem.

Bacznie mi się przyglądała.

– Pan jest renegatem, prawda?

Uniosłem brwi.

– Kto ci o tym powiedział? Abigail?

Pokręciła głową.

– Słyszałam o renegatach. Kradnie pan i robi to, co trzeba, aby pozostać przy życiu. Jest pan taki jak ja.

– Nie jesteś daleka od tego – rzekłem. – Ale także nie bliska. Ty robisz, co musisz, bo nie masz wyboru. Ja dlatego, że to lubię.

– Lubi pan kraść?

– Tylko w odpowiednich okolicznościach – wyjaśniłem. – Ale owszem, lubię, i jestem w tym cholernie dobry.

– Ja kradłam tylko po to, by pomagać papie. – Zerknęła na ojca. Zdjął koszulę, aby Octavia mogła zmienić opatrunek na jego plecach. – On tyle dla mnie robi.

– Masz rację – przytaknąłem. – Chcesz się nim zaopiekować?

Kiwnęła głową.

– W takim razie trzymaj się z dala od kłopotów. Rób, co ci każe. Nie bądź taka jak ja, mała. To nie jest dobre dla zdrowia.

Spuściła głowę, rozczarowana. Widziałem, że chce czegoś więcej.

Westchnąłem.

– Posłuchaj, nie jesteś zła w te klocki, ale rób tak dalej, a skończysz martwa albo w klatce. Jeśli chcesz pozostać na wolności, potrzebny ci pomyślunek.

– Pomyślunek?

– Kiedy byłem w twoim wieku, aresztowano mnie za kradzież chleba. To było na Epsy, kiedy mieszkałem na ulicy. Po wyjściu z poprawczaka przydzielono mi kuratora. Chcesz wiedzieć, co mi powiedział?

– Coś o byciu dobrym i trzymaniu się z dala od dragów? – zapytała.

– Gdzie tam. – Machnąłem ręką. – Powiedział, że jeśli chcę unikać kłopotów, muszę pracować nad tym, aby nie dać się złapać.

– Co? Tak powiedział kurator? Dlaczego?

Uśmiechnąłem się krzywo.

– Miał na imię Jesson. Nie był typowym kuratorem, ale dobry był z niego człowiek i nauczył mnie kraść.

– Nauczył? Ale przecież kurator nie może robić czegoś takiego?

– Nie na Epsy. Tamto miejsce to dramat. Potrzeba było sporo sprytu, aby poradzić sobie na ulicy. Jesson to rozumiał. Nie tracił czasu na uczenie nas, jak się stać prawym obywatelem, tylko jak przetrwać. O to właśnie chodzi w tej galaktyce, mała. Trzeba się nauczyć, jak pozostać przy życiu. Czasami oznacza to kradzież bochenka chleba, aby się najeść. Innym razem być może będziesz musiała kogoś zastrzelić. W obu przypadkach chodzi o przeżycie. Jesson pokazał mi, co robię źle – uciekałem na ślepo, nie znając danego miejsca. Nauczył mnie mieć oczy szeroko otwarte. To jest właśnie twój problem, mała. Nie sprawdziłaś tamtej kopalni, zanim do niej weszłaś. Nawet jeśli sądziłaś, że to zrobiłaś, kiepsko ci poszło, bo te kamery cię wychwyciły i właśnie tak się o tobie dowiedziano. Musisz znać wszystkie martwe punkty, wszystkie pęknięcia w szkle. Następnym razem lepiej to sobie zaplanuj. Okaż się lepsza od ścigających cię głupców, a zawsze będziesz krok przed nimi. Co ważniejsze, kiedy wszystko zacznie się sypać, znajdź jakieś wyjście.

Powoli pokiwała głową.

– Martwe punkty. Wyjście. Chyba rozumiem.

– Wcale nie – odparłem i poklepałem ją po ramieniu. – Ale może stanie się tak za kilka lat, kiedy jeszcze parę razy powinie ci się noga.

9

Dopilnowałem, abyśmy nie pozostawali zbyt długo na tej stacji. Doszedłem do wniosku, że lepiej dla nas będzie, jeśli jak najszybciej ruszymy w dalszą drogę.

Hitchens i Octavia wrócili z wózkiem pełnym jakichś urządzeń. Nie miałem pojęcia, do czego służą, uznałem jednak, że skoro zadali sobie tyle trudu, aby je zdobyć, to musiały być tego warte.

Nadal nie rozumieliśmy co się działo z Lex, a coś mi mówiło, że przydałoby się to rozgryźć.

Gwiazda dotarła do pobliskiego gazowego olbrzyma, zbliżając się do następnego tunelu.

– Jesteśmy gotowi, Siggy?

– Tak, proszę pana. Aktywuję napęd ślizgowy.

Wyjąłem mapę gwiazd i przyjrzałem się danym pobranym od urządzenia, które dostałem od Hitchensa. Pojawiły się cała galaktyka i cienka, złota linia ciągnąca się od jednego układu do drugiego, gdzieś daleko stąd, w stronę zewnętrznej krawędzi.

Z tego, co mi było wiadomo, przestrzeń ta pozostawała niezbadana. Trudno mi było uwierzyć, że Ziemia, o ile w ogóle istnieje, znajduje się tak daleko stąd.

Ale ta mapa musiała jednak dokądś prowadzić. Z doświadczenia wiedziałem, że tak już jest i już. Może pokazywała trasę starego statku badawczego sprzed dwóch tysięcy lat, kiedy ten rodzaj technologii był w rozkwicie. Może udałoby nam się coś wykopać, a potem to sprzedać. Gdyby ta cała ekspedycja się rozpadła, istniała szansa, że nie odszedłbym z kwitkiem.

A co, trzeba być optymistą, no nie?

W przestrzeni przed nami uformowała się szczelina, tuż nad jednym z osiemdziesięciu sześciu księżyców gazowego olbrzyma.

– Tunel jest czysty, proszę pana. Mam kontynuować?

– Ile tym razem nam to zajmie? – zapytałem.

– Około piętnastu godzin.

– Wystarczająco długo na whiskey i żal – odparłem. – Prowadź nas tam, Siggy.

– Już się robi, proszę pana.

Statek zadrżał, gdy silniki sterujące nabrały mocy, a potem rozległ się głośny trzask.

Szarpnęło moim fotelem.

Stojącej na desce rozdzielczej Foxy Stardust zakołysała się szybko głowa.

– Proszę pana, wykrywam nietypową aktywność na zewnętrznym kadłubie – oświadczył Sigmond.

Zbuntowaną Gwiazdą znowu zatrzęsło, tym razem tak mocno, że gdyby nie pasy, spadłbym z fotela.

– Przestań lecieć i przeskanuj statek – warknąłem. – Dowiedz się, czy nie uderzyły w nas jakieś szczątki.

Aktywowałem system łączności.

– Uwaga, natrafiliśmy na turbulencje. Nie ruszajcie się z miejsc i pozostańcie przypięci.

– Kapitanie Hughes! – krzyknął ktoś w salonie. – Musi pan tu natychmiast przyjść!

Odpiąłem pasy.

– Przysięgam, Siggy, jeśli władowałeś nas na asteroidę, to skopię ci twój cyfrowy tyłek.

– Oby do tego nie doszło, proszę pana.

Drzwi kokpitu rozsunęły się i wyszedłem do salonu. Obok okna stała Abigail. Odwróciła się do mnie i zobaczyłem, że oczy ma wielkie jak spodki.

– Mamy problem!

– Co ty…

W tym momencie śluza otworzyła się z hukiem, a potężny podmuch sprawił, że zarówno ja, jak i Abigail wylądowaliśmy na ziemi. Uderzyłem w ścianę i przekoziołkowałem. Świat zrobił się niewyraźny.

Dzwoniło mi w uszach, kiedy próbowałem wstać. Znowu wpadłem na ścianę. Słyszałem jakieś odległe krzyki… a może bliskie? To Abby? Wołała mnie?

Odepchnąłem się od podłogi, próbując coś dojrzeć. Zamazane kontury, jakaś osoba zbliżająca się do mnie.

Sięgnąłem po pistolet i starałem się zacisnąć dłoń na rękojeści, było to jednak trudne.

– … alarm…

Głos w moim uchu. Brzmiał jak Sigmond.

– … proszę pana, jest… musi pan… alarm…

– Siggy – wymamrotałem, nagle świadomy tego, jak sucho mam w ustach. – Siggy, co się dzieje?

– Następuje inwazja na statek. Musi pan szybko wstać.

– Inwazja? – Zakaszlałem, ale i tak niewiele widziałem. Tylko mgłę i czarne plamki.

Wyczułem jakiś ruch. Ze śluzy wyszły jakieś postacie.

– Proszę pana, musi pan natychmiast wstać. Jest tu wróg. Musi pan wstać – oświadczył Sigmond.

Jedna z postaci zatrzymała się, spojrzała na mnie i podeszła bliżej.

– Co my tu mamy? – zapytał niski, chropowaty głos. – To pewnie ty tu dowodzisz.

– Kim... u diabła... jesteście? – udało mi się wyrzucić z siebie. Mrugałem szybko, próbując dojrzeć twarz intruza.

Zaśmiał się, stojąc nade mną.

– Człowiekiem, który anektuje twój statek.

Nim zdążyłem coś dodać, poczułem, jak czubek jego buta kopie mnie w głowę.

Obudził mnie krzyk.

– Zostawcie mnie! – wrzasnęła Octavia.

Nie bez problemu uniosłem powieki i zobaczyłem, że leży na brzuchu na podłodze. Wózek odepchnięto na drugi koniec salonu.

Nad nią stało dwóch unijnych funkcjonariuszy, a każdy trzymał rękę na ramieniu małej dziewczynki.

Lex.

Zbyt wiele miałem do przetworzenia naraz. Przez głowę przebiegało mi zbyt wiele pytań. Odsunąłem wszystkie na bok i skupiłem się na stojącej przede mną dziewczynce.

Policzki miała mokre od łez. Za nią siedziała Abigail. Widziałem, że jest nieprzytomna. Głowa jej opadała na klatkę piersiową, grzywka zasłaniała oczy. Ręce przywiązano jej do fotela. Albo wywiązała się między nimi walka, albo ci ludzie doskonale wiedzieli, z kim mają do czynienia.

Próbowałem unieść rękę, ale poczułem na nadgarstku plastikową taśmę. Cholera.

– Błagam, nie wolno wam skrzywdzić tej dziewczynki! – zawołał Hitchens.

Stał w korytarzu na prawo ode mnie, a przed sobą miał uzbrojonego strażnika.

– Przymknij się, grubasie! – warknął żołnierz. Pchnął doktora, przez co ten upadł na kolana. Pozostali się roześmiali.

– Hej, znalazłem jeszcze jednego! – zawołał ktoś od strony ładowni.

Freddie. Gdy żołnierz go przyprowadził, zobaczyłem ranę biegnącą w poprzek lewego oka. Świeżą i krwawiącą.

„Przynajmniej próbował walczyć", pomyślałem.

– Siadaj tutaj – oświadczył funkcjonariusz stojący na środku pomieszczenia. Przypuszczalnie kapitan, przywódca tej grupy.

Jego zabiję jako pierwszego.

Podszedł do niego młody mężczyzna. Niższy rangą. Dwudziestoparolatek, możliwe, że chorąży. Czarne, starannie ostrzyżone włosy. Spokojne spojrzenie.

– Kapitanie Anders, jakie są pańskie rozkazy?

Anders omiótł wzrokiem swoich jeńców. Nim jego spojrzenie zdążyło wylądować na mnie, udałem, że jestem nieprzytomny.

– Wyciągnijcie z ich systemu co się da. Wysadzimy ten statek w powietrze, gdy tylko uzyskamy to, czego potrzebujemy.

– Statek ma AI, sir. Nie uda nam się złamać kodowania za pomocą sprzętu, który mamy ze sobą – odpowiedział młody człowiek. – Gdybyśmy zaholowali statek na terytorium Unii, moglibyśmy liczyć na pomoc specjalisty.

Kapitan kiwnął głową.

– Przeniesiemy jeńców i wrócimy z oboma statkami. Celna uwaga z tą AI.

– Dziękuję, sir – odparł młodzieniec.

Kapitan popatrzył na swoich ludzi. Razem było ich sześciu.

– Od razu rozpocznijcie przenosiny. Chętnie opuszczę ten sektor.

Uchyliłem powieki, na tyle tylko, aby cokolwiek widzieć. Dwóch mężczyzn ujęło Lex za nadgarstki i odciągnęło ją od reszty załogi. Próbowała się opierać.

– Nie! Puśćcie mnie!

Jeden z mężczyzn uderzył ją w twarz.

– Uspokój się!

Przyłożyła dłoń do policzka, lecz się nie rozpłakała.

– Przestańcie! – zawołała Octavia. – To tylko dziecko!

– Każ jej się uspokoić – nakazał kapitan.

Octavia spojrzała na niego, następnie na Lex.

– Lex, rób co ci każą. Obiecuję, że wszystko będzie dobrze.

Dziewczynka opuściła ręce.

– Okej, Octavio.

Inny żołnierz przeciął więzy na nadgarstkach Abigail, po czym uniósł jej nogi.

– Hej, pomóż mi z tą – rzucił do kolegi.

– Jasne – odparł ten drugi.

Razem podnieśli ją i przenieśli do śluzy, a stamtąd na swój statek.

Za nimi poszli Hitchens i Freddie, z lufami karabinów przystawionymi do pleców. Nie odzywali się ani słowem.

W końcu pozostali tylko kapitan Octavia i chorąży.

– Bierzmy tę kobietę na statek – rzucił ten starszy wiekiem i rangą.

– Zamierzacie mnie zanieść? – zapytała go.

Uniósł brew.

– Czy jeśli oddamy ci wózek, to będziesz grzeczna?

– Boicie się niepełnosprawnej archeolożki? Co mogę zrobić sama przeciwko sześciu uzbrojonym żołnierzom?

– W porządku, ale jeśli tylko zobaczę, że coś kombinujesz, ten oto – wskazał na chorążego – zastrzeli cię bez mrugnięcia okiem. Zrozumiano?

Kiwnęła głową.

Chorąży przyprowadził wózek, po czym pomógł Octavii na nim usiąść.

– Chcę widzieć twoje ręce – rzekł do niej.

Położyła je na kolanach, on zaś zaczął pchać wózek w stronę śluzy.

Zamknąłem znowu oczy i czekałem. Kapitan podszedł do mnie. Słyszałem jego oddech.

– No i co mamy zrobić z tobą? – mruknął.

Usłyszałem w uchu kliknięcie.

– Jestem w gotowości, proszę pana.

Świetnie, ale na razie nie mogłem wydać Siggy'emu żadnych rozkazów. Nie, dopóki siedziałem na tym krześle.

Poczułem rękę na swoim nadgarstku, gdy kapitan zaczął mnie odwiązywać. Trwało to dłużej, niż powinno, ale miał przecież tylko jedną wolną rękę. Wiedziałem, że w drugiej trzyma broń. Bez otwierania oczu miałem pewność, że lufa jest wymierzona prosto w moją głowę. Gdybym czegoś teraz spróbował, od razu byłbym trupem.

W końcu poluzował węzeł, a potem zabrał się do drugiego, odpychając od siebie moje ramię.

Zrobiłem się bezwładny jak szmaciana lalka i przechyliłem się w przód.

Kapitan cofnął się i stanął nade mną. Wyczuwałem toczącą się w jego mózgu debatę. Powinien mnie zanieść czy kazać to zrobić jednemu ze swoich ludzi?

– Docker, chodź tutaj i zabierz tego ich dowódcę – warknął.

Okazał się tak przewidywalny, że prawie się uśmiechnąłem.

Z drugiego statku przybiegł Docker.

– Tak jest, sir. Zajmę się tym.

– Pospiesz się i zabierz go do nas. Musimy jak najszybciej opuścić ten sektor.

– Ale mamy przecież pelerynę.

– Ukrywa tylko nasz statek – odparł kapitan Anders. – A bez dostępu do systemu tego statku nie uda nam się aktywować ich peleryny.

– Czy to oznacza, że będziemy podatni na atak? – zapytał Docker.

– Tylko jeśli spędzimy tu zbyt dużo czasu. Ten teren znajduje się za daleko od przestrzeni Unii. Grasują tu pustoszyciele, piraci i Sarkonianie. Nie możemy ryzykować podczas holowania tego statku.

– Zrozumiałem, sir – odparł Docker i przerzucił sobie moją rękę przez ramię.

Podciągnął mnie do góry, ja jednak się osunąłem i z głuchym odgłosem padłem na ziemię.

– Docker, musisz go podnieść – rzucił kapitan.

– Już się robi. – Schylił się, aby ująć moją dłoń.

Uchyliłem jedno oko i zerknąłem na jego pas... na broń przy

biodrze. M-7, standardowy pistolet wojskowy. W przeciwieństwo do M-8 bez skanera odcisków palca. Na moje szczęście.

Gdy mnie uniósł, poczułem, jak palcami stóp dotykam podłogi. Byłem wyższy od tego dupka o jakieś trzydzieści centymetrów, więc nie było mu łatwo. I rozpraszało to jego uwagę.

Stał się bezbronny.

Moja prawa ręka opadła mu na klatkę piersiową i pas, kiedy oparł mnie o siebie. Moja dłoń znalazła się kilka centymetrów od jego kabury. Oto moja szansa.

Chwyciłem pistolet i szybko go wyciągnąłem, po czym otworzyłem oczy i zajrzałem Dockerowi w twarz.

Otworzył usta, kiedy spojrzałem mu w oczy i przyłożyłem lufę do boku.

– Sorry, Docker – rzuciłem.

Nie odrywając od niego wzroku, pociągnąłem za spust.

Padł na ziemię przede mną i chwycił się za bok.

Wycelowałem w kapitana w chwili, kiedy zamierzał zrobić to samo.

– Nie ruszaj się – nakazałem.

Znieruchomiał z dłonią zaciśniętą na rękojeści pistoletu. Zerknął na swoją broń, potem na mnie.

– Śmiało – mruknąłem. – Jeśli sądzisz, że jesteś wystarczająco szybki.

Anders przełknął ślinę.

– Twoi ludzie są na moim statku. Jeśli spróbujesz coś zrobić, wszyscy zginą.

– Ale najpierw zginiesz ty – odparłem. – Odłóż broń i się odsuń. Jeśli nie...

Nagle uniósł rękę, próbując wziąć mnie z zaskoczenia.

Trafiłem go w szyję. Z zaskoczeniem malującym się na twarzy zatoczył się, po czym upadł. Z rany ciekła mu krew.

Zabrałem mu broń z ręki i się cofnąłem.

Anders charczał głośno, próbując zaczerpnąć powietrza. Uchwycił się ściany za sobą, próbując się podciągnąć, nie był jednak w stanie. Opuszczały go wszystkie siły. Jeszcze minuta i będzie trupem.

I dobrze.

– Siggy, czy możesz zablokować ich klamry dokujące? – zapytałem. – Nie możemy dopuścić do tego, aby te pacany próbowały uciec.

– Ich statek ma własną AI, ale próbuję poradzić sobie z firewallem. Wygląda na to, że mikroprogramy nie mają najnowszej aktualizacji, a to dobra wiadomość. W ciągu dziesięciu minut powinienem uzyskać dostęp.

Usłyszałem, jak na drugim statku ktoś krzyczy:

– Szybko! Do kapitana!

– Rób co trzeba, Siggy. – Zerknąłem na Andersa i w tej samej chwili jego spojrzenie stało się puste i przestał się ruszać.

Dałem kroku nad nieprzytomnym Dockerem i podbiegłem do ściany sąsiadującej ze śluzą. Na korytarzu po drugiej stronie rozległy się głośne kroki.

Z palcami na spustach wziąłem długi, uspokajający oddech, następnie z wyciągniętymi przed siebie pistoletami odwróciłem się w stronę drzwi śluzy.

W tej samej chwili dwóch mężczyzn ujrzało wymierzone w siebie lufy.

Zaczęli otwierać usta, nim jednak zdążyli wydać z siebie jakiś dźwięk, wystrzeliłem dwie kule.

Na ścianie za nimi rozbryzgnęły się mózgi, a potem ciała osunęły się na ziemię.

Zostało jeszcze dwóch.

Szybkim krokiem szedłem przez statek, który nie przypominał tych unijnych, które miałem okazję widzieć. Wnętrze było nowsze, czystsze, bardziej kompaktowe. Idealne dla niezbyt licznej załogi.

– Przepraszam, że przeszkadzam – odezwał się Sigmond. – Udało mi się przeniknąć przez firewall. Sztuczna inteligencja przeciwnika próbuje zatrzymać mój postęp, ale sądzę, że przejmę kontrolę… – urwał na chwilę – właśnie teraz.

Usłyszałem pod nogami mechaniczny dźwięk, jakby coś wchodziło na swoje miejsce.

– Klamry zostały zabezpieczone. Poddam teraz kwarantannie tę drugą AI.

– Powodzenia – szepnąłem, zbliżając się do większego pomieszczenia usytuowanego pośrodku statku. Przypominało mój salon – otwarta przestrzeń ze stołami i krzesłami. Ale wyposażenie było ładniejsze i brakowało tutaj domowej atmosfery Gwiazdy.

W korytarzu rozległ się kobiecy głos:

– Gdzie ja jestem? Coście za jedni?

– A więc Abby odzyskała przytomność – mruknąłem, skupiając się na końcu korytarza.

Zrobiłem kilka kroków w tamtym kierunku, zatrzymałem się jednak, kiedy usłyszałem jakiś szelest, a potem męski krzyk.

Puściłem się biegiem, gotowy na użycie broni, i wtedy na korytarz wyszła Abigail z karabinem w ręce. Jej natychmiastową reakcją było wycelowanie we mnie.

– Hola – warknąłem, unosząc ręce.

– Jace.

– Wszystko w porządku, Abby? – zapytałem, wpatrując się w lufę.

Przestała celować we mnie, nie opuściła jednak lufy. Sprytnie, bo przecież musieliśmy się rozprawić z jeszcze jednym żołnierzem.

– Co się stało? Ocknęłam się przed chwilą, kiedy ten osioł próbował mnie… – Urwała. – Gdzie Lex?

– Gdzieś na tym statku. – Stuknąłem się w ucho. – Siggy, masz już widok na ten statek?

– Już tak, proszę pana – odparł. – Wszystkich zamknięto w areszcie na końcu statku, naprzeciwko mostku.

– Siggy mówi, że są tam – rzuciłem, wskazując na odchodzący w bok korytarz.

– Ilu zostało żołnierzy? – zapytała Abigail.

– Siggy, już tylko jeden?

– Zgadza się, proszę pana.

Kiwnęła głową.

– No to idę pierwsza.

– Ja pierwszy. – Stanąłem przed nią. – To, że jednego załatwiłaś, nie oznacza, że tu dowodzisz.

10

Wiedziałem, że został jeszcze ten chorąży, dwudziestoparoletni młodzik, który zasugerował, aby zabrali nasz statek. Gotowy byłem się założyć, że taki smarkacz to żaden przeciwnik, zwłaszcza że towarzyszyła mi szalona mniszka, ale nie byłem na tyle głupi, aby stracić czujność.

Gdy zbliżyliśmy się do drzwi aresztu, uniosłem obydwa pistolety.

– Wyczuwam w środku ruch – rzekł mi do ucha Sigmond.

Skinieniem głowy dałem Abigail znać, że dotarliśmy we właściwe miejsce. Uniosła przed sobą karabin.

– Otwórz, Siggy – szepnąłem, nie chcąc dotykać panelu dostępu. Wolałem patrzeć przed siebie i celować z obu broni.

– Już się robi, proszę pana.

Drzwi się rozsunęły, ujawniając wnętrze aresztu i…

– Poddaję się – oświadczył chorąży. Klęczał z rękami za głową.

Nie przestając w niego celować, zajrzałem do środka, aby się upewnić, że jest sam.

Kiedy się przekonałem, że moje wyliczenia okazały się słuszne, spojrzałem na mężczyznę przed sobą.

– Nie sądziłem, że się po prostu podda – mruknąłem.

Abigail minęła mnie i kopnęła chłopaka w klatkę piersiową. Z cichym okrzykiem upadł na plecy. Chwilę później Abby przyłożyła mu kolana do żeber i włożyła lufę do ust.

– Gdzie ona jest?

– E-r-er – odparł, uderzając językiem o metal.

– Co on mówi?

Chorąży wskazał na drugi koniec pomieszczenia. Szybko się tam udałem.

– Kapitan Hughes! – wykrzyknął Freddie.

Razem z Hitchensem znajdował się w niewielkiej celi w głębi korytarza.

– Dzięki niebiosom! – zawtórował mu archeolog.

W celi naprzeciwko nich dostrzegłem Octavię na wózku. Obok niej siedziała mała Lex.

– Nikomu nic się nie stało? – zapytałem.

– W sumie to nie – odparła Octavia.

– Hej! – zawołałem do Abigail. – Zanim go zabijesz, możesz zapytać, jak się to otwiera?

– Mów – nakazała, zaciskając dłonie na rękojeści.

– Może lepiej wyjąć mu najpierw z ust lufę – dodałem.

Coś burknęła, ale tak zrobiła.

– Kod dostępu to 33918 – wyrzucił z siebie chorąży. – Proszę, nie zabijajcie mnie.

– Coś za łatwo to idzie – mruknąłem.

Wstukałem kod do celi Freddiego. I drzwi od razu się otworzyły.

– Gdzie reszta tych ludzi? – zapytał, pchnąwszy je.

– Martwi albo prawie martwi – odparłem, wstukując kod po stronie Octavii.

Kolejne kliknięcie, ale tym razem sam pociągnąłem za drzwi.

– Ktoś ma cię popchać? – zapytałem.

Obróciła koła, kierując się w stronę wyjścia.

– Dam sobie radę.

Lex stała pod ścianą i nas obserwowała.

– Mała, możesz wyjść – rzekłem do niej. – Jest już bezpiecznie.

– Wcześniej też było – odparła. – A oni i tak przyszli.

– I jeśli się stąd nie zmyjemy, to przylecą kolejni nowym statkiem.

– Jace – warknęła Abigail.

– No ale to prawda – zaprotestowałem. – Musimy wracać na swój statek i jak najszybciej stąd odlecieć.

– Co z chłopakiem? – zapytał Hitchens. – Chyba nie zamierzacie go zabić?

– A czemu by nie? – zainteresowałem się.

– C-cóż, to przecież jeszcze dziecko.

– Jest wystarczająco dorosły, aby dołączyć do Unii – oświadczyłem. – Wystarczająco dorosły, aby dla niej zginąć.

– Mam w nosie Unię – odezwał się chorąży. – Przysięgam, nie jestem nikim ważnym. Dopiero co ukończyłem szkolenie.

– Nie możemy cię ot, tak puścić. Za dużo widziałeś – rzekłem do niego.

– Kapitanie, nie moglibyśmy użyć tego miejsca w ładowni? – zapytał Freddie.

– Jakiego miejsca?

– Zakładam, że chodzi mu o to miejsce za ścianą, gdzie ukrył nas pan podczas przeprawy z tym całym Fratleyem – wtrącił Hitchens.

– Och. – Doskonale wiedziałem, o co mu chodzi, tyle że ostatnie, czego potrzebowałem, to kolejna gęba do wykarmienia, zwłaszcza więzień.

– Jeśli go zabierzemy, może uda nam się wyciągnąć z niego jakieś tajne informacje – zasugerował Freddie.

– Tajne informacje? – zapytałem. – To dzieciak. Nic nie wie.

– M-mogę powiedzieć, w jaki sposób was namierzyliśmy – powiedział szybko.

– No to jak? – zapytałem, machnąwszy w jego stronę pistoletem.

Jego spojrzenie śledziło lufę.

– Nie zauważył pan, jak szybko zadokowaliśmy?

– Co masz przez to na myśli?

Abigail przyłożyła mu lufę do czoła.

– Kontynuuj.

– Peleryna – odparł. – Mamy pelerynę szóstej generacji. To najnowszy model, posiada go tylko kilka statków.

Szóstej generacji? Zrobiłem krok w jego stronę.

– Kłamiesz.

– Wcale nie. Dostaliśmy ją w zeszłym miesiącu. Dzięki niej możemy lecieć przez Slipspace bez chowania peleryny. Przysięgam, że mówię prawdę.

– Przez Slipspace? – zapytał Hitchens.

Podszedłem do chorążego.

– Chcesz mi powiedzieć, że możecie używać peleryny w tunelach?

– Tak, tak – przytaknął szybko. – Tak właśnie było, kiedy lecieliśmy za wami przez tunel. Już wcześniej was śledziliśmy, odkąd opuściliście szpital.

W uchu usłyszałem głos Sigmonda:

– Pokrywa się to z moimi obserwacjami, proszę pana. Według mnie mówi prawdę.

A więc dlatego tunel nie zamknął się za nami. Byliśmy śledzeni, tyle że nie widzieliśmy statku. Rzeczywiście miałem wtedy przeczucie, że coś nie gra.

– Co sądzisz, kapitanie? – zapytała Octavia.

– Wierzę mu – wtrącił Freddie.

– Ja też – potwierdził Hitchens.

– Powinniśmy zabrać go teraz, a potem być może przesłuchać – oświadczyła Octavia. – W ostateczności wykorzystamy go jako zakładnika.

– Racja – przyznał Hitchens.

– Skoro wszyscy wyrażają swoje opinie, to jak brzmi twoja, Abby? – zapytałem.

Spojrzała na chorążego, a w jej oczach malowała się nienawiść.

– Ty i pozostali ciągle nas nękacie – powiedziała spokojnie. – Ile to już razy?

– Przysięgam, że nie miałem z tym nic wspólnego – odparł.

– Ale teraz tu jesteś.

Nic nie odpowiedział.

Abigail mocno ściskała karabin. Nie spuszczała wzroku z człowieka pod sobą. Widziałem coś takiego już setki razy. W jej głowie obracały się trybiki, kiedy powoli przekonywała samą siebie, co musi zrobić… pociągnąć za spust.

– Abby – odezwał się cichy głos. To Lex, stojąca obok drzwi do celi.

Mniszka zamrugała i obejrzała się na Lex.

– Chcę stąd iść – powiedziała dziewczynka. – Możemy już iść, proszę?

Abigail spojrzała raz jeszcze na chorążego.

– Lex ma rację – odezwał się Freddie. – Wracajmy na statek.

Po chwili Abby zabrała kolano z klatki piersiowej żołnierza. Bez słowa wstała. Lex ujęła jej dłoń i razem wyszły z aresztu.

Chwyciłem chorążego za koszulę i podciągnąłem do pozycji stojącej.

– Mała mówi, że będziesz żył – rzuciłem do niego. – Wygląda na to, że to twój szczęśliwy dzień.

11

– Jesteś pewny? – zapytała Octavia, patrząc na mnie.

– W życiu nie byłem niczego bardziej pewny – odparłem.

Objąłem ekspres do kawy i nie bez wysiłku uniosłem go.

– Skoro tak twierdzisz, ale nie podoba mi się pomysł zabierania czegoś z ich statku na nasz.

– Och, ale to teraz przecież nasz statek, no nie? – zapytałem, próbując na nią spojrzeć zza potężnego urządzenia.

– Wiesz, co mam na myśli.

– Posłuchaj, jako kapitan *naszego* statku podejmuję decyzję, że ta piękna maszyna jest niezbędna do wykonywania dalszej pracy.

Zacząłem iść w stronę wyjścia, starając się nie upuścić ekspresu.

Octavia położyła dłonie na kołach.

– Jak sobie chcesz – rzekła i ruszyła za mną. – Kiedy odlatujemy?

– Gdy tylko umieszczę to cacko tam, gdzie jego miejsce – odparłem, zbliżywszy się do śluzy. – Freddie! Gdzie jesteś?

– Tutaj, kapitanie! – odkrzyknął z wnętrza statku. Chwilę później przybiegł do mnie.

– Pomóż mi z tym – poleciłem.

Złapał ekspres od dołu. I stęknął, wyraźnie zaskoczony jego ciężarem.

– Trzymaj mocno – powiedziałem, kiedy razem przechodziliśmy przez dwie śluzy.

– Nawet nie wiesz, czy ta kawa jest dobra – oświadczyła Octavia.

– Na pewno jest dobra. To przecież statek Unii.

Postawiliśmy ekspres na pustym stole.

– Uff – wyrzęził Fred.

– Myślisz, że sam to rozgryziesz? – zapytałem.

Spojrzał na mnie z konsternacją.

– Słucham?

– Zaparz mi kawę – wyjaśniłem. – Poradzisz sobie?

– Och, ja… eee… pewnie tak. – Zerknął na urządzenie.

– Ekstra. – Zacząłem biec w stronę ładowni. – Tylko tego nie schrzań!

Abigail i Hitchens byli już na dole. Stali obok siebie na środku ładowni i przyglądali się ścianie, za którą umieściliśmy naszych więźniów.

Więźniów, dlatego że było ich trzech: chorąży, człowiek, którego ogłuszyła Abigail – nadal nieprzytomny – i ranny facet o imieniu Docker. Pomimo moich zastrzeżeń Octavia opatrzyła jego ranę.

– Ach, kapitanie – rzekł do mnie Hitchens. – Odlatujemy?

- Jak zawsze ma pan rację, Hitch - odparłem, schodząc po schodkach.

Abigail nadal trzymała w ręce unijny karabin.

- Właśnie omawialiśmy to, jak się nimi zajmować - rzekła, wskazując na ścianę.

- Kazałem Fredowi przenieść tu ich zapasy, więc mamy ich czym karmić - wyjaśniłem.

Kiwnęła głową.

- Dopóki nie podejmiemy decyzji, dokąd ich zabrać.

- Jeśli wolno mi coś zasugerować - wtrącił Hitchens - niedaleko stąd znajduje się układ gwiazd podwójnych.

- Tak? - zapytałem. Nie podobał mi się kierunek, w którym zmierzała nasza rozmowa.

Hitchens postukał się w brodę.

- Czy na tym terenie grasują pustoszyciele bądź inne niebezpieczne typy?

- Nic mi o tym nie wiadomo - odparłem. - Ale jeśli sugeruje pan, abyśmy zboczyli z trasy po to tylko, aby odstawić kilku unijnych gnojków, to raczej mi na tym nie zależy. Na pewno znajdziemy coś na trasie.

- Obawiam się, że nie - rzekł naukowiec. - Przyjrzałem się mapie i to nasza najlepsza opcja.

Nie mieliśmy czasu na przepychanki, bo nadal byliśmy złączeni ze statkiem Unii.

- Lećmy już, a logistyką zajmiemy się później. Powiedział pan, że ten układ leży niedaleko? Jak bardzo niedaleko?

- Przypuszczalnie dwa tunele stąd. Razem podróż powinna zająć jeden dzień. Bez względu na to, jaką podejmie pan decyzję, pierwszy tunel pokrywa się z naszą aktualną trasą.

– W porządku, wlecimy w niego i wtedy zastanowimy się co dalej – zdecydowałem.

Nie interesowało mnie trzymanie tych ludzi na moim statku, ale zbaczanie z trasy, aby ich odstawić, wydawało mi się marnowaniem czasu i zasobów. Czemu ich wszystkich nie zabiłem, kiedy miałem taką okazję? Wtargnęli na mój statek, pojmali moją załogę i próbowali odebrać mi mój dom. Zasługiwali na śmierć.

Dlaczego ich więc nie zabiłem? Dlaczego pozwoliłem, aby decyzję za mnie podjęły Abigail i mała albinoska?

Zaczynałem mięknąć?

Siggy'emu udało się przetrzymać tę drugą AI na kwarantannie, uniemożliwiając jej wezwanie posiłków. Jednocześnie ustawił kurs unijnego statku na najbliższego gazowego olbrzyma, gdzie wleci w atmosferę i przy odrobinie szczęścia nikt go więcej nie zobaczy.

Mała strata. Jeden unijny statek w galaktyce mniej.

W tej chwili bardziej martwili mnie mężczyźni w ładowni. W końcu będę musiał zdecydować, co z nimi zrobić.

Ale najpierw musiałem zająć się czymś pilniejszym.

– Freddie, chodź no tutaj!

Stałem w salonie i wpatrywałem się w nowy ekspres.

– Kapitanie, woła mnie pan? – dobiegło z jednej z gościnnych kajut.

Chwilę później przybiegł.

– Gdzie moja kawa, Freddie? Miałeś mi zaparzyć.

– Próbowałem, ale ta maszyna jest skomplikowana. – Zaczął stukać w panel sterujący. – Średnia, dwie śmietanki, bez cukru. Widzi pan? Nie działa.

Odsunąłem go na bok.

– Źle to robisz.

Próbowałem wbić inny ciąg komend, następnie wcisnąłem „enter". Znowu nic.

– Może się zepsuł? – zasugerował Freddie.

– Już? Dopiero go przynieśliśmy. Niemożliwe, aby tak szybko wymagał naprawy.

– Co pan sugeruje, abyśmy…

– Coś się stało? – zapytał Hitchens, wróciwszy z ładowni.

– Próbujemy rozgryźć ten ekspres – mruknąłem. Obszedłem go, aby przyjrzeć się tylnej ściance.

– Czy nie zabrał go pan przypadkiem z tego unijnego statku? – zapytał archeolog.

Spojrzałem na niego.

– A niby skąd indziej?

– Ach, rozumiem. W takim przypadku będzie pan musiał dokonać integracji ekspresu ze swoją AI.

– O czym pan mówi? – zapytałem.

– Wszystko na unijnych statkach jest powiązane z AI, nawet mniejsze urządzenia tego typu – wyjaśnił Hitchens.

– Czemu, u licha, Octavia nie powiedziała mi o tym, kiedy taszczyłem tu to cholerstwo? – fuknąłem.

– Mogła uznać, że pan o tym wie.

Przypomniało mi się teraz, że kilka miesięcy temu Ollie mi powiedział, że Unia odchodzi od sprzętu niezależnego, woląc korzystać na swoich statkach z zamkniętego systemu. Narzekał, że coraz więcej unijnego sprzętu musi przerabiać, żeby poprawnie działał. Wtedy nie poświęciłem jego słowom większej uwagi.

– Jasny gwint – mruknąłem. – Siggy, potrafisz się z tym zintegrować?

– Właśnie próbuję. Dostęp przyznany.

– Szybko poszło – stwierdziłem.

– Zawsze do usług – odparł Sigmond.

Ponownie wstukałem komendę i się odsunąłem.

Salon wypełnił boski zapach, aktywując moje zmysły. Podszedłem po kubek od razu, gdy kawa przestała płynąć. Przyłożyłem go do ust i pociągnąłem łyk.

A potem go wyplułem.

– Kiepska? – zapytał Freddie.

Hitchens zrobił sobie drugą kawę, po czym się napił.

– Święci pańscy. – Zmarszczył nos. – Co za paskudztwo.

– Cholerna Unia – zakląłem. – Nawet kawę potrafią spierdolić.

Rana Dockera się rozeszła i trzeba ją było zszyć. Zajęła się tym Octavia, a w tym czasie Freddie go przytrzymywał. Nie sądziłem, aby próbował coś kombinować, ale lepiej dmuchać na zimne.

Dodatkowo Abigail celowała mu z karabinu w głowę.

Ani na chwilę nie odrywał wzroku od lufy. Biorąc pod uwagę gniew malujący się w oczach Abby, wcale mu się nie dziwiłem. W razie potrzeby potrafiła być bezwzględna, a w przypadku ochrony Lex wiedziałem, że jest gotowa na wszystko.

– Powinno wystarczyć – orzekła Octavia i wyprostowała się na wózku. – Musi teraz odpocząć.

– Zgadza się, Docker? – zapytałem. – Musisz odpocząć?

– Skoro tak twierdzicie – odparł, nadal wpatrując się w Abigail.

Nachyliłem się.

– A może odpowiesz mi na krótkie pytanie?

– Okej. – Ciężko oddychał.

– Kto was przysłał? Jakie mieliście rozkazy?

– Rozkazy?

– Nie zgrywaj głupiego, Docker. Po kapitanie – który notabene nie żyje – to ty jesteś najwyższy rangą. Na pewno wiesz, co tu robicie. I kto wydał wam rozkaz, aby nas namierzyć.

Przełknął ślinę, a po grubej szyi spłynęła mu kropla potu.

– G-generał Brigham. On jest…

– Powiedziałeś Brigham? Dowódca Galaktycznego czegoś tam?

– Galaktycznego Świtu – odparł i kiwnął głową.

Zakładałem, że mówi prawdę. Widziałem w jego oczach strach, facet był jednak sprytny. Wiedział, w jaki sposób pozostać przy życiu, a w tej chwili jedyną opcją było powiedzenie prawdy.

Wstałem i spojrzałem na Abigail.

– Zaprowadźmy go z powrotem do pozostałych.

Tylko nieznacznie opuściła broń.

– Skończyłeś zadawać pytania?

– Na razie – odparłem i zerknąłem na Dockera. – Ale to nie koniec, rozumiesz, Docker? I nie chcę z twojej strony żadnych problemów.

– Żadnych problemów, proszę pana – zapewnił.

Wrzuciliśmy go do celi i przesunęliśmy ścianę, zamykając go razem z pozostałymi dwoma więźniami – chorążym i tym, który próbował związać Abigail. Nie mieli światła ani ubikacji – ze wszystkich stron otaczał ich tylko zimny metal. Ale i tak z pewnością było to lepsze niż śmierć.

Kilka minut później ja i Abigail spotkaliśmy się w kokpicie. Oparła karabin o drzwi.

– Co się dzieje? – zapytała.

Przeszedłem od razu do sedna sprawy.

– Kim jest Brigham? Kieruje nim jakaś wendeta względem was? Był przy tym, jak porwałaś Lex?

– Brigham? Jest dowódcą Trzeciego Obronnego Skrzydła Operacyjnego Unii. Sprawuje kontrolę nad ich największym transportowcem.

– Transportowcem – powtórzyłem. – Statkiem tak cholernie wielkim, że pomieściłby tysiąc takich jak mój. I to on cię ściga. – Urwałem i pokręciłem głową. – Ten facet *nas* ściga.

Przytaknęła.

– Ale nas nie znajdzie, jeśli będziemy w ruchu.

– *Byliśmy* w ruchu, a tym sześciu idiotom i tak udało się nas namierzyć.

– Nie spodziewałam się tego.

– Ani ja. Siggy, czy możesz zebrać wszystko, co wiesz na temat generała Brighama?

– Już się robi, proszę pana.

Oparłem się o ścianę, po czym wyjąłem landrynkę i odwinąłem z papierka. Nim wrzuciłem ją do ust, zerknąłem na Abigail.

– Chcesz? – zapytałem.

– Och, nie trzeba – odparła, unosząc rękę.

– No to nie.

Miała pyszny smak kessilu, owocu na tyle popularnego, że można go znaleźć praktycznie na każdej planecie w przestrzeni Unii, jak również w większości Martwoziem. Nie bez powodu cieszył się taką popularnością. Bezproblemowy do uprawy, co jednak ważniejsze, idealnie się sprawdzał w przypadku kaca.

W lodówce czekał na mnie sześciopak piwa. Może po tej rozmowie wezmę ze dwa. I trochę zupy. Pomidorowa się skończyła, ale w szafce miałem jeszcze rosół z makaronem i coś z wołowiną. Skoro o tym mowa, to rzeczywiście pora zrobić zakupy.

Czy na takim zadupiu na Martwoziemiach były jakieś sklepy? Nie miałem pojęcia.

– Analiza zakończona – odezwał się Siggy. – Proszę wybaczyć opóźnienie. Przed skorzystaniem z gal-netu musiałem zamaskować ID naszej sieci.

– Nie ma sprawy. – Zgryzłem landrynkę. – Przyjrzyjmy się temu całemu Brighamowi.

Nad konsolą pojawił się holograficzny obraz prezentujący górną część ciała mężczyzny z siwymi włosami i brązowymi oczami. Ubrany był w unijny mundur, a jego tors przyozdabiały wstęgi. Mogłem tylko zgadywać, co oznaczały, ale jeśli miałem się sugerować notką biograficzną, ten człowiek lepiej niż inni rozumiał, czym jest wojna.

Imię i nazwisko: generał Marcus H. Brigham
Wiek: 62 lata
Miejsce urodzenia: Androsia
Ranga: Generał stopień 2
Wzrost: 182 cm
Stan cywilny: rozwiedziony
Ostatnia misja: UFS Galaktyczny Świt
–Lista medali i nagród–

Wyciągnąłem rękę i dotknąłem listy nagród. Rozwinęła się na chyba pięćdziesiąt pozycji. Robiło to wrażenie, aczkolwiek niewiele mi mówiło.

Medal za waleczność (trzy razy)
  Norsdadowski medal za wybitne osiągnięcia
  Legia Honorowa

Galaktyczny Krzyż

Unijny medal za wybitne osiągnięcia (sześć razy)

Unijne odznaczenie za odwagę

Unijna nagroda za męstwo

I tak to się ciągnęło, obejmując dwadzieścia pięć lat służby. Cóż za oddany żołnierz.

Zwinąłem nagrody i przywołałem model jego statku Galaktyczny Świt. Zajęło w holo miejsce Brighama – transportowiec z chyba tysiącem statków. Siła ognia znajdująca się na pokładzie tego olbrzyma przypuszczalnie mogłaby zniszczyć całe miasto, a może nawet planetę.

– Co myślisz? – zapytała Abigail, patrząc ponad moim ramieniem.

– Myślę, że mamy problem – odparłem i zrobiłem krok w tył. – Jest gorzej, niż się spodziewałem.

12

– Gdzie byliście? – zapytała Octavia, kiedy razem z Abigail wróciliśmy do ładowni.

Towarzyszyli jej Hitchens i mikroskop elektronowy.

– Przez to całe zamieszanie mało nie zapomnieliśmy o tej analizie krwi – oświadczył doktor.

– Coś znaleźliście? – zapytała Abigail, podchodząc do nich szybkim krokiem.

Zatrzymałem się kawałek dalej i tylko obserwowałem, bo już dawno temu nauczyłem się, że czasami lepiej jest nic nie mówić, a jedynie słuchać.

Octavia wzięła do ręki fiolkę z krwią.

– To bardzo interesujące. Lex...

– Gdzie jest Lex? – zainteresowała się Abigail. – Wolałabym, aby tego nie słuchała.

– Jest pod opieką Fredericka – uspokoił ją Hitchens. – Z tego, co mi wiadomo, udziela jej lekcji ortografii.

Mniszka kiwnęła głową.

– Dziękuję. No to co jest nie tak z jej komórkami?

– I to właśnie jest dziwne. Niekoniecznie jest z nimi coś nie tak. Są po prostu… lepsze. Właściwie im dłużej badam Lex, tym częściej dochodzę do tego wniosku – stwierdziła Octavia. – Ona jest po prostu *lepsza*.

Abigail przechyliła głowę.

– Chyba nie do końca to rozumiem.

– Ciało człowieka to dziwny twór. Bez względu na sytuację będzie się próbowało uleczyć, żyć tak długo jak się da. – Przesunęła sobie paznokciem po nadgarstku. – W przypadku rozcięcia skóry konieczne jest jej zaleczenie. W normalnych okolicznościach skorzysta się z pomocy jakichś leków i będzie po kłopocie, ale jeśli nie ma się do nich dostępu, ciało musi radzić sobie samo. I takim sposobem powstają blizny.

Odsunąłem się od ściany.

– Lex nie miała blizn, co więc to oznacza?

– Z tego, czego udało mi się dowiedzieć – kontynuowała Octavia – a bez dostępu do laboratorium nie jest tego dużo, ciało Lex nie tworzy rusztowania, na którym mogą narastać komórki. To niezwykłe, gdyż gdyby chodziło o któreś z nas, wyglądałoby to zupełnie inaczej. Nasze komórki próbowałyby zaleczyć ranę, budując w międzyczasie to rusztowanie, i powstałaby blizna. Zamiast tego krew Lex tworzy czystą, krystaliczną strukturę. To więcej niż niezwykłe. Coś takiego po prostu się nie zdarza.

– I udało się tego dowiedzieć dzięki zbadaniu jej krwi? – zapytałem.

– Po części. Komórki jej krwi, w przeciwieństwie do naszych, nie zawierają żadnych uszkodzonych lub niedoskonałych kopii. Spokojnie się namnażają, zapewniając perfekcyjną regenerację. – Spojrzała na trzymaną w ręce fiolkę z krwią. – Są idealne.

– Czy dla ciebie to ma jakiś sens? – zapytałem, patrząc na Abigail.

– Trochę. – Kiwnęła głową. – Octavio, dobrze rozumiem, że chcesz przez to powiedzieć, że ciało Lex szybciej się goi?

– Żeby tylko – odparła dawna lekarka Unii. – Jeśli te badania się nie mylą, jej białe krwinki także wykazują o wiele większą wydajność. Z jakiegoś powodu taka się już urodziła.

– Mogli to zrobić ci unijni naukowcy? – zapytałem.

– Z tego, co mi wiadomo, technologia pozwalająca na genetyczne modyfikowanie ludzi na tym poziomie nie istnieje, niemniej Unia ma swoje tajemnice i ukryte laboratoria, więc licho wie.

– Porwałam ją z jednego z takich miejsc, więc na pewno coś jej robili – powiedziała Abigail. – Myślałam, że chodzi o te tatuaże, ale co, jeśli… – urwała. – Co, jeśli chodziło o coś więcej?

Hitchens, do tej pory milczący, odchrząknął.

– Według mnie wiele musimy się jeszcze dowiedzieć. Octavia, choć utalentowana i błyskotliwa, nie jest biolożką. Nic z tego nie możemy brać za pewnik. Nie bez większej liczby dowodów i testów.

Octavia kiwnęła głową.

– Zgadzam się. Będziemy musieli znaleźć odpowiednią placówkę z…

– Nie mamy na to czasu – przerwałem. – Po piętach depcze nam unijny statek wielkości małego księżyca. Tym – wskazałem na mikroskop i znajdujące się obok niego fiolki z krwią – możemy zająć się później, kiedy wyjdziemy na prostą.

– Ale co z Lex? – zapytała Abigail.

– Słyszałaś Octavię. Z jej zdrowiem jest wszystko w porządku.

A nawet lepiej niż w porządku, o ile dobrze wszystko zrozumiałem.

– Dobrze – potwierdziła Octavia.

– Widzisz? Przyznaję, że połowa tego naukowego żargonu jednym uchem mi wpadła, a drugim wypadła, ale wyłapałem to, co najważniejsze.

Abigail zrobiła krok w moją stronę i wbiła we mnie spojrzenie zielonych oczu.

– Chcę twojego zapewnienia, że kiedy już ogarniemy resztę, poszukamy odpowiedzi na temat Lex.

Na swój sposób wydawała się bezbronna, czym mnie zaskoczyła.

– Tak zrobimy – powiedziałem, patrząc jej w oczy.

– Mam twoje słowo? – zapytała, nachylając się w moją stronę.

Po raz pierwszy zwróciłem uwagę na jej zapach. Jasne włosy, sięgające połowy pleców, wyglądały na splątane, ale było coś w tym szaleństwie, w tym, w jaki sposób światło odbijało się od pasm. To było...

Co ja wyprawiam?

Zrobiłem krok w tył.

– W porządku, paniusiu. Masz moje słowo. – Odwróciłem się od niej. – Jeśli skończyliśmy rozmawiać o magicznej krwi, idę spać. Hitchens, proszę nakarmić więźniów. I nie dotykać moich owoców.

– Ch-chce pan, abym... sam ich nakarmił?

– Ktoś musi. Niech Freddie panu pomoże. – Wyszedłem na korytarz, nie dając mu czasu na odpowiedź.

13

– … opuszczamy Slipspace, proszę pana.

Otworzyłem oczy. Byłem półprzytomny i zmęczony. Głos Siggy'ego, choć spokojny, dla mojego mózgu był niczym igły. Ekran holo nadal był włączony i rozjaśniał ciemność. Kiedy ja zasnąłem?

– Proszę pana, zaraz…

– Okej, słyszałem. – Przekręciłem się na bok. Niczego nie pragnąłem tak bardzo, jak znowu zasnąć. – Siggy, ile zostało czasu, zanim…

Zamarłem, kiedy to poczułem. Zimny, mokry płyn w łóżku.

Zsikałem się?

Na szczęście nie. Nie śmierdziało to jak siki. Oblizałem spierzchnięte wargi i poczułem w ustach resztki whiskey.

Przejechałem dłonią po mokrym prześcieradle i palcem wskazującym wyczułem pustą butelkę. Musiałem zasnąć w trakcie picia.

Zwlokłem się z łóżka, a z bokserek skapnęły mi krople whiskey. „Muszę wziąć prysznic", pomyślałem.

Trzeba będzie zmienić pościel. Materac też będę musiał wyczyścić. Ostatnie, co pamiętałem, to że leżałem w łóżku i oglądałem stary film o zawodowym złodzieju. Próbował obrabować bank, ale nie potrafiłem sobie przypomnieć zakończenia.

Miałem kilka minut na to, aby wykąpać się i ubrać. Gdyby Abigail zobaczyła mnie w takim stanie, wpadłaby w szał.

Co nie znaczy, że się tym przejmowałem. To w końcu mój statek.

Ziewnąłem, napiłem się wody z dzbanka stojącego pod łóżkiem, po czym kazałem Siggy'emu ustawić wodę pod prysznicem na średnio gorącą.

Osiem i pół minuty później byłem czysty i właśnie wycierałem twarz. Oczy miałem przekrwione i strasznie chciało mi się pić. „Może powinienem odpuścić sobie alkohol", pomyślałem, wspominając, że kiedy miałem dwadzieścia pięć lat, potrafiłem pić przez cały wieczór, a i tak być na tyle trzeźwy, aby zabrać jakąś kobietę do łóżka.

W czasach, kiedy mieszkałem jeszcze na Epsy, sądziłem, że mogę pić i pieprzyć ile wlezie. Że nikt nie stanie mi na drodze. Że zdobędę wszystko i będę żył wiecznie.

Ale tak się właśnie myślało, kiedy się było młodym i głupim. Sądziło się, że ma się cały świat u stóp, i może tak właśnie by się stało, gdyby lepiej się wszystko rozegrało, tyle że dzieciaki zawsze są zbyt głupie, aby to dostrzec, aby wiedzieć, w którą stronę najlepiej pójść.

Zakochują się i dokonują niemądrych wyborów. Zabijają niewłaściwego człowieka albo wiążą się z niewłaściwą dziewczyną.

Najprostsza droga do tego, aby skończyć z kulką w brzuchu, bez grosza przy duszy, nie dając się poznać światu.

Bez statku czy załogi.

Bez…

Rozległo się pukanie do drzwi, a ja podskoczyłem. Wytarłem szyję, następnie owinąłem sobie ręcznik wokół bioder.

– Kto to?

– Lex – odparł cichy, stłumiony głos.

– O co chodzi, mała? – Założyłem szybko spodnie i sięgnąłem po koszulę.

– Może pan otworzyć drzwi, panie Jace!

Z jękiem założyłem buty, następnie wcisnąłem guzik przy drzwiach.

Stała z szerokim uśmiechem na twarzy i kołysała się, unosząc jedną nogę.

– Co pan robi?

– Nic. A co chcesz? – zapytałem.

– Eee…

– Wyduś to z siebie.

– Mogłabym dostać, eee… – Wbiła wzrok w ziemię. – Mogłabym dostać cukierka?

– Cukierka? Po to tu przyszłaś? – Otworzyłem szufladę biurka i wyjąłem kilka landrynek. – Pewnie.

Na widok słodyczy oczy jej rozbłysły.

– Naprawdę?

Rzuciłem jej landrynkę o smaku gumy do żucia.

– Smacznego.

– Wow, dzięki! – Odwinęła ją na tyle szybko, na ile pozwalały małe dłonie.

Wziąłem z łóżka kaburę i pistolet, zapiąłem wokół piersi i pasa i upewniłem się, że nie ma luzów.

– Hej, panie Hughes. – Landrynka obijała jej się o zęby. – Co to za zapach?

Zerknąłem na mokre od whiskey łóżko.

– Och, nic takiego. Nie przejmuj się.

Zmarszczyła nos.

– Brzydko pachnie. Coś się potłukło? Co to takiego?

– Nic, mała. Hej. – Położyłem na biurku drugą landrynkę. – Masz jeszcze jedną. Zostaw na później, albo i nie. Weź ją po prostu i idź sobie.

Uśmiechając się, schowała cukierka do kieszeni.

– Wow, dzięki, panie Hughes!

– No to zmykaj.

Oboje wyszliśmy na korytarz i upewniłem się, że drzwi do mojego pokoju są zamknięte.

– Gdzie pozostali? – zapytałem, kiedy dotarliśmy do salonu.

Rozgryzła landrynkę.

– Abby i Freddie bawią się w ładowni. Mówili, że nie mogę tam zostać.

– A Hitchens i Octavia?

– Są w swoim pokoju i zamknęli drzwi – odparł.

„O rany”, pomyślałem.

– Kto cię w takim razie pilnuje?

– Abby kazała mi siedzieć w salonie, ale tu jest nudno.

– Pomyślałaś więc, że warto trochę mnie podręczyć, co?

– Aha! – Wyszczerzyła się.

Zacząłem iść w stronę kokpitu, z dala od kanap i stołów.

– Już pan idzie? – zapytała Lex.

– Mówiłem ci, że muszę pracować…

– Ja też! – wykrzyknęła i pobiegła za mną.

Spojrzałem na nią – w uśmiechu pokazywała zęby, między którymi widać było fragment czerwonej landrynki.

– A rób co chcesz – rzuciłem, nie zatrzymując jej. – Siggy, jaki jest status statku? Zaraz wylatujemy?

– Do następnego Punktu Wylotu dotrzemy za niecałe dwie minuty, proszę pana.

– Zaraz po jego opuszczeniu aktywuj pelerynę.

– Zrozumiałem, proszę pana.

– Co to jest peleryna? – zapytała z zaciekawieniem Lex.

Usiadłem na swoim fotelu. Ona zajęła miejsce na fotelu drugiego pilota, po mojej prawej stronie.

– Ona chroni statek. Dzięki niej jesteśmy niewidzialni – wyjaśniłem.

– Żeby nie mogli nas znaleźć źli ludzie?

Zachichotałem.

– Jasne, mała. Źli ludzie.

Mało nie powiedziałem jej prawdy – że niektórzy to mnie uważają za złoczyńcę. Kradłem, zabijałem i szmuglowałem po całej galaktyce, łamiąc przy tym wszystkie możliwe przepisy. To mnie czyniło złym? A może zaradnym?

A czy to jakaś różnica?

– Czy ci ludzie w ciemnym pokoju są źli? – zapytała po chwili.

– Och, masz na myśli żołnierzy, tak?

Pokiwała głową.

– Są źli – potwierdziłem i nie rozwijałem tematu.

Prawda była taka, że każdy z tych mężczyzn mógł być całkiem w porządku. Możliwe, że w głębi duszy mieli solidny kompas moralny. Kto to mógł, u licha, wiedzieć? Ale zjawili się tutaj z zamiarem odebrania nam tej dziewczynki i dostarczenia jej naukowcom. Dla własnego dobra musiała postrzegać ich jako złych. Może wtedy będzie się trzymać od nich z daleka.

Tunel zaczął się otwierać, tyle że po drugiej stronie zamiast ciemności czekało na nas oślepiające światło, zmuszające mnie do zasłonięcia oczu.

– Co to jest? – zapytała siedząca obok mała dziewczynka.

– Siggy, analiza – rzuciłem, ignorując jej pytanie.

– Wygląda na to, że ten tunel kończy się w pobliżu wewnętrznej orbity żółtej gwiazdy o numerze klasyfikacyjnym 392…

– Zmniejsz jasność ekranu o pięćdziesiąt procent.

– Zrozumiałem.

Ekran natychmiast pociemniał, pozwalając mi odsunąć dłoń od oczu.

– Ile nas dzieli od tego czegoś?

– Około sześćdziesiąt pięć milionów kilometrów – odpowiedział Sigmond.

Mało nie zakląłem. Najmniejsza odległość, na którą statek pokroju Zbuntowanej Gwiazdy mógł się zbliżyć do gwiazdy tych rozmiarów, to sześćdziesiąt milionów kilometrów. Odrobina więcej, a możemy doznać poważnych uszkodzeń kadłuba… albo jeszcze gorzej.

Co za paskudna lokalizacja Punktu Wylotu.

– Podaj mi kolejną lokalizację – nakazałem. Na ekranie pojawiły się koordynaty. Niedaleko. To dobrze.

I jeszcze jeden ciąg liczb, co mnie zaskoczyło. Ten akurat oznaczał miejsce po przeciwnej stronie naszego obecnego położenia.

– Siggy, co to takiego? – zapytałem.

– Przesłałem koordynaty dla obu tuneli odpowiadających naszym dwóm trasom.

Dwóm? Ano tak. Mało nie zapomniałem o tej wycieczce, którą chciał nam zafundować Hitchens.

– Który tunel pokrywa się z atlasem?

– Pierwsze koordynaty.

Już-już miałem nakazać statkowi trzymać się obecnego kursu i trasy wyznaczonej przez atlas, ale wtedy byłbym skazany na nie wiadomo jak długą obecność tych trzech jeńców. Nie mogłem do tego dopuścić. Hitchens miał tym razem rację.

– Co robimy? – zapytała Lex, nadal z cukierkiem w buzi.

– Próbuję zdecydować, dokąd mamy lecieć – odparłem.

– A która droga jest właściwa?

– Nie wiem. I w tym właśnie problem.

– Pytałeś Abby? Ona zawsze wszystko wie.

– Bez urazy, mała, ale to ostatnie, na co mam w tej chwili ochotę. – Nadal dobijał mnie kac.

– No to musi sam pan zdecydować – oświadczyła pogodnie Lex.

– To nie takie proste…

– Kapitanie! – krzyknął ktoś po drugiej stronie drzwi.

Odwróciłem się natychmiast na fotelu.

– Kapitanie Hughes! – To chyba Freddie.

Zerwałem się z miejsca i pobiegłem do salonu, zostawiając Lex w kokpicie.

– Co to za krzyki?

Freddie mało się ze mną nie zderzył.

– Kapitanie, mamy poważny problem.

– Wyrzuć to w końcu z siebie – warknąłem.

– Więźniowie, ci żołnierze Unii, wydostali się z celi i mają doktora Hitchensa!

– Przestańcie! – zawołała Octavia z końca korytarza.

– Kurwa mać – mruknąłem, sięgając po pistolet. Spojrzałem na Freddiego. – Za mną!

Popędziliśmy korytarzem w stronę ładowni. Zatrzymałem się blisko drzwi, po czym podszedłem cicho do ściany. Chwyciłem Freddiego za koszulę i go odciągnąłem.

– Zaczekaj – nakazałem głośnym szeptem.

Kiwnął głową, jednak w jego oczach widziałem strach. Po policzkach i czole spływał mu pot.

Nachyliłem się bliżej krawędzi drzwi, próbując dojrzeć co się tam, do cholery, wyprawia.

Pierwszą dostrzegłem Abigail – stała kilka metrów przed dwoma mężczyznami. Jeden trzymał za szyję Hitchensa. Chyba to był Docker. Drugi, ten, którego wcześniej załatwiła Abigail, trzymał w ręce kawałek rury. Przez moją głowę przebiegła myśl, skąd on ją wziął, szybko jednak odsunąłem ją od siebie i skupiłem się na aktualnej sytuacji.

„Dwóch mężczyzn, jeden zakładnik, ani śladu trzeciego", pomyślałem. „Abigail jest wystarczająco blisko, aby w razie czego zaatakować. Octavia też musi być blisko, ale pod niekorzystnym kątem. Być może jest pod schodami".

Za mało informacji. Potrzebny był mi lepszy punkt obserwacyjny.

Pół metra za sobą słyszałem szybki, ciężki oddech. „No tak, i jest jeszcze Freddie".

– Puśćcie go, a obiecuję, że was nie zabiję – rzuciła Abigail do dwóch żołnierzy.

– My chcemy tylko wydostać się z tego statku – oświadczył Docker, starając się trzymać głowę Hitchensa przed swoją. – Nie chcemy nikogo skrzywdzić, ale jeśli trzeba będzie, to tak zrobimy.

– Wtedy stracicie jedynego zakładnika. Tego chcecie? – Głos Octavii zdawał się dochodzić z miejsca blisko nich, którego nie widziałem.

– Pozostaniecie nam wtedy wy dwie – warknął ten, który nie wiedziałem, jak się nazywa.

– Wcale nie – zaprzeczyła Abigail. – Nim zdążycie nas tknąć, zabiję was obu.

Zaśmiał się.

– Za pierwszym razem udało ci się tylko dlatego, że sądziłem, że śpisz. Drugi raz nie będziesz mieć tyle szczęścia.

– To nie było szczęście – odparowała. – I rzeczywiście spałam. Skoro poradziłam sobie zdezorientowana i z potwornym bólem głowy, to wyobraź sobie tylko, do czego jestem zdolna teraz.

– Gówno prawda! – Uniósł rurkę. – Tylko czegoś spróbuj, a pierwsza oberwie kaleka!

Wślizgnąłem się na górny pokład ładowni i uniosłem rękę, powstrzymując Freddiego przed pójściem moim śladem. Powoli podszedłem do barierki, skąd miałem widok na cały dół.

Abigail od razu mnie dostrzegła, ale nic nie dała po sobie znać.

– Wasz kolega miał dobry pomysł. Powinniście zostać w celi tak jak on.

– On się po prostu boi – powiedział Docker.

– Ja bym to nazwała mądrym posunięciem. Wasze… nie bardzo.

Ponownie spojrzała na mnie, ale tylko na ułamek sekundy. To wystarczyło, aby przekazać wiadomość. Wystarczyło, aby dać sygnał.

Wycelowałem w tego z rurką i zdecydowanie pociągnąłem za spust.

Kula przecięła powietrze i trafiła go w szczękę, rozpryskując na ścianę za nim krew i fragmenty kości.

Obrócił się jak lalka, szybko mrugając, po czym upadł i wypuścił z ręki rurkę.

– Bennett! – krzyknął Docker.

– Tak się nazywał? – zapytałem, schodząc po schodach.

– Jak… gdzie…?

– Puść go, Docker – poradziłem. – Bo pożałujesz.

– Ja… ja…

– Zapomnimy o tym, jeśli zrobisz, co ci każe – odezwała się Abigail.

– Rób, co ci każą, idioto! – zawołał młody chorąży, przebywający nadal w celi.

Octavia znajdowała się blisko niego, za kilkoma skrzynkami, jakby ją tam uwięziono.

– Posłuchaj kolegi – powiedziała.

– Jeśli tak zrobię, to mnie nie zabijecie? – zapytał.

– Zabijemy, jeśli zrobisz to jeszcze raz – oświadczyłem.

Abigail posłała mi spojrzenie mówiące, że powinienem chyba się przymknąć.

– Nie zrobimy ci krzywdy – rzekła.

Kiwnął głową i zaczął poluźniać uścisk, kiedy jednak mniszka się poruszyła, znowu go zacisnął.

– Stop!

Westchnęła.

– Docker, co ty robisz?

– Zabandażowałam ci bok i tak mi się odpłacasz? – zapytała Octavia.

– S-sytuacja jest skomplikowana!

W tym momencie na górnym pokładzie dostrzegłem Freddiego. Przeszedł przez barierkę i od dolnego poziomu dzieliło go trzy i pół metra.

Obserwowałem go.

– Co to ma…

Nim zdążyłem skończyć, on był już w powietrzu i leciał prosto na Dockera. Wylądował na jego ramionach i cała trójka – łącznie z Hitchensem – runęła na ziemię.

Abigail rzuciła się w stronę Hitchensa, ja natomiast w stronę Dockera. Freddiemu udało się przeturlać i, co zaskakujące, chwilę później już stał.

Gdy Docker zaczął się podnosić, walnąłem go rękojeścią pistoletu w nos i znowu upadł.

– Leżeć, ty idioto!

14

Siedziałem obok otwartej celi, w której znajdowało się dwóch mężczyzn. Docker klęczał z nadgarstkami skrępowanymi kajdankami i kneblem w ustach, natomiast chorąży stał obok wejścia.

– Mądrze zrobiłeś, nie próbując uciec. Mądrzej niż ten twój głupi kolega.

– Nnfph – powiedział Docker.

– Zgadza się – przyznałem. – Bardzo głupie.

Chorąży kiwnął głową.

– Wiedziałem, że nie ma dokąd pójść.

– Widzisz? Mądrze. Rób tak dalej, a wydostaniesz się stąd w jednym kawałku.

– Kiedy? – zapytał.

Zaskoczył mnie jego spokój – było niemal tak, jakby się nie bał, jakby w gruncie rzeczy nie postrzegał mnie jako wroga.

– Wtedy, kiedy powiem. Siedź cicho i sprawiaj kłopotów, a wypuszczę cię przy pierwszej nadarzającej się okazji.

– Wie pan może, kiedy może tak się stać?

– Jeszcze nie, ale ten człowiek, którego pojmał Docker, Hitchens, zna pewne miejsce. Jakąś nadającą się do zamieszkania planetę niedaleko stąd.

– Rozumiem – odparł chorąży. – I dopilnuję, aby Docker więcej nie kombinował.

– Dobrze – pochwaliłem. – Jesteś bystrzejszy, niż może się wydawać, chłopcze.

– Alphonse – poprawił mnie.

– Słucham?

– Tak mam na imię. Chorąży Alphonse Malloy.

Ton głosu miał inny niż wcześniej, kiedy go schwytaliśmy. Był spokojniejszy, mniej gorączkowy, jakby wyparował z niego cały strach. Sądził, że skoro nie wziął udziału w próbie ucieczki, to jest teraz bezpieczniejszy? Wcześniej zakładałem, że powodem jest strach, teraz jednak zastanawiałem się, czy nie chodzi o coś więcej.

– Okej, Alphonse. – Machnąłem lekceważąco ręką. – Po prostu bądź grzeczny i mnie nie wkurzaj.

– Nie przysporzę żadnych kłopotów.

– Dla mnie to nie kłopot – rzuciłem, odsuwając się od celi. – To ty skończyłbyś wtedy jako trup.

Wróciwszy do salonu, swoje kroki skierowałem do lodówki. Chciało mi się pić i nadal dokuczał mi kac, więc jednym wyjściem był kessil. O ile pamięć mnie nie myliła, w lodówce powinny być cztery owoce.

Otworzyłem drzwi i schyliłem się, aby zerknąć na trzecią półkę. Butelka musztardy, dwa gotowe posiłki i ani jednego kessila.

– Hej! – Wyprostowałem się i odwróciłem głowę. – Kto wziął moje owoce?

Od strony kanapy dobiegło mnie jakieś siorbnięcie.

– Szepłaszam – powiedziała Lex, żując owoc. Przełknęła ślinę i wzięła kolejny kęs.

Spiorunowałem ją wzrokiem.

– Lex, co tam trzymasz?

– Nie wiem – uśmiechnęła się, udając niewiniątko.

Zamknąłem lodówkę, coraz bardziej wściekły.

– Na pewno?

Spuściła głowę, przez co sok z brody wsiąkł w jej koszulkę.

– Nie wiem. – Zachichotała.

Westchnąłem przeciągle, godząc się z porażką.

– Będę u siebie.

– Mogę też iść? – zapytała, zeskakując z kanapy. W ręce nadal trzymała prawie zjedzony owoc.

Klapnąłem na fotel. Byłem wykończony, skacowany i dość miałem użerania się z tym wszystkim. Być może dobrze zrobiłaby mi drzemka, ale tylko, gdyby wszyscy dali mi święty…

– Proszę pana, nie chcę przeszkadzać, ale…

Ja pierdolę.

– O co chodzi, Siggy? Ty też zamierzasz mnie zdradzić?

– W życiu, proszę pana. Nigdy bym się nie ośmielił. Chciałem jedynie dać znać, że musi pan określić cel podróży.

– Cel podróży?

– Musimy wybrać trasę. Nie pamięta pan naszej ostatniej rozmowy? Tej, którą przerwał nam pan Frederick Shiggorath.

„No tak", pomyślałem. Po tym całym zamieszaniu w ładowni, nie wspominając o katastroficznej utracie owoców, kompletnie zapomniałem o dwóch tunelach.

– Mam lecieć na wprost, zgodnie z pierwotnymi założeniami? – zapytał Sigmond.

– Nie, obierzmy tę drugą trasę. Tę, którą znalazł Hitchens.

– Zrozumiałem. Kontynuuję lot nową trasą. Układ gwiezdny X1-20-5519.

– Brzmi jak cudowne miejsce z niesamowitymi ludźmi – stwierdziłem.

– Tego nie wiem, proszę pana, ale miejmy nadzieję, że tak właśnie będzie.

– Oby, Siggy. – Odchyliłem się, oparłem nogi o konsolę i zamknąłem oczy. – Oby.

Pokonanie tunelu zajęło sześć godzin. Większość tego czasu przespałem, a kiedy w końcu otworzyłem oczy, czułem się o wiele lepiej.

– Siggy – mruknąłem, oblizując usta i marząc o wodzie.

– Tak, proszę pana?

– Kiedy następnym razem będę pił w środku nocy czystą whiskey, przypomnij mi, jak fatalnie się potem czułem ostatnim razem, dobrze?

– Oczywiście.

Nachyliłem się, przetarłem oczy i zamrugałem, próbując się skupić. Przed chwilą opuściliśmy tunel i znaleźliśmy się znowu w normalnej przestrzeni. Według mapy znajdowaliśmy się w układzie X1-20-5519. W ekosferze czekały jedna planeta, trzy mniejsze planetoidy i kilkaset asteroidów. Nieszczególnie sympatyczne miejsce, ale do wyrzucenia więźniów nadawało się idealnie.

Wydałem komendę, abyśmy zbliżyli się do planety, następnie zajęliśmy miejsce na orbicie.

– Aktywuj pelerynę – nakazałem Siggy'emu. – Miejmy nadzieję, że szybko się z tym uwiniemy.

– Czy mam rozpocząć procedury związane z lądowaniem?

– Śmiało – odparłem i wstałem z fotela.

Nim wyszedłem z kokpitu, stuknąłem w bujającą się głowę Foxy Stardust.

– Kapitanie – odezwał się Freddie, który siedział razem z Abigail. – Przez cały czas był pan w kokpicie?

– Miałem pracę, którą musiałem się zająć – skłamałem. – Ci dwaj żołnierze są grzeczni?

– Daliśmy im jeść i zostawiliśmy w celi – poinformowała mnie Abigail. – Chyba jeszcze żyją.

– Dotarliśmy do układu, o którym powiedział mi Hitchens, więc w końcu możemy się ich pozbyć. Pomożecie mi zapakować ich na prom?

– Z przyjemnością – zapewniła mniszka.

– Chętnie pomogę – zawtórował jej Freddie.

– Tylko jeśli możesz, to na nikogo tym razem nie skacz. – Uśmiechnąłem się znacząco.

Zaczerwienił się.

– Próbowałem tylko pomóc.

– I pomogłeś – powiedziała Abigail. – Będziemy jednak musieli popracować nad twoją formą. Mogłeś coś sobie złamać.

Kiwnął głową.

– Zrobię wszystko, co będzie trzeba.

– Wygląda na to, że wziąłeś sobie treningi do serca – stwierdziłem. – Nie ustawaj, a może rzeczywiście nauczysz się walczyć.

Uśmiechnął się.

– Dziękuję, kapitanie.

W świetle słońca zobaczyliśmy rozciągającą się przed nami dolinę – intensywnie żółte pola przeplatały się z plamami zieleni.

Zbuntowana Gwiazda wylądowała na zachodniej części największego kontynentu, dwadzieścia kilometrów od oceanu. Niedaleko stąd płynęła rzeka oraz znajdowały się dwa duże jeziora ze słodką wodą. Według bazy danych przed półwieczem znajdowała się tu kolonia. Z powodu waśni dotyczących granic pomiędzy Sarkonianami a inną grupą kolonię przeniesiono do świata zwanego Hexios.

– Co sądzisz? – zapytała Abigail, która stała obok mnie i przeczesywała wzrokiem okolicę.

– Nie jest tu najgorzej – odparłem. – Powinni sobie poradzić do czasu, aż przyślemy kogoś po nich.

– A właśnie. Jaki masz plan?

– Siggy zasugerował przesłanie Sarkonianom zaszyfrowanej wiadomości, gdy tylko opuścimy ich terytorium. Skoro współpracują z Unią, powinni bezproblemowo ich stąd zgarnąć.

Kiwnęła głową i zaczerpnęła świeżego powietrza. Z pewnością przyjemnie tak było, zamiast gnieść się na statku tak małym, jak mój.

– Brakuje ci Kościoła? – zapytałem.

– To znaczy? – zapytała i spojrzała na mnie.

– Wielkie przestrzenie, świeże powietrze, obie nogi na stałym lądzie. Lepsza alternatywa niż mieszkanie na Gwieździe.

– Nie narzekam. Ani trochę. Przepraszam, jeśli odniosłeś takie wrażenie.

– Nie odniosłem – zapewniłem ją. – Tak się tylko zastanawiałem.

– Czyżby? – Posłała mi uśmiech cieplejszy niż te, którymi raczyła mnie na co dzień. – Interesujące.

Odchrząknąłem.

– Okej, wystarczająco już zobaczyłem. Wracajmy.

– Już? – zapytała z wyraźną nutką rozczarowania w głosie.

– No co? Chciałaś pobaraszkować w trawie? Potrzebujesz czasu, aby pobawić się w błocie?

Zaśmiała się.

– A wyglądam na amatorkę baraszkowania w trawie?

– Nie odpowiem na to pytanie – rzuciłem i wróciłem na rampę ładowni.

Usłyszałem, że na drugim pokładzie ktoś biegnie.

– Chcę zobaczyć! – oświadczył cienki, entuzjastyczny głos. Do ładowni wbiegła Lex. – Chcę zobaczyć, jak jest na zewnątrz!

– Hola! – zawołałem, kiedy prawie na mnie wpadła. Ominąłem ją, ona zaś popędziła w stronę rampy.

Na jej widok Abigail wybuchła śmiechem. Wzięła się pod boki, kiedy dziewczynka zeskoczyła z metalowej kraty prosto w błoto.

– Tu jest tak ładnie! – oświadczyła Lex.

– Ekstra, to teraz będę miał na pokładzie jeszcze i błoto – stwierdziłem, patrząc, jak mokra ziemia oblepia jej stopy, kolana i biodra. A to wszystko w kilka zaledwie sekund.

Abigail zaśmiała się i przez chwilę wyglądało to tak, jakby coś takiego było dla niej codziennością.

W sumie fajnie było patrzeć, jak mała się bawi. Po wszystkim, przez co przeszła, zabawa w błocie to naprawdę coś, co jej się należało.

– Proszę pana. – W moim uchu rozbrzmiał głos Sigmonda, zaskakując mnie.

– Coś się stało, Siggy? Skany coś pokazały?

Wcześniej kazałem mu sprawdzić, czy Docker i Alphonse

nie znajdą na tej planecie czegoś, czym mogliby uciec. Nie mogłem dopuścić do tego, aby przypadkowo natrafili na porzucony prom albo urządzenie komunikacyjne. Musieli tu pozostać do czasu, aż my będziemy się znajdować hen, daleko.

– Niezupełnie, proszę pana. Wprost przeciwnie. Wykrywam jednak, że otwiera się tunel Slipspace. Ten sam, którym przylecieliśmy tutaj my.

– Ktoś nas śledził? – zapytałem.

– Na chwilę obecną pozostaje to niejasne.

Obejrzałem się na Abigail i Lex.

– Hej, wracamy na statek.

– Już? – jęknęła Lex.

– I to szybko.

Ściągnęła brwi, ale zrobiła, co jej kazałem, i wbiegła do ładowni, pozostawiając za sobą ślady błota.

Za nią przybiegła Abigail.

– Co się dzieje? – zapytała.

– Mamy towarzystwo – odparłem.

– Unia czy Sarkonianie?

– A czy to ważne? Tak czy inaczej musimy się stąd zmywać.

Kiwnęła głową i nie mówiąc nic więcej, weszła do środka.

Wcisnąłem guzik przy drzwiach, unosząc rampę.

– Siggy, rozpocznij sekwencję włączania zapłonu.

Patrzyłem, jak drzwi się zamykają, oddzielając mnie od światła. „Możliwe, że ci zakładnicy jednak nam się przydadzą", pomyślałem.

15

Statek Unii wyłonił się ze szczeliny, w chwili kiedy Zbuntowana Gwiazda opuszczała termosferę planety.

W tym momencie dokładność naszych czujników znacznie się poprawiła i udało nam się rozpoznać, co to za statek.

UFS Galaktyczny Świt.

– Cholera – mruknąłem, obserwując, jak szczelina zamyka się za tym gigantycznym, śmiercionośnym statkiem.

– Co robimy? – zapytała Abigail.

Przyszła za mną do kokpitu, nie zgadzając się zostać w salonie. Tym razem nie protestowałem.

Gdy uwolniliśmy się od grawitacji, nasze silniki przycichły. Za cel obrałem pobliski księżyc.

– Czekamy – odpowiedziałem w końcu, próbując nas zatrzymać. – Dopóki działa peleryna, powinno być okej. Nie możemy się jedynie zbyt szybko przemieszczać. Statek tych rozmiarów na pewno nas dostrzeże. Musimy utrzymywać odpowiedni dystans.

– To jedyny tunel odchodzący od tego układu?

– Z tego, co mi wiadomo, to tak – odparłem.

– Zgadza się, Abigail Pryar – odezwał się Sigmond.

– Wystarczy Abigail, Sigmondzie – poprawiła.

– Tak, Abigail.

– Darujcie sobie tę gadkę szmatkę. Musimy się z tego jakoś wyplątać. I dowiedzieć się, w jaki sposób ci dranie nas namierzają.

– Sądzisz, że nasi jeńcy mają przy sobie jakieś przekaźniki? – zapytała Abigail.

Spojrzałem na nią. Myśl ta w ogóle nie przyszła mi wcześniej do głowy i poczułem się teraz jak kompletny idiota.

– Możesz iść i zapytać ich o to?

– Teraz? – zdziwiła się.

– No a kiedy? Jeśli rzeczywiście mają przekaźnik, musimy się go pozbyć, zanim znowu wlecimy do tunelu.

– Będę nadzorował przeszukanie – oświadczył Sigmond. – Przeskanowałem już tych żołnierzy, ale być może dalsza analiza okaże się przydatna.

– Nie musisz pomagać Jace'owi? – zapytała Abigail.

– Potrafię robić obie rzeczy na raz.

Kiwnąłem głową.

– Jest wielozadaniowcem.

– No dobra, idę. – Wstała. – Jeśli możesz, to postaraj się nas nie pozabijać.

Zaczekałem, aż wyjdzie.

– Nic nie obiecuję – mruknąłem, wpatrując się w potężny unijny transportowiec widoczny na holo.

Galaktyczny Świt wyłonił się z tunelu i donikąd nie poleciał.

Gdybym nie wiedział, że to niemożliwe, uznałbym, że został porzucony.

„Nie ma tak dobrze", pomyślałem, próbując wyobrazić sobie scenariusz, w którym podczas podróży przez Slipspace cała załoga licząca trzydzieści tysięcy osób ewakuuje się ze statku.

Nie, na tym statku byli ludzie. Dziesiątki tysięcy i wszyscy wypełniali rozkazy generała Marcusa Brighama. Otrzymał zadanie namierzenia mnie i mojej załogi po to, aby Unia mogła przeprowadzić sekcję tej małej, bladej dziewczynki, która siedzi właśnie w moim salonie.

Zabiję każdego, kto spróbuje jej dotknąć.

Moje spojrzenie zatrzymało się na holograficznym obrazie statku i zastanawiałem się, co myśli zawiadujący nim człowiek. Przyjął to zlecenie, ponieważ wierzył w Unię? Uważał, że porwanie i rozłożenie dziecka na czynniki pierwsze to coś właściwego?

– Proszę pana, odbieramy przekaz – odezwał się Sigmond, niemal tak, jakby odpowiadał na moje myśli.

– Posłuchajmy więc. – Nachyliłem się i oparłem łokcie na kolanach.

Głośnik zatrzeszczał kilka razy, potem przez chwilę panowała cisza, aż w końcu…

– Tutaj generał Marcus Brigham z UFS Galaktyczny Świt. Wzywam kapitana Jace'a Hughesa ze Zbuntowanej Gwiazdy. Odbiór.

Na dźwięk swojego nazwiska znieruchomiałem. Dziwnie było je słyszeć, niemal niepokojąco.

– Powtarzam, generał Brigham zwraca się bezpośrednio do Jace'a Hughesa – kontynuował głos. – Kapitanie, w pańskim interesie jest poddać się wraz ze skradzionym ładunkiem. Zapewniam, że jeśli będzie pan współpracował, uda mi się zmniejszyć pański wyrok. Ma pan godzinę na udzielenie odpowiedzi. Później nie pozostawi mi pan wyboru i będę zmuszony użyć siły. To nie musi być trudne, kapitanie Hughes.

Uśmiechnąłem się drwiąco.

– Trudne, dobre sobie. Grzeczny sposób na danie do zrozumienia, że nie chce mnie ścigać ani ze mną walczyć, że chce jedynie, abym się poddał i oszczędził mu kłopotu. Doskonały deal.

– Proszę pana – zaczął Sigmond. – Może zainteresuje pana wiadomość, że sygnał z Galaktycznego Świtu jest przekazywany do konkretnej części tego układu.

– To znaczy? – zapytałem.

– Przekaz, proszę pana. Jest wysyłany bezpośrednio do naszej aktualnej lokalizacji.

– Niemożliwe. Jesteś pewny, że nie wysyłają go po prostu do przypadkowych miejsc, raz za razem? Tym sposobem po naszej reakcji zorientowaliby się, gdzie mniej więcej się znajdujemy.

– Nie, proszę pana – zaprzeczył. – Przekaz za cel obiera nasze położenie. To znaczy plus sto kilometrów.

– Bogowie… – Poczułem ściskanie w żołądku. Mogli tak robić tylko, jeśli wiedzieli, gdzie się znajdujemy. To oznaczało…

I nagle już wiedziałem, dlaczego bez względu na to, jak daleko polecieliśmy, ile tuneli pokonaliśmy, Unia zawsze była krok za nami i nie zwalniała ani na chwilę. Wszystko nabrało sensu i nie mogłem uwierzyć, że wcześniej taka możliwość w ogóle nie przyszła mi do głowy.

– Peleryna – powiedziałem w końcu. – Przez cały czas wykorzystywali naszą cholerną pelerynę!

Postawiłem Sigmonda w stan pogotowia, sam zaś wyszedłem z kokpitu. Biegnąc w stronę ładowni, minąłem Hitchensa i Freddiego. Jeśli ktoś mógł mi powiedzieć to, czego musiałem się dowiedzieć, byli to nasi dwaj goście przebywający w prowizorycznej celi.

– Otworzyć! – zawołałem, gdy znalazłem się na górnym pokładzie ładowni.

Abigail nadal tam była, z karabinem w ręce.

– Już ich przeszukałam, ale nie mieli żadnych przekaźników.

– Nie o to mi chodzi. – Zbiegłem ze schodów i zbliżyłem się do ściany, która już się rozsuwała.

– W takim razie o co? Dowiedziałeś się czegoś jeszcze? – zapytała.

Wyjąłem pistolet.

Odsuń się.

Alphonse i Docker stali pod ścianą. Kiedy zaatakowało ich światło, wzdrygnęli się jak para demonów.

– Możemy coś dla pana zrobić, kapitanie? – zapytał Alphonse, zasłaniając oczy.

Uniosłem pistolet i wycelowałem go w czoło Dockera.

– Możecie mi powiedzieć jak, do kurwy nędzy, Brigham namierza moją pelerynę! – Spojrzałem na Alphonse'a. – Odknebluj tego idiotę.

Powoli podszedł do Dockera i zrobił, co mu kazałem.

Docker potrząsnął głową.

– J-ja nic nie wiem.

– Kłamiesz. – Palec na spuście aż mnie zaświerzbił. – Mów prawdę albo zacznę strzelać. Myślisz, że mi zależy, aby zachować cię przy życiu, Docker? Próbowałeś uciec i zrobić krzywdę mojej załodze. Jeśli nie zaczniesz dzielić się informacjami, będziesz dla mnie bezużyteczny.

Docker kucnął i skrył twarz w dłoniach.

– Ja naprawdę nie wiem! Nie zabijaj mnie, proszę!

Alphonse stał i nas obserwował.

– Oni tu są, prawda? – zapytał.

– Co? – warknąłem.

– Unia. W końcu się pojawili, no nie?

Musiałem przyznać, że szybko dodał dwa do dwóch. Na pewno był bystrzejszy niż Docker.

– Tak i jedynym sposobem na to, abyśmy uszli z tego z życiem, wy także, jest dowiedzenie się, w jaki sposób nas znaleźli – oświadczyłem.

– Dlaczego pan sądzi, że to wiemy? – zapytał chorąży.

– Może nie wiecie, ale coś mi mówi, że nie macie ochoty zginąć w tej celi.

Alphonse powoli pokiwał głową.

– Oni chcą jedynie tej dziewczynki, prawda? Czemu jej im po prostu nie przekazać? Nie byłoby tak bezpieczniej?

– Dlaczego miałbym w ogóle się nad czymś takim zastanawiać? Myślisz, że jestem bez serca?

Wzruszył ramionami.

– Jest pan renegatem, no nie? Zależy panu na pieniądzach, nie ludziach.

– W byciu renegatem nie chodzi tylko o pieniądze – zaprotestowałem.

– Och? W takim razie o co?

– O to, czym i kim chce się być. W tej akurat chwilę chodzi o pozostanie przy życiu, nietrafienie do unijnej celi i ochronę ludzi na tym statku. Więc jeden z was lepiej niech zacznie mówić, w jaki sposób Brigham mnie namierza. Jeśli rzeczywiście chodzi o pelerynę, chcę to wiedzieć.

Chłopak przyglądał mi się z dziwnym wyrazem twarzy, jakby podejmował decyzję.

– Jestem tylko chorążym – powiedział w końcu. – Nie wiem wszystkiego, ale powiem to, co mogę. Pytał pan o pelerynę i odpowiedź brzmi „tak". To właśnie dzięki niej was namierzają. Jeśli przestanie jej pan używać, namierzanie się skończy.

– Wiedziałem – warknąłem i spojrzałem na Dockera. – Okłamałeś mnie, ty pierdolona wywłoko.

– On o tym nie wiedział – rzekł Alphonse. – Mówił prawdę.

– To prawda! – potwierdził Docker.

– Jak to możliwe, że chorąży wie więcej niż ty, Docker? To nie ma żadnego sensu.

– Jestem oficerem dowodzącym – wyjaśnił Alphonse. – Informacje są szeregowane. On nie wie, bo nie musi.

Wycelowałem teraz w niego.

– W takim razie mów, co wiesz o tej pelerynie. I streszczaj się.

– Kupił ją pan od kogoś na czarnym rynku, prawda?

– Jasne – odparłem, myśląc o Fratleyu.

– A kiedy ją pan kupował, to czy sprzedawca powiedział, że ją znalazł?

– Na terytorium Unii, ale nie znam szczegółów.

– Cóż, wobec tego ja je zdradzę – oświadczył Alphonse. – Nowoczesną technologię peleryn wynaleziono w trzydziestym drugim centrum badawczym Unii znanym jako TRUST. – Zerknął za mnie na Abigail. – Pańska koleżanka zna to miejsce. To stamtąd wykradła dziewczynkę.

Abigail podeszła do mnie.

– Zważaj na słowa – rzuciła ostrzegawczo.

– Przepraszam – odparł i zabrzmiało to szczerze. – Jak już mówiłem TRUST wynalazło technologię peleryn i od tamtej pory wolno ich było używać tylko unijnym statkom. Kilka dekad temu Sarkonianom udało się położyć łapska na pewnych częściach, mają więc kilka statków wyposażonych w tę technologię, tyle że zostały one zmodyfikowane przez sarkonijski rząd. Większość jest także przestarzała, bo ci ludzie, zamiast dokonywać wynalazków, wolą kraść i modyfikować.

– Przejdź do sedna – rzekłem, nie przestając do niego celować.

– Ten statek, Zbuntowana Gwiazda, jest wyposażony w dość zaawansowaną pelerynę. To powinno panu powiedzieć, że nie pochodzi od Sarkonian.

– Wiem już, że jest z unijnego statku – powiedziałem.

– W takim razie do jakich dochodzi pan wniosków? – zapytał Alphonse.

Nie podobała mi się ta zabawa w dopasowywanie do siebie fragmentów układanki. Ale rzeczywiście w końcu zaczynałem rozumieć.

– Twierdzisz, że skoro moja peleryna pochodzi z Unii, to są mnie w stanie namierzyć.

– Bardzo dobrze, kapitanie! – W jego głosie słychać było szczerą ekscytację. – Domyślił się pan. Tak, będąca w pańskim posiadaniu peleryna należała swego czasu do statku Unii, co oznacza, że da się ją namierzyć. W taki właśnie sposób generał Brigham śledził was, odkąd zaczęliście uciekać.

– Skoro to prawda, to dlaczego Unia wcześniej mnie nie zgarnęła? Używam tej peleryny od miesięcy.

Zachichotał.

– A po cóż mieliby to robić? Co by zyskali?

– To kradziony sprzęt. Nie chcieliby go odzyskać?

– Kapitanie, rozchodzi się o coś więcej niż kradzież i odzyskanie jednej peleryny. Gdyby nie przyjął pan na swój pokład

mniszki i tej małej, zapewniam, że to wszystko by się nie zdarzyło.

– Co mam zrobić, żeby nie mogli nas namierzyć?

Wzruszył ramionami.

– Przykro mi, ale nie jestem inżynierem. Ja mogę jedynie zasugerować zaprzestanie używania peleryny.

– Jeśli tak zrobimy, równie dobrze możemy się od razu poddać. Jedynym sposobem na wasze przeżycie jest nasza ucieczka,
więc lepiej coś wymyślcie.

– Choć cenię sobie instynkt samozachowawczy, obawiam się,
że naprawdę nie mam pojęcia. Proszę mi uwierzyć, kapitanie,
nie odczuwam lojalności wobec Unii. Ja tylko dla nich pracuję.

Coś mi mówiło, że to tylko częściowo jest prawdą.

– Skończ z tymi bredniami i powiedz mi, kim jesteś.

– Już to zrobiłem. Mam na imię Alphonse. Wie pan o tym.

– Niczego nie wiem – odparłem.

Posłał mi blady uśmiech.

– Tu akurat ma pan rację, kapitanie.

16

– Jaki masz plan? – zapytała Abigail, gdy zamknęliśmy z powrotem naszych więźniów.

Szybkim krokiem ruszyłem w stronę schodów. Teraz, kiedy uzyskałem potwierdzenie w kwestii peleryny, nie mogłem marnować czasu. Będę musiał znaleźć jakiś sposób na umknięcie statkowi Brighama bez możliwości ukrycia się. To nie będzie łatwa ucieczka.

– Nadal nad nim pracuję – odparłem i zatrzymałem się w drzwiach do ładowni. Abigail mało na mnie nie wpadła. – Co ty robisz?

– Idę z tobą, a cóżby innego?

– Nie mam czasu na to, aby cię zabawiać – oświadczyłem. – Muszę iść do kokpitu i zastanowić się, w jaki sposób…

– Zrobimy to razem – przerwała mi w pół słowa. – Pomogę ci coś wymyślić, Jace.

Kliknął komunikator w moim uchu.

– Proszę pana, Galaktyczny Świt ruszył z miejsca. Jakie są pańskie rozkazy?

Minęła już godzina? Niemożliwe. Spędziłem w ładowni maksymalnie dwadzieścia minut.

Dotknąłem ucha.

– Co to znaczy „ruszył z miejsca"? I leci dokąd?

– Tutaj, proszę pana – odparł Sigmond. – Znajdują się na bezpośrednim kursie na naszą lokalizację.

– To potwierdza, że nas widzą – westchnąłem.

– Wobec tego musimy znaleźć sposób na to, aby im umknąć – orzekła Abigail. – Oczywiście bez peleryny.

– Nie wiem, czy to w ogóle możliwe.

Pobiegliśmy korytarzem do kokpitu, gdzie szybko usiedliśmy na fotelach. Gdy zapinałem pasy, usłyszałem, jak ktoś woła z salonu:

– Co się dzieje?

To chyba Hitchens.

– Święci pańscy. Zostaliśmy zaatakowani?

Zdecydowanie Hitchens.

– Jak to rozegramy, Jace? – zapytała Abigail.

Holo pokazywało zmierzający w naszą stronę Galaktyczny Świt. Miałem tylko chwilę na wymyślenie czegoś i nie mogłem liczyć na wsparcie peleryny. Od tak dawna na niej polegałem, że bez niej czułem się tak, jakbym zrobił krok w tył.

– Jace? – powtórzyła Abigail. Chwyciła mnie za ramiona. – Hej! Słuchasz mnie?

Przyjrzałem się planowi tego układu i lokalizacji obu statków – naszego i Brighama. Dzieliła nas na tyle duża odległość, że dałoby się uciec, ale problemem pozostawało umiejscowienie tunelu.

– Słyszę – rzekłem do Abigail.

Ruchem palca aktywowałem silniki statku, dzięki czemu zaczęliśmy się oddalać od księżyca. Dezaktywowałem pelerynę zaraz po opuszczeniu orbity i obrałem kurs na najbliżej leżącą planetę.

– Siggy, gdzie się znajduje kolejny tunel, nie licząc tego, którym tu przylecieliśmy?

– Dwa miliony kilometrów za najdalej położoną planetoidą w tym układzie. Mam obrać kurs?

– Ile zajmie nam dotarcie tam?

– Około dziesięć minut.

– Myślisz, że mamy szansę ujść z tego z życiem?

– Jakieś pięćdziesiąt dwa procent, proszę pana.

Powinienem się nauczyć nie zadawać mu takich pytań.

Galaktyczny Świt sunął w naszą stronę, mimo że my lecieliśmy po drugiej stronie planety. Wyczuwałem rosnący niepokój Abigail. Wiedziałem, że jest twarda, ale to przecież jeden z okrętów flagowych Unii. Nawet ja miałem mdłości.

W końcu rzekła:

– Mam szczerą nadzieję, że wiesz, co robisz, Jace. W przeciwnym razie już po nas.

– Po prostu patrz. – Wskazałem głową na gigantyczną kulę plazmy. – Ta gwiazda to nasz bilet umożliwiający ucieczkę.

Gdy Galaktyczny Świt coraz bardziej się zbliżał, znalazł się w bliskiej orbitalnej odległości od gazowego olbrzyma. Pilnowałem tego, aby przez cały czas pozostawać po przeciwnej stronie, obracając się razem z nim.

Wcisnąłem przyciski oznaczające lot przed siebie, wysyłając nas w stronę planety pod kątem dziewięćdziesięciu stopni od miejsca, do którego zmierzał Galaktyczny Świt. Gdyby miało się spojrzeć na planetę od środka, wyglądałoby to tak, że my przecinamy ten środek, nadlatując od dołu, gdy tymczasem statek Unii dalej leci od lewej strony do prawej.

To właśnie było super w kosmicznych podróżach. Zależnie od perspektywy każdy kierunek oznaczał lot do przodu.

W tym przypadku to, co dla generała Brighama było dolną częścią gazowego olbrzyma, dla mnie stanowiło drogę ku wolności.

Wiedziałem, że samo to nas nie uratuje, ale stanowiło dobry początek.

– UFS Galaktyczny Świt rozmieszcza myśliwce – oznajmił Sigmond. – Szacuję, że w naszą stronę zmierza ich ponad dwieście.

Gdy uwolniliśmy się od siły grawitacji, obrałem kurs na drugi tunel.

– Dlaczego lecisz aż tak daleko? – zapytała Abigail, gdy zobaczyła, co robię. – Czemu nie skorzystasz z tego, którym przylecieliśmy?

– Skoro Brigham przyleciał za nami, najpewniej po drugiej stronie czekają posiłki. Musimy użyć innej trasy, jeśli nie chcemy zginąć w chwili, kiedy opuścimy Slipspace.

– Skąd wiesz, że zostawił posiłki?

– Dlatego, że tak właśnie bym zrobił na jego miejscu.

Na radarze pojawiły się myśliwce Galaktycznego Świtu, jarzące się niczym plaga owadów. W życiu nie widziałem tylu na raz, wiedziałem jednak, że nie ma to znaczenia. Najważniejsze było, abym doleciał do tunelu jako pierwszy.

– Zbliżają się unijne myśliwce, proszę pana – poinformował Sigmond.

– Widzę je, stary – odparłem, przyglądając się około piętnastu migającym kropkom kierującym się w naszą stronę.

Aktywowanie peleryny nie wchodziło w grę, co oznaczało, że będę musiał to rozegrać w tradycyjny sposób.

Gwiazda obrała kurs na pobliski pas asteroidów.

– Pora pobawić się w chowanego.

– Chwileczkę. – Abigail spojrzała na mnie. – Nie możemy tak zrobić!

Wyszczerzyłem się.

– Trochę wiary, Abby. Jesteś w końcu mniszką.

– Byłą! – wrzasnęła.

Gdy dotarliśmy do pasa asteroid, w naszą stronę kierowało się kilkanaście myśliwców. Na konsoli zapalił się alarm.

– Znajdujemy się w zasięgu ognia statków wroga, proszę pana.

Kokpit nagle się zatrząsł, gdy oberwaliśmy w tylną część statku.

– No to lecimy! – zawołałem, zaciskając obie dłonie na dźwigniach i kierując nas między dwie asteroidy wielkości księżyca.

Siedzące nam na ogonie statki nie dawały za wygraną. Od pancerza otaczającego Gwiazdę odbiło się trochę lekkich szczątków, gdy zanurkowaliśmy pod jedną ze skał.

Wypatrzyłem bardziej zwarty fragment pola.

– Trzymaj się mocno – rzuciłem do Abigail. – Siggy, wystrzel miny tam, gdzie zaznaczyłem.

– Zrozumiałem.

Trzy skamieliny znajdowały się tak blisko siebie, że niemal tworzyły tunel, skorzystałem więc z okazji i wleciałem w niego.

– Teraz! – warknąłem.

Spod naszego statku wystrzelonych zostało sześć małych min. Trzy sekundy później aktywowały się i zawisły w pustej przestrzeni między skałami.

Za nami wleciały myśliwce. Gdy tak się stało, miny wybuchły, niszcząc pierwszy statek, natomiast pozostałych pięć wylądowało na skałach.

Chwilę później uciekliśmy przez wąski otwór i zawróciliśmy w stronę otwartego pola asteroidów.

– Sześć statków wyeliminowanych – poinformował Siggy.

Pozostałe nie zaprzestawały pościgu, strzelając w tylny pancerz Gwiazdy. Kiedy trafił w nas jeden z pocisków, cały kokpit zadrżał, przez co Foxy Stardust wyleciała w powietrze.

– Cholera! – wrzasnąłem. Udało mi się złapać figurkę, nim wylądowała na ziemi.

– Co się stało? – W głosie Abigail słychać było panikę.

– Mało nie straciłem Foxy – burknąłem, następnie odstawiłem figurkę na deskę rozdzielczą. – Proszę. Już dobrze.

– Jace! – warknęła była mniszka. – Postaraj się skupić.

Trafił nas kolejny pocisk i zapaliło się czerwone, ostrzegawcze światełko informujące o tym, że jeśli wkrótce nie zgubię pościgu, to znajdę się w prawdziwym bagnie.

Skierowałem Gwiazdę w stronę jednej z większych asteroid i przeleciałem obok niej tak blisko, że aż się uruchomił alarm.

Pozostałe statki próbowały za mną nadążyć.

– Przygotuj się na przejęcie kontroli nad lotem, Siggy – rzekłem, kiedy okrążaliśmy asteroidę.

– Ustawię bezpośredni kurs na tunel ślizgu – odpowiedział.

Mieliśmy na ogonie trzy statki.

– No dobra – mruknąłem, dostrzegłszy przed nami duże skupisko skamielin. Zacisnąłem dłoń na drążku sterowniczym i zerknąłem na Abigail.

– Trzymaj się mocno!

Kiedy Abigail zobaczyła, na co się zanosi, otworzyła szeroko oczy.

- Co ty...

Pociągnąłem za drążek, obracając statek pod idealnym kątem do przefrunięcia między dryfującymi w przestrzeni skałami. Gdy tylko minęliśmy pierwszą warstwę, wykonałem ostry skręt, obierając najszybszą drogę wyjścia z pola.

Unijne statki próbowały pozostać w bliskiej odległości i jednocześnie unikać zderzenia z asteroidami, wystarczył jednak jeden błąd popełniony przez pierwszego pilota, który zahaczył jedną ze skał skrzydłem. Zderzenie zdestabilizowało tor lotu i stracił kontrolę nad statkiem, co wywołało efekt domina – kolejne statki wypadały jeden za drugim z toru. Tylko jednemu udało się przelecieć, aczkolwiek przednią część także miał uszkodzoną.

Na skanerze zobaczyłem serię kropek, ale były one na tyle daleko, że w życiu nas nie dogonią. Niepokój mógł budzić tylko ten jeden pozostały statek. Teraz, kiedy minęliśmy asteroidy, nie miałem wyboru i musiałem go zestrzelić.

– Jesteśmy prawie na miejscu? – zapytała Abigail, zaciskając dłonie na podłokietnikach.

Mrugnąłem do niej, następnie zgasiłem silniki, co spowodowało, że obróciło nas o sto osiemdziesiąt stopni. Nadal lecieliśmy, tyle że teraz do tyłu, zbliżając się do statku wroga.

Z kciukami na spustach działa przyglądałem się, jak unijny myśliwiec wchodzi w strefę zasięgu.

– Ostrzeżenie – oznajmił Sigmond. – Statek wroga się zbliża.

Oddał w naszą stronę serię strzałów. Większość pocisków chybiła, jeden jednak musnął kadłub. Poczułem, że fotel się trzęsie. „Już prawie", pomyślałem, czekając i licząc, że damy radę.

W końcu holo dało mi zielone światło, pokazując najlepszy możliwy strzał, i nacisnąłem spusty.

Seria pocisków trafiła prosto w kabinę myśliwca, przebijając się przez kadłub tak, jak nóż przez papier, i nastąpił wybuch od środka.

– Mam cię! – wykrzyknąłem, czując buzującą w żyłach adrenalinę.

Zamigotało światełko dające znać, że szybko się zbliża kolejna fala.

– Jeśli skończyłeś się bawić… – rzuciła Abigail, wskazując na radar.

– No tak. – Zawróciłem statek i odpaliłem silniki. – Siggy, rozpocznij procedurę i niech ten tunel się otworzy!

– Już to robię – odparła AI. – Tunel otworzy się za pięć sekund.

– Kapitanie Hughes – zadudnił w głośnikach niski głos. – Tutaj generał Brigham. Wiem, że odbiera pan tę wiadomość. Proszę o odpowiedź.

Zacisnąłem zęby.

– Siggy, otwórz kanał.

– Jestem gotowy, proszę pana.

– Brigham, z tej strony kapitan Hughes ze Zbuntowanej Gwiazdy. Lepiej zawróć i leć do domu, bo w życiu nie zdobędziesz pan tego, co chcesz.

Przez chwilę panowała cisza.

– Kapitanie Hughes, widzę, że w końcu zdecydował się pan odpowiedzieć – rzekł generał.

– Więcej niż odpowiedzieć, czyż nie?

– Owszem, kapitanie. Wygląda na to, że poświęcone panu raporty nie kłamią.

– Cieszę się, że udało mi się pana usatysfakcjonować. Pewnie

sporo czasu minęło, odkąd trafiło się panu porządne rżnięcie –
oświadczyłem.

Usłyszałem wymuszony śmiech.

– Hughes, wyłącz silniki i oddaj nam dziewczynkę. Masz moje
słowo, że pozwolę ci odlecieć.

– To bardzo szlachetne z pana strony – rzekłem, zerkając
na Abigail, która czekała obok mnie z napięciem malującym się
na twarzy. – Ale co z resztą mojej załogi?

– Oni także mogą odlecieć. Cała załoga, nawet ta kobieta,
która ukradła dziewczynkę, może odejść wolno. My chcemy jedynie dziecka. Reszta podlega negocjacjom.

Przez chwilę milczałem, wpatrując się w holo Galaktycznego
Świtu. Ten statek był taki ogromny, taki majestatyczny. Dla do-
wodzącego nim człowieka byłem nikim, śmieciem, który znajdował się w posiadaniu tego, co on chciał zdobyć. W jakimkolwiek
innym przypadku zdeptałby moje zwłoki i nie poświęcił temu
ani jednej myśli. Co nie znaczy, abym mu się dziwił.

– Jest pewien problem, generale.

– Bez względu na to, czego dotyczy, z pewnością możemy…

– Ta dziewczynka, którą pan chce, ta z tatuażami i głupimi py-
taniami… jest w takim samym stopniu członkiem załogi
jak ja i nikomu jej nie oddam. Nie ludziom Unii. Nie Sarkonianom… – otworzyła się szczelina w przestrzeni i przed nami pojawiło się wirujące zielone światło – a już na pewno nie panu.

Wyłączyłem komunikator.

– Tunel jest otwarty. Możemy lecieć – oświadczył Sigmond.

Chwilę później zniknęliśmy w tunelu.

– Chwileczkę – odezwała się Abigail. – Gdzie ten tunel się
kończy?

Odpowiedź Siggy'ego była natychmiastowa:

– Według mapy gwiazd kolejny Punkt Wylotu na tej trasie znajduje się... – holo przekształciło się w skupisko gwiazd, następnie przybliżyło pewne miejsce – w samym centrum przestrzeni sarkonijskiej, mniej więcej sześć milionów kilometrów od Sarkony, ich stołecznej planety.

Abigail i ja popatrzyliśmy na siebie.

– Cholera – powiedzieliśmy jednym głosem, a tymczasem zielone światło otaczało nasz statek ze wszystkich stron.

17

– Ja pierdolę, Siggy! – warknąłem i walnąłem pięścią w konsolę. – Czemu nie powiedziałeś mi o tym, zanim tu wlecieliśmy?

– Najmocniej przepraszam, ale nie pytał pan o to – odparł Sigmond.

Miałem ochotę wydrzeć się na niego po raz drugi, zamiast tego zdecydowałem się policzyć do dziesięciu.

– Jeden. Dwa. Trzy.

– Co ty robisz? – zapytała Abigail.

– Szczerze? Staram się nie zestrzelić własnego statku.

– Przestań. Skoro mamy z tego wyjść, musisz jasno myśleć.

– Nie zamorduję dzisiaj Siggy'ego, ale nie dlatego, że mi nie kazałaś.

Zapuszczanie się w sarkonijską przestrzeń, zwłaszcza w okolice ich ojczyzny, w ogóle mi się nie uśmiechało. Nie tylko było to niebezpieczne dla kogoś z podrabianymi papierami, takiego jak ja, ale też przecież mieliśmy już bliskie spotkanie z ich wojskiem i znano nagrody za nasze głowy mimo tego, że Unia i Imperium Sarkonijskie nigdy dotąd nie współpracowały ze sobą. Porzucenie dekad rywalizacji, braku zaufania i animozji w zamian za nagrodę za kilkoro zbiegów wydawało się bardziej niż nierealne. To było niedorzeczne i już.

Nie, musiało chodzić o coś więcej. Coś znacznie poważniejszego, czego nie dostrzegałem. Musiałem to rozgryźć.

– Dokąd idziesz? – zapytała Abigail, gdy wstałem z fotela.

– Przesłuchać naszych więźniów w kwestii tego, czego mamy się spodziewać po dotarciu na miejsce – wyjaśniłem. – Wiemy, że Unia i Sarkonianie współpracują ze sobą, ale musimy poznać powód. A jako że w Slipspace nie ma dostępu do gal-netu, te dwa pacany to nasza jedyna szansa.

– Pójdę z tobą.

– Nie, zostań tutaj i pomagaj Siggy'emu monitorować tunel – poleciłem, otwierając drzwi.

Wszedłem do salonu.

– A czy przypadkiem nie robi tego sam? – zapytała tuż przed tym, jak drzwi się zasunęły.

– Pewnie, że tak – mruknąłem, idąc przez statek.

Nigdy dotąd nie byłem w samym sercu przestrzeni sarkonijskiej. Podobnie jak w przypadku Unii był to region, który starałem się ignorować.

Z Sarkonianami miałem tylko kilka bliskich spotkań, aczkolwiek ich częstotliwość w ostatnich tygodniach rosła.

Otworzyłem ładownię i zszedłem na dół.

– Otwórz ścianę, Siggy – powiedziałem, dobywając z kabury broń.

Drzwi się przesunęły, ukazując dwóch więźniów. Alphonse siedział po turecku, natomiast Docker siedział znacznie dalej, ze związanymi rękami i kneblem w ustach. Światło zaatakowało ich obu, ale tylko Docker się wzdrygnął.

– Już pan wrócił? – zapytał Alphonse.

– Zdejmij koledze knebel – poleciłem, wskazując pistoletem na Dockera.

– Dobrze, kapitanie – odpowiedział grzecznie młody człowiek.

Po chwili Docker oblizał spierzchnięte wargi i podszedł bliżej wyjścia, mrużąc przy tym oczy.

– Dzięki, że w końcu…

– Zamknij się – poleciłem. – Powiedz mi, dlaczego Sarkonianie wiedzą o nagrodzie wyznaczonej za mnie i moją załogę. Nie używają gal-netu, lecz niezależnej sieci. Czemu mieliby zawracać sobie głowę wydawaniem nas?

Zmarszczył nos.

– Niewiele wiem na ten temat.

– Właśnie, że wiesz – odparowałem. – Założę się, że obaj dużo wiecie.

– Jedyne, co widziałem, to że Sarkonianie współpracują z Unią, by znaleźć ten statek, ale to wszystko – upierał się.

– Nie wiesz, dlaczego się na coś takiego zgodzili?

Pokręcił głową.

– Niestety.

– Rzeczywiście to wszystko, co wiesz, Docker? – Odciągnąłem kurek w pistolecie, co rozbrzmiało echem w ładowni. – Jesteś pewny, że niczego nie zatajasz?

– P-powiedziałem przed chwilą prawdę, przysięgam. Nie ma nic więcej, przysięgam na wszystkich bogów! – Słowa te wyrzucił z siebie tak szybko, że miałem wrażenie, że zaraz zemdleje.

– W porządku. – Nie potrafiłem stwierdzić, czy z tego idioty warto wyciągać jeszcze jakieś informacje. Na razie będę musiał założyć, że powiedział mi wszystko, co wiedział, i skupić się na Alphonsie. Wycelowałem teraz w niego. – Twoja kolej, chłopcze.

Zmierzył wzrokiem lufę.

– Rozumiem.

– Zacznij mówić. Ta broń robi się ciężka i prędzej zastrzelę was obu, niż będę ją tak cały czas trzymał.

– To, co mam do powiedzenia, może się panu nie spodobać, kapitanie. Skąd mam wiedzieć, że nie zastrzeli mnie pan tylko dlatego, że się zdenerwuje?

– Potrzebuję cię, aby zapewnić bezpieczeństwo moim ludziom. Jeśli mi pomożesz, nie zrobię ci krzywdy – odparłem. – Ale jeśli się dowiem, że coś kombinujesz, w ciągu sekundy będziesz trupem.

Wpatrywał się we mnie przez długą chwilę, a twarz miał tak pozbawioną wyrazu, że nie potrafiłem określić, czy planuje niespodziewany atak, układa plan ucieczki, czy wspomina swoją ulubioną operę mydlaną.

– Dobrze, kapitanie Hughes. Powiem to, co chce pan wiedzieć.

„Co za popierdoleniec", pomyślałem, patrząc w te dziwne oczy.

Odchrząknął.

– Docker ma rację. Sarkonianie współpracują z Unią, nie powiedział za to tego, że wcale nie chodzi im o nagrodę za pańską głowę.

– A o co? – zapytałem.

– Unia zaproponowała sarkonijskiemu rządowi rozejm zezwalający na bezpośredni dostęp do pięćdziesięciu procent Martwoziem bez konieczności martwienia się o ingerencję ze strony Unii.

Przez chwilę analizowałem te słowa, rozkładając sobie w myślach mapę gwiazd. Martwoziemie to całkiem spora przestrzeń z kilkudziesięcioma układami, a to wszystko w obrębie Unii i Imperium Sarkonijskiego. Na większości tego terenu panowało bezprawie, co ułatwiało życie ludziom takim jak ja. Od niemal dwóch wieków Unia i Sarkonianie chętnie pozostawiali ten prymitywny region samemu sobie. Oczywiście aż do niedawna, o czym miałem okazję naocznie się przekonać.

– Chcesz powiedzieć, że Unia i Sarkonianie planują przejąć Martwoziemie?

– Nie wiem, czy Unii chodzi o podbicie tej części Martwoziem, która przylega do jej granic. W Ambrosii dominuje obecnie przekonanie, że za dużo byłoby z tym pracy. Nie ma tam także wystarczająco dużo zasobów, aby taką ekspansję uczynić wartą zachodu. – Skrzyżował ręce na piersi. – Inaczej sprawy się mają z Sarkonianami. Ich terytorium ogranicza się do połowy tuzina sektorów i kilku układów. Ekspansja to ich jedyna opcja, co oznacza, że Martwoziemie są im potrzebne, nawet jeśli te światy są odległe, chaotyczne i panuje w nich dezorganizacja.

– Zaraz. – Machnąłem pistoletem. – Twierdzisz, że w zamian za schwytanie nas Unia pozwoli im rozszerzyć swoje granice?

Wyszczerzył się.

– Dokładnie to panu mówię, kapitanie.

– Ale to szaleństwo. Sarkonianie są agresywni i głupi. Unia ich nienawidzi. Czemu mieliby wchodzić w taki układ?

Z rękami nadal skrzyżowanymi na piersi Alphonse otworzył dłoń i nachylił się, jakby nakłaniał mnie do dodania dwóch do dwóch.

– Co ma pan, czego oni pragną?

– Chwileczkę, chcesz powiedzieć, że to z powodu Lex?

Kiwnął głową.

– Tylko i wyłącznie.

– Ale po co zadawać sobie tyle trudu dla jednego dziecka?

– To dopiero pytanie, prawda? – Alphonse uśmiechnął się lekko. – Po co ryzykować własne bezpieczeństwo dla jednego dziecka? Muszę przyznać, kapitanie, że fascynuje mnie ta kwestia i z największą chęcią poznałbym prawdę.

Unia skłonna była położyć na szali swoje bezpieczeństwo, swoje granice, po to tylko, aby odnaleźć mój statek i tę małą albinoskę.

– Za dużo wiesz jak na chorążego – rzuciłem.

– Czyżby? – zapytał, nie kryjąc rozbawienia. – Pewnie to prawda.

Zrobiłem krok w tył i opuściłem broń. Stuknąwszy się w ucho, rzekłem:

– Zasuń drzwi. Skończyłem.

– Dobrze, proszę pana – odparł Sigmond i ściana zaczęła się przesuwać.

– Do następnego razu, kapitanie Hughes! – zawołał Alphonse. – I proszę postarać się nie zginąć.

Zgromadziłem wszystkich w salonie. Freddiego, Abigail, Hitchensa i Octavię. Tymczasem Siggy'emu udało się zająć Lex grą w jej pokoju. Nie musiała słyszeć tego wszystkiego.

– Proszę, powiedz, że masz jakiś plan – powiedziała Abigail.

– Uzyskałeś jakieś informacje od więźniów? – zapytała Octavia.

Kiwnąłem głową.

– Ale, gdybyś się zastanawiała, nie jest to dobra wiadomość.

– Oczywiście, że nie – żachnęła się Abigail. – Czemu mieliśmy spodziewać się czegoś innego?

– W skrócie wygląda to tak – kontynuowałem, ignorując mniszkę. – Unia dobiła z Sarkonianami targu w zamian za nasze głowy. Jeśli dostarczą nas Brighamowi, będzie im wolno dokonać inwazji na Martwoziemie.

Hitchensowi opadła szczęka.

– P-pan tak na poważnie?

– I to wszystko po to, aby nas schwytać? – zapytał Freddie, wyglądający na równie zaskoczonego.

Abigail przycisnęła palce do grzbietu nosa i zamknęła oczy.

– Bogowie.

– Ja też w pierwszej chwili nie uwierzyłem – przyznałem.

– Jest pan pewny, że te informacje są zgodne z prawdą? – zapytał Freddie.

– Nie, ale Alphonse miał rację w kwestii peleryny, więc może teraz także.

– Nie mogę uwierzyć, że mieliby zadać sobie tyle trudu po to tylko, aby nas powstrzymać i pojmać Lex. – Freddie pokręcił głową. – To wszystko z powodu dziewczynki, która nie zrobiła nic złego.

Zerknąłem na Octavię, która siedziała cicho na wózku. Sprawiała wrażenie pogrążonej w myślach.

– Masz coś do dodania, Octavio?

Zamrugała, po czym podniosła na mnie wzrok.

– Hmm? Och, przepraszam, kapitanie. Myślałam właśnie…

– I do jakiego doszłaś wniosku? – zapytałem.

Przez kilka sekund przesuwała palcem wskazującym po nadgarstku, jakby próbowała poskładać myśli.

– Uważam, że ten chorąży mówi prawdę.

– Serio? – zapytałem. – Masz przeczucie?

– To znacznie więcej niż przeczucie – odparła. – Pamiętacie informacje, jakimi podzieliłam się z wami na temat biologii Lex?

– Jasne. – Spojrzałem na Abigail. – Coś o szybkim gojeniu się i perfekcyjnej replikacji komórek.

– Otóż to. Właśnie nad tym pracuję.

Abigail zesztywniała.

– Dowiedziałaś się czegoś jeszcze?

– Wiemy już, że komórki w jej ciele są perfekcyjne. Wykonują zadania z optymalną wydajnością, bez spadku jakości, stąd to niezwykłe wyleczenie i brak blizn. Niemniej coś takiego w naturze jest niemożliwe, a przynajmniej taką mamy wiedzę. Początkowo nie byłam pewna, ale to musi być coś sztucznego. Nie wiem jak, ale ktoś znalazł sposób na to, aby stworzyć genetycznie doskonałego człowieka. – Urwała, być może spodziewając się, że ktoś się odezwie, zbyt jednak zaabsorbowani byliśmy tym, co usłyszeliśmy. Spojrzenia wszystkich wbite były w Octavię. – Nie znalazłam żadnych śladów modyfikacji, nawet po wielokrotnym jej przebadaniu i wielu biopsjach komórek. Dzięki sprzętowi zdobytemu na stacji medycznej mogę w końcu powiedzieć, że nie ma ani śladu majstrowania przy komórkach Lex już po jej przyjściu na świat. Nie wierzę, aby po narodzinach Lex Unia zmieniła sekwencję jej DNA albo cechy komórek. Uważam, że taka się już urodziła.

– Ale powiedziałaś, że te zmiany nie są naturalne – odezwał się Freddie.

– Zgadza się – przytaknęła. – Uważam, że dokonano ich albo podczas jej życia płodowego, albo nawet kiedy była zwykłym embrionem. Pewności mieć nie mogę, nie bez dostępu do laboratorium i personelu, ale tak brzmi moja obecna teoria. Mogę zupełnie nie mieć racji i może Unia rzeczywiście jej to zrobiła, ale biorąc pod uwagę raporty na temat tego, jak Lex została znaleziona, słusznie jest przypuszczać, że jej pochodzenie jest inne, pozostające poza kontrolą Unii. Znaleziono ją na peryferyjnej planecie, w jakiejś pozbawionej znaczenia wiosce. Zjawiła się tam w niewielkiej kapsule niewiadomego pochodzenia. Taką słyszeliśmy historię. Tak twierdzą raporty. Nie mamy możliwości ich weryfikacji, nawet gdybyśmy chcieli, ale jeśli to wszystko jest prawdą, w takim razie gdzieś w galaktyce czeka prawdziwe pochodzenie Lex. Kto wie, kim są ludzie – albo organizacja – którzy to zrobili? Całą sobą wierzę, że nie zostali na razie zidentyfikowani.

– To wszystko brzmi dość szokująco – oświadczyłem. – Twierdzisz, że Lex została stworzona w laboratorium, ale nie masz pewności, i nie wiesz kiedy ani dlaczego, ani kto to zrobił. Zgadza się?

Kiwnęła głową.

– Jak już mówiłam, nie mam możliwości potwierdzenia swoich przypuszczeń, no i nie jestem ekspertką od biologii człowieka. Ukończyłam sześcioletnie studia medyczne, lecz w tych unijnych placówkach pracowali ludzie z wieloletnim doświadczeniem i najlepszym sprzętem, a podejrzewam, że oni także w pełni tego nie rozumieli.

– Ale dlatego właśnie chcą ją odzyskać – odezwała się Abigail. – Wiedzą, że jest wyjątkowa. Nie chodzi tylko o tatuaże i o to, w jaki sposób wpływa na stare artefakty z Ziemi. Zależy im na jej całej biologii.

– Lex jest wyjątkowa – przyznała Octavia. – I to czyni ją niebezpieczną.

– Niebezpieczną? – fuknąłem. – To tylko dziecko.

– Wyobraźcie sobie armię, całą armię, z umiejętnością samoleczenia. Wyobraźcie sobie konsekwencje, gdyby Unia potrafiła w taki sposób modyfikować geny swoich żołnierzy.

– Wolę sobie tego nie wyobrażać – przyznał Freddie.

– Co gorsza – wtrącił Hitchens – te zebrane przeze mnie artefakty uruchamiane są tylko dzięki indywidualnym cechom tego dziecka. Jeśli na Ziemi rzeczywiście znajduje się bardziej wyrafinowany zbiór, możliwe, że patrzymy na potencjalnie niszczący nowy arsenał broni, której w tej galaktyce nie widziano od mileniów. – Postukał się w brodę. – Jeśli Ziemia była rzeczywiście tak zaawansowana, jak się twierdzi, jej broń może być niewyobrażalnie destrukcyjna.

Octavia spuściła wzrok.

– Największa wojskowa siła w galaktyce mogłaby się stać *jedyną* siłą. Ich podboje okazałyby się katastrofalne w skutkach.

– Jeśli to wszystko jest prawdą – mruknął Freddie – w takim razie nic dziwnego, że skłonni są pozwolić Sarkonianom wkroczyć na Martwoziemie. Skoro mieliby Lex i Ziemię, cóż znaczy kilka kolejnych układów?

– To potwierdza nasze podejrzenia – dodała Octavia. – Unia zrobi wszystko, aby odzyskać to, co skradliśmy. Bez względu na koszty.

Wiedziałem, że to tylko przypuszczenia, ale miały sporo sensu. Unia wysłała za nami swój najpotężniejszy statek dowodzony przez doświadczonego generała, z setkami myśliwców na pokładzie. Dobili targu z Sarkonianami w zamian za szansę odzyskania Lex.

– Nieważne – oświadczyłem, wsuwając kciuk za pasek. – Ta mała donikąd się nie wybiera, chyba że z nami.

Octavia pokiwała głową.

– W pełni się z tym zgadzamy.

– Kapitanie, o ile wolno mi mieć śmiałość – odezwał się Hitchens i odchrząknął. – Jaki jest pański plan? Zdążył już go pan opracować?

Spojrzałem w okno na zieloną poświatę tunelu.

– Gdy tylko to zrobię, dam panu znać, doktorku. Na razie martwmy się tylko tym, abyśmy dali radę umknąć tym wszystkim, którzy próbują nas zabić.

Przełknął ślinę.

– O rety.

18

Gdy tylko tunel się otworzył, Siggy przeskanował układ. Chwilę później dysponował odczytem z liczbą planetoid, jak również szczegółową analizą ojczyzny Sarkonian, Sarkony. Co ważniejsze, miał także rejestr wszystkich statków w układzie. Większość należała do wojska.

– Nie wygląda to dobrze – stwierdziła Abigail, kiedy te informacje zaczęły spływać do holo.

Nie mogłem nie przyznać jej racji. Wcześniej spodziewałem się kilkudziesięciu, być może nawet kilkuset sarkonijskich statków, ale w życiu bym nie pomyślał, że na drugim końcu tego tunelu czeka prawdziwa flota. Zakładałem, że statki te będą przebywać blisko granicy, przypuszczając atak na kolonie Złoziemia albo tocząc walki z niszczycielami, a nie, że będą czekać tutaj... na nas.

Nie, nie czekać. Sarkonianie nie mogli wiedzieć, że Gwiazda się pojawi, chyba że dowiedzieli się tego od Unii.

Ale czy w takim przypadku nie zasadziliby się na nas od razu po naszym wkroczeniu do tego układu? Powodem ich obecności musiało być coś innego, prawda?

Odsunąłem to od siebie. W tej chwili miałem ważniejsze kwestie na głowie niż zastanawianie się, co knuje sarkonijska flota. Po pierwsze, ścigała nas Unia i dotarcie tutaj nie zajmie jej dużo czasu. Brigham zjawi się w przeciągu kilku minut, a wraz z nim setki myśliwców, których wyłącznym celem będzie schwytanie nas.

Nie, chwila. Temu draniowi nie chodziło o mnie. Dla Unii nie byłem nikim więcej, jak renegatem proszącym się o śmierć. Oni chcieli tylko Lex i aby ją odzyskać, gotowi byli na wszystko.

Ale tylko, jeśli im na to pozwolę.

– Siggy, ile tuneli odchodzi od tego układu? – zapytałem, próbując się skupić.

– Sarkona znajduje się w miejscu, gdzie krzyżuje się wiele tuneli. Istnieje osiem łączących ścieżek, co czyni je jednymi z najbardziej znaczących Punktów Wylotu w regionie – wyjaśniła AI.

– To wiele opcji – mruknęła Abigail. – Który tunel zabierze nas tam, dokąd chcemy lecieć?

– Jeśli ma pani na myśli obrany wcześniej kurs, tunel leżący na jego trasie znajduje się po drugiej stronie Sarkony, za flotą. Wyświetlam właśnie koordynaty – oświadczył Sigmond.

Holo zmieniło się, prezentując cały układ i wszystkie pięć planet, ich księżyce i wszystko na tyle duże, by móc się kwalifikować jako statek. Za Sarkoną zamrugała kolejna kropka, niedaleko czwartej planety, wskazując nasz nowy cel.

Westchnąłem.

– Dlaczego nigdy mi niczego nie ułatwiasz, Siggy?

– Najmocniej przepraszam. Postaram się nie robić tak w przyszłości.

– Jak według ciebie ominiemy tę flotę? – zapytała Abigail.

Zastanawiałem się przez chwilę, analizując różne możliwości. Mogłem iść na żywioł, zaryzykować i liczyć, że się uda, i może rzeczywiście tak by się stało. Ba, w taki właśnie sposób ograłem Galaktyczny Świt, ale te statki za bardzo były rozpierzchnięte po całym układzie. Dostanie się tam bez walki byłoby prawie niemożliwe. Z drugiej strony mogłem lecieć dookoła, opuścić układ i wrócić po drugiej stronie, ale tym sposobem moja obecność na pewno zostałaby wykryta.

– Musimy użyć peleryny – powiedziałem w końcu. – Siggy, słyszałeś?

– Już się robi, proszę pana.

Abigail posłała mi zaskoczone spojrzenie.

– Nie mówiłeś, że Unia namierza nas właśnie za pomocą peleryny?

– Już tu lecą, co oznacza, że nie ma to znaczenia.

– Dlaczego? – zapytała.

– Oni wiedzą, dokąd się udaliśmy, a z wnętrza tunelu nie da się nas namierzyć, co oznacza, że będą musieli zaczekać, aż go opuszczą. Daje nam to kilka minut na bezpieczne aktywowanie peleryny, przelecenie przez flotę i wydostanie się z tego bagna.

– Rozumiem. Musimy po prostu dotrzeć do tunelu, zanim zjawi się generał Brigham.

– Właśnie tak. – Wskazałem migającą kropkę na holo. – Tylko będziemy się musieli pospieszyć.

Wydałem Siggy'emu polecenie ruszenia w stronę tunelu.

– Zaczekaj chwilę – wtrąciła Abigail. – A jeśli Unia pokazała Sarkonianom, w jaki sposób namierzać twoją pelerynę?

Zaskoczyła mnie tym pytaniem.

– Nie zrobiliby tego – mruknąłem. – Dawałoby to Sarkonianom zbyt dużą władzę. Mogliby dzięki temu namierzać statki Unii. Pomyśl tylko.

– W sumie masz rację – przyznała.

– Poradzimy sobie. Nie martw się.

Starałem się, aby brzmiało to przekonująco, prawda była jednak taka, że nie miałem pojęcia, co skłonna była zrobić Unia. Jeśli wszystko to, co powiedział mi Alphonse, jest prawdą, równie dobrze przekazałaby Sarkonianom informacje tajne. Bez względu na koszt, po to, aby zdobyć klucz do Ziemi.

Kiedy znaleźliśmy się bliżej floty, przełknąłem ślinę i zamrugałem kilka razy. Holo zmieniło się, wyświetlając wiele sarkonijskich statków z emblematami na kadłubach. Większość wyposażona była w jeden lub dwa poczwórne działa. Większe statki nie tylko w to. Gdyby nas teraz złapano, byłby to koniec. Koniec nas wszystkich.

Gdy Zbuntowana Gwiazda zbliżyła się do planety Sarkona, jeden z czekających na orbicie statków zaczął się poruszać. Zatoczył łuk, kierując się w stronę opuszczonego przez nas tunelu. Skręciłem w lewo, schodząc z drogi, ale to oznaczało, że znaleźliśmy się bliżej jednego z sarkonijskich transportowców, statku co najmniej siedemdziesiąt pięć razy większego od mojego. Zwolniłem i pozwoliłem, aby odlatujący statek nas minął, następnie wróciłem na poprzedni tor.

„Nadal nic”, pomyślałem, monitorując ruchy pozostałych statków. Żaden z nich zdawał się nas nie widzieć, kiedy prześlizgiwaliśmy się przez układ. Musiałem ograniczyć moc silników do minimum, co dwukrotnie wydłużało czas przelotu. To poświęcenie było konieczne, gdyż większy podmuch gorąca mógł zdradzić nasze położenie. Mimo aktywowanej peleryny musiałem się pilnować.

Dotarcie do wejścia do tunelu zabrało nam około dziesięć minut. W jego pobliżu kręciło się tylko kilka statków, które prawdopodobnie dopiero co tu przyleciały. Dwa zdawały się szykować do odlotu, co dla nas było dobrą wiadomością. Po kolei ruszały w stronę Sarkony i po kilku minutach byliśmy już sami.

Właśnie miałem wydać rozkaz otworzenia tunelu, kiedy usłyszałem w uchu głos Siggy'ego:

– Na drugim końcu układu otwiera się właśnie tunel. Mniemam, że to Galaktyczny Świt.

Zerknąłem na holo i zobaczyłem, że AI ma rację.

– Siggy, ukryj pelerynę – poleciłem.

– Zrozumiałem.

Abigail nachyliła się i cała spięta obserwowała, jak Galaktyczny Świt wyłania się ze szczeliny. Miała taką minę, jakby chciała coś powiedzieć, tyle że ubiegł ją Siggy.

– Odbieram przekaz – rzekł. – Sarkona kontaktuje się z Galaktycznym Świtem.

– Możemy słuchać? – zapytałem.

– Tak. Już przełączam.

Najpierw cisza, potem kilka sekund wyładowań, aż w końcu…

– … lotu, unijny statku. Proszę się natychmiast zatrzymać! Naruszacie sankcję trzy dwa sześć dziewięć Konwencji Androzyjskiej. Proszę się natychmiast zatrzymać!

Niemal natychmiast odpowiedzi udzielił znajomy głos:

– Sarkonijska floto, tutaj generał Marcus Brigham. Prowadzę pościg za zbiegłym statkiem przelatującym przez wasz układ. Unia i Imperium Sarkonijskie zgodziło się na współpracę w celu odzyskania zbiegłego statku, dlatego sugeruję przystopować z tą agresją.

Tym razem odpowiedział żeński głos:

– Generale Brigham, tutaj Naczelny Dowódca Prynn Deschalla z Imperium Sarkonijskiego. Nie macie zezwolenia na wkroczenie do tego układu. Stanowczo radzę wrócić do poprzedniej lokalizacji.

– Być może nie wyraziłem się jasno – rzekł generał. – Ścigam zbiegły statek znany jako Zbuntowana Gwiazda. Zawarliśmy umowę z waszym…

– Ta umowa zezwala na wstęp do konkretnych układów Imperium Sarkonijskiego. Lista ta nie zawiera Sarkony. Znajdujecie się tutaj bezprawnie.

– Z całym szacunkiem, gdybyście pozwolili mi po prostu kontynuować misję…

– Musimy nalegać na to, aby pan zawrócił, generale. Ta kwestia nie podlega negocjacjom. Jeśli w naszym układzie przebywa zbieg, to my go schwytamy, nie wy. Taką właśnie podpisaliśmy umowę.

– Nie ma czasu na przepychanki – oświadczył Brigham. – Albo odsuńcie się na bok, albo mi pomóżcie, byleście szybko podjęli decyzję. Nie mam czasu, aby siedzieć tu cały dzień i…

Sarkonijski statek oznaczony jako Panchello wystrzelił pocisk w stronę rufy Galaktycznej Gwiazdy. Pocisk, który trafił w pancerz.

Komunikator zamilkł.

– No i proszę – mruknąłem.

Nagle Galaktyczna Gwiazda odpowiedziała ogniem w stronę coraz liczniejszej floty, unieszkodliwiając kilka ze statków.

Sarkonianie wzięli odwet, bombardując unijny transportowiec

setkami pocisków. Wkrótce uda im się przebić przez tarczę ochronną Galaktycznego Świtu, choć oczywiście sami także poniosą ogromne straty.

Ze statku wyleciały szturmowce, kierując się w stronę Sarkonian. Przy zaangażowaniu obu flot powstała tam prawdziwa strefa wojenna.

– No dobra, Siggy – warknąłem. – Otwórz tunel, podczas gdy oni zabijają się nawzajem.

– Już otwieram – odparła AI

Przed nami utworzyła się jarząca się szczelina. Zacząłem kierować nas w sam jej środek.

Już-już miałem odetchnąć z ulgą, kiedy kokpitem szarpnęło i pojawiło się światełko ostrzegawcze. Trafił nas właśnie pocisk. Siła uderzenia cisnęła Abigail z fotela na konsolę. Chwyciłem ją za ramię, nim zdążyła upaść na ziemię.

– Kapitanie Hughes, proszę się zatrzymać – rozległ się w komunikatorze kobiecy głos. Wydał mi się jakby znajomy. – Tutaj major Mercer Equestri. Proszę się poddać, w przeciwnym razie oddamy kolejny strzał.

– Siggy, tarcze! – warknąłem.

Tarcze wysunęły się w samą porę, aby przyjąć atak ze strony zbliżającego się statku. Nim zdążyłem cokolwiek powiedzieć, na holo pojawiła się twarz kobiety. Miała biegnącą przez policzek bliznę i natychmiast ją rozpoznałem.

– Proszę się zatrzymać, kapitanie Hughes!

Zakląłem pod nosem.

– Nie sądziłem, że jeszcze zobaczę tę kobietę.

– Co ona tu robi? – zapytała Abigail, którą nadal podtrzymywałem.

Posadziłem ją na fotelu.

– Gdybym tylko wiedział. Sądziłem, że mamy ją z głowy.

– Kapitanie – kontynuowała Mercer, która nie widziała mnie ani nie słyszała. – Jeśli pan sądzi, że pozwolę mu wlecieć do tego tunelu, to…

– Siggy, zabierz nas do tunelu najszybciej jak się da. Nie zważaj na protokoły bezpieczeństwa. Ruchy!

– Jak pan sobie życzy.

Stuknąłem w konsolę, uwalniając jedną z min za nami, a potem uniosłem tarczę i wcisnąłem przycisk aktywujący.

Eksplozja sprawiła, że na statku uruchomiło się wiele alarmów i zaczęliśmy pruć w stronę szczeliny, obracając się przy tym.

– Statek wroga ładuje broń – poinformował Sigmond.

– Nie szkodzi. – Zaciskałem dłonie na drążkach, starając się zminimalizować kołysanie. Nadal się obracaliśmy, kiedy wpadliśmy do zielonego tunelu. – Udało się!

Szczelina zamknęła się za nami. Gwiazda zachwiała się, zbliżając się do ściany tunelu.

– Uwaga! – wrzasnęła Abigail.

– Wiem! – odkrzyknąłem, nie odrywając rąk od drążków. Nim jednak zdołałem nas wyrównać, otarliśmy się o pole elektryczne. Usłyszałem dochodzące od strony kadłuba przeraźliwe, trzeszczące dźwięki i całym statkiem mocno zatrzęsło. – Ja pierdolę! – krzyknąłem, szykując się na potworną końcówkę dnia. – Trzymajcie się!

19

– Wykryto uszkodzenie kadłuba. Na sąsiednie jednostki aplikuję plomby.

Głos Siggy'ego brzmiał jak odległy szept, gdy Zbuntowana Gwiazda nie przestawała się obracać w tunelu Slipspace.

– Zrób coś, Jace! – wrzasnęła Abigail. Kurczowo trzymała się siedzenia, aby znowu nie spaść.

Pociągnąłem za drążki i uruchomiłem stabilizatory, zwalniając nasze obroty.

– Siggy, spróbuj zrównoważyć…

Nim zdążyłem dokończyć, ujrzałem tworzącą się przed nami szczelinę, oznaczającą koniec tunelu.

– Opuszczamy tunel – oznajmił Sigmond.

Przycisnąłem dłonie do konsoli.

– Już?

Zielone światło raptownie przygasło, kiedy wylecieliśmy z tunelu i znaleźliśmy się ponownie w normalnej przestrzeni. Szczelina natychmiast zamknęła się za nami i ku mojej uldze zapanowała cisza. Zniknął nagle panujący w tunelu chaos.

– Siggy, co się stało? Udało nam się?

– Zgadza się, proszę pana. Według dostarczonej przez doktora Hitchensa mapy gwiazd dotarliśmy do kolejnego Punktu Wylotu.

Odetchnąłem z ulgą, wiedziałem jednak, że nie mogę zwolnić.

– Obierz kurs na następny i pospieszmy się. Na pewno ostro wkurwiłem tę całą Mercer.

– Krótka uwaga, zanim ruszymy w dalszą drogę, proszę pana – powiedział Sigmond.

– Mów, tylko się streszczaj – poleciłem.

– W tym akurat Punkcie Wylotu znajduje się kilka dodatkowych tuneli. Konkretnie cztery.

– Kolejne skrzyżowanie? – zapytałem.

Zdziwiłem się, bo należały one do rzadkości. Nikt dokładnie nie wiedział, w jaki sposób tworzą się tunele i dlaczego tyle z nich kończy się i zaczyna obok siebie, rzadko jednak w jednym miejscu napotykało się więcej niż parę. A fakt, że w ciągu kilku zaledwie godzin natrafiliśmy na dwa różne Punkty Wylotu z wieloma tunelami, był wysoce niezwykły.

– Według atlasu nasza ścieżka wiedzie tutaj – rzekł Sigmond i na holo ukazała się mapa pokazująca kolejny cel podróży, trzeci tunel licząc od naszej lokalizacji.

– No to lećmy. Nie marnujmy więcej czasu – stwierdziłem.

– Może dopisze nam szczęście i nasi prześladowcy pomyślą, że wybraliśmy inną ścieżkę – powiedziała Abigail.

– Powinniśmy spodziewać się najgorszego. Nie ma czasu na optymizm. – Kazałem Siggy’emu otworzyć kolejny tunel. – Kiedy dolecimy na miejsce? – zapytałem.

– Do następnego Punktu Wylotu mamy czternaście lat świetlnych, następnie czekają nas dwa inne połączenia – odparł Sigmond. – Łącznie zajmie nam to pięć godzin.

– Nie tak źle – orzekłem, ujmując drążki i ustawiając nas w odpowiedniej pozycji. Już-już miałem wlecieć do tunelu, kiedy wpadłem na pewien pomysł. – Chwileczkę.

– Coś się stało? – zapytała Abigail.

– Siggy, ile zostało nam min?

– Sześć – odparł.

– Nie tyle, ile bym chciał, ale powinno wystarczyć.

– O czym ty mówisz? – chciała wiedzieć mniszka.

– O minach, a o czym?

Dopiero po chwili dotarło do niej, jaki mam plan.

– Chwila, Jace. Nie możesz ich zostawić na tym pustkowiu przy Punkcie Wylotu. A jeśli nadzieje się na nie statek cywilów?

– Nie ma czasu na kłótnie. A zresztą myślisz, że co jest bardziej prawdopodobne? To, że będzie tędy przelatywać statek z uczniami, czy że będzie nas gonić armia wkurwionych Sarkonian? Widziałaś, co zrobiłem statkowi tej Mercer? Jestem przekonany, że nam nie odpuści.

– No ale może wcale jej jednak nie trafiłeś – rzekła Abigail. – Pomyśl o ryzyku.

– Zrobię to, co będzie konieczne, aby utrzymać tę załogę przy życiu. – Stuknąłem w konsolę i zacząłem wypuszczać miny, nakazując im rozproszyć się wokół Punktu Wylotu. – Jeśli to oznacza pozostawienie kilku bomb bez wiedzy, w kogo one trafią, trudno. To najlepsze, co możemy zrobić.

Wyraz twarzy Abigail powiedział mi, że mniszka ma na ten temat odmienne zdanie. Mimo to nie zaprotestowała, co oznaczało, że rozumie.

Utworzyła się szczelina i chwilę później wlecieliśmy w nią, pozostawiając za sobą Punkt Wylotu. Miałem nadzieję, że ten, kto będzie podążał naszym śladem, zasłuży na to, co go spotka.

Salon okazał się częściowo zdewastowany, a wszystkie krzesła i taborety leżały przewrócone. Zawartość lodówki także znalazła się na podłodze, jak również unijny ekspres do kawy.

Spiorunowawszy go wzrokiem, ruszyłem w stronę korytarza.

Lex siedziała na swoim łóżku i z malującą się na twarzy ciekawością wymachiwała nogami. Przyglądała się, jak Freddie i Hitchens próbują ogarnąć pokój.

– Nikomu nic się nie stało? – zapytałem, opierając się o framugę.

Hitchens przydreptał do mnie z naręczem koszul Octavii.

– Ach, kapitanie. Rozumiem, że udało nam się dotrzeć bezpiecznie do kolejnego tunelu? Jak się ma statek?

– Trochę oberwaliśmy, ale jakoś lecimy.

Freddie machnął do mnie, po czym rzucił w głowę Lex małą stertą ubrań. Dziewczynka zachichotała i rzuciła w niego parą majtek, trafiając go w czoło.

– Hej! – zaśmiał się. – Nie grasz czysto!

– Cóż, wygląda na to, że nic wam nie jest – rzekłem, starając się nie wyglądać na rozbawionego. – Gdzie Octavia?

– Sprawdza w ładowni nasz sprzęt laboratoryjny. Zapewne mikroskop i próbki krwi doznały pewnych uszkodzeń, ale nie jest to coś, czego się nie da zastąpić – wyjaśnił Hitchens.

– I tak muszę zajrzeć do naszych unijnych gości.

– Ja też chcę tam iść! – oświadczyła Lex.

Zeskoczyła z łóżka i wybiegła z pokoju.

– Hej, zwolnij! – zawołałem za nią, ale ona zdążyła już zniknąć.

– Jest po prostu podekscytowana – powiedział Freddie.

– W sumie lepsze to niż strach.

Kiwnął głową.

– Jak stoimy z mapą? Jesteśmy już blisko?

– Od miejsca, do którego zmierzamy, dzieli nas kilka godzin.

Wymienili się spojrzeniami.

– Chce pan powiedzieć, że zbliżamy się do Ziemi? – zapytał Freddie.

– Nie, mówię, że mapa niemal się kończy – poprawiłem. – Ale kto może wiedzieć, co tam znajdziemy?

– Mam tylko nadzieję, że zaprowadzi nas to do prawdy – oświadczył Hitchens.

Pozostawiwszy ich, udałem się w stronę ładowni. W tym tunelu spędzimy niedużo czasu, co oznaczało, że musimy się bezzwłocznie zabrać do ewentualnych napraw.

Octavia jechała właśnie korytarzem do ładowni. Z powodu leżących na ziemi różnych rzeczy zmuszona była poruszać się naprawdę powoli.

– Pomóc ci? – zapytałem, kiedy ją dogoniłem.

– Nie, chyba już to ogarnęłam.

Stęknąwszy, schyliła się, aby dosięgnąć kawałek metalu, który oderwał się od ściany, blokując przejazd. Po chwili odrzuciła go na bok.

– Wygląda na to, że jak na razie nie ma poważnych zniszczeń – rzekłem.

– Nie widzieliśmy jeszcze sprzętu laboratoryjnego.

– Muszę zajrzeć do więźniów. – Ująłem uchwyty jej wózka i zacząłem pchać. – Sprawdźmy, czy uda nam się przyspieszyć.

– Ale z ciebie dżentelmen – stwierdziła z przekąsem. – Tylko niczego ode mnie nie oczekuj. Jestem poślubiona pracy.

– A co z Hitchensem? – zapytałem z lekko drwiącym uśmiechem.

– Powinieneś się martwić teraz o swój statek, kapitanie.

Kiedy znaleźliśmy się na górnym pokładzie ładowni, rozejrzałem się w poszukiwaniu Lex.

– Gdzie mała?

– Minęła mnie na korytarzu. Może jest na dole?

– Ktoś musi ją związywać, żeby tak nam nie uciekała – westchnąłem.

– Po prostu za dużo w niej energii jak na tak małe miejsce. – Octavia podjechała do stołu z mikroskopem. Kilka fiolek spadło na ziemię i się potłukło. Nie wydawała się tym zaskoczona ani szczególnie zmartwiona.

Zszedłem na dół. Od razu dostrzegłem, że wysuwający się pokład na samym końcu jest uszkodzony.

– Siggy, czemu mi tego nie zgłosiłeś? – zapytałem.

– Ale czego, proszę pana?

– Pokładu. Z twoimi czujnikami wszystko w porządku?

– Najmocniej przepraszam. Wygląda na to, że w tej części statku funkcja wykrywania uszkodzeń nie działa tak, jak powinna. Będę musiał dokonać analizy czujników i zainicjować proces naprawy.

– Ekstra, więc musimy coś naprawić po to, aby sprawdzić, czy trzeba naprawić coś jeszcze. Może dopisze nam szczęście i po wylocie z tunelu natrafimy na stację napraw?

– Mało prawdopodobne – odparł Sigmond, nie wychwytując mojego sarkazmu.

Zignorowałem go i udałem się na środek ładowni, rozglądając się za małą.

– Lex, gdzie…

Zatrzymałem się, kiedy ujrzałem, że tuż przed celą trzymają ją męskie ręce.

Ściana była częściowo odsunięta, przypuszczalnie w wyniku uszkodzeń, jakich doznaliśmy w tunelu.

– Nareszcie – oświadczył Alphonse, trzymający Lex. – Zastanawiałem się, czemu to tak długo trwa.

Miał ranę na czole, a po policzku płynęła mu krew. Za nim dostrzegłem leżące ciało. To mógł być tylko Docker.

– Alphonse, co ty zrobiłeś?

– Zająłem się problemem – odparł. – Docker próbował skrzywdzić dziewczynkę, ale ja go powstrzymałem. Teraz jest bezpieczna. – Puścił jej ramię i Lex podbiegła do mnie. – Jeśli pan pozwoli, to muszę usiąść.

Zatoczył się na skrzynkę i zachwiał.

Spojrzałem na Lex.

– Ten drugi próbował zrobić ci krzywdę?

Kiwnęła głową.

– Tak, bałam się.

– Hej, biegnij na górę, okej? Poczekaj na mnie razem z Octavią.

Tak zrobiła. A ja wyjąłem pistolet, na wypadek, gdyby to była zasadzka, następnie zbliżyłem się do celi, próbując lepiej dojrzeć Dockera.

– Nie żyje. Dopilnowałem tego – odezwał się Alphonse, a wzrok miał rozbiegany, jakby miał zaraz zemdleć.

– A tobie co się stało? – zapytałem.

Uśmiechnął się.

– Oberwałem rurką. Naprawdę, kapitanie, powinien pan przyjrzeć się instalacji wodno-kanalizacyjnej. Za dużo tu luźnych rur.

A potem stracił przytomność.

– Jasna cholera – oświadczyła Abigail na widok zwłok.

– Wiem. – Skrzyżowałem ręce na piersi.

Tuż za nią stał Freddie i wyglądał na równie zaszokowanego.

– Co się stało? Nic mu nie jest?

– Freddie, on nie żyje.

– Ale jak to? A co z tym drugim? – Wskazał na drugi poziom, gdzie Alphonse leżał na stole.

– Jest tylko nieprzytomny – odezwała się siedząca obok niego Octavia.

Przeniosłem go tam, bo ona przecież nie była w stanie zejść na dół.

– Co się stało? – zapytał Freddie.

– Siggy, odtwórz nagranie – poleciłem.

Po chwili rozległo się kliknięcie. Nagranie rozpoczęło się od długiej ciszy, po której nastąpiły trzaski i coś, co zapewne było odgłosami turbulencji w tunelu.

Gdy głośne trzaski i walenie nie ustępowały, rozgorączkowany głos zapytał:

– Co się dzieje?

Odpowiedział mu drugi głos, znacznie spokojniejszy:

– Być może jesteśmy obiektem ataku.

– To Unia? – zapytał ten przerażony, który stał się teraz bardziej wyraźny. – Nie wiedzą, że jesteśmy na pokładzie?

– Gdyby statek zaatakował generał Brigham, już byśmy byli zniszczeni. To musi być ktoś inny.

– Brigham by tego nie zrobił, prawda?

– To nie jest ważne, Docker. Po prostu o tym nie myśl.

– Co? Czemu tak powiedziałeś?

– Unia przypuszczalnie zakłada, że nie żyjemy. Nawet gdyby się dowiedzieli, że jesteśmy więźniami, nasze życie nie miałoby dla nich wartości… nie w porównaniu z misją.

– Mówisz tak tylko dlatego, że ty dzielisz się z tymi ludźmi informacjami. Ja nie jestem takim zdrajcą jak ty. Przyjdą po mnie.

– Głupi jesteś. Nie przejmuje się tobą nikt z wyjątkiem rodziny. Jesteśmy w tym wszystkim zwykłymi pionkami.

– A ty jesteś tchórzem – odparował.

– To zabawne, że tak mnie nazywasz. Z tego, co pamiętam, na naszym statku obaj się poddaliśmy.

– Ja przynajmniej próbowałem uciec, kiedy miałem taką okazję. Ty zostałeś w celi.

– I o ile dobrze pamiętam, nie udało ci się. Nie możesz… – Przerwały mu kolejne turbulencje.

– Muszę się stąd wydostać! – wrzasnął Docker. Zaczął walić w ścianę. – Bogowie, wypuśćcie mnie! Wypuśćcie!

– Przestań, idioto! Nie ma sensu krzyczeć. Nie da się otworzyć tego od naszej strony.

– Muszę! – zawołał. – Muszę się stąd wydostać i porozmawiać z generałem. On mi pomoże!

– Generał Brigham ma cię gdzieś – oświadczył Alphonse.

– Wcale nie. Jest bohaterem wojennym! Muszę jedynie… muszę jedynie odzyskać tę dziewczynkę!

– Czy ty siebie słyszysz? Mówisz o ucieczce z zamkniętego pomieszczenia i wydostaniu się ze statku bez planu, pomimo uzbrojonego personelu i…

– Zamknij się! Zamknij się, bo cię zabiję! – wrzasnął Docker. Wyraźnie wpadał w coraz większą histerię. – Nie dam już rady. Chcę do domu… chcę wrócić do żony. Chcę po prostu…

Rozległy się trzaski i dudnienie, jak na razie najgłośniejsze. Trwały przed długą chwilę, aż w końcu zapadła cisza.

– Drzwi! – krzyknął Docker.

– Otwarte? – zapytał Alphonse.

– Pomóż mi. Poradzimy sobie z resztą, jeśli…

– Docker, przestań, jeśli zaczniesz uciekać, to już po tobie.

– Muszę stąd wyjść! – zawołał. Coś zapiszczało, odgłos metalu przesuwającego się po metalu. – Pomóż mi, Alphonse!

Trochę czasu im to zajęło.

– Docker, zaczekaj chwilę. Przemyślmy to sobie. Jeśli stąd wyjdziesz, wpadniesz na załogę, a przecież już wiesz, że kapitan nie boi się strzelać.

– Dostanę się na prom i uciekę. Jest nad nami, na końcu korytarza. Jeśli się pospieszymy, to damy go radę ukraść. Musimy się jedynie wydostać z…

Nagle umilkł.

– Co robicie? – zapytała zaciekawiona Lex. W całym tym zamieszaniu żaden z nich nie zauważył, że weszła do ładowni.

– T-to ta dziewczynka – mruknął Docker. – Alphonse, to ona!

– Widzę – odparł Alphonse.

– H-hej, mała, wszystko w porządku? – zapytał Docker.

– Eee, tak. Dlaczego drzwi są zepsute?

– Nie przejmuj się tym – odparł. – Ktoś jeszcze tu jest?

– Tak, na górze jest Octavia. Coś naprawia.

– Och, to dobrze. Możesz mi pomóc wyjść?

– Docker, przestań – szepnął Alphonse. – Próbujesz zarobić kulkę w łeb? Jeśli ktoś z załogi zobaczy, że z nią rozmawiasz, to już po tobie.

– Hej, chodź tutaj – rzucił, ignorując kolegę. – Nie widzimy cię stamtąd.

– Chyba mi nie wolno – odparła Lex.

– Nie bój się. Jesteśmy przyjaciółmi kapitana – zapewnił Docker.

– Och, naprawdę?

Rozległy się kroki.

– Właśnie tak, chodź do nas.

– Nie podchodź, dziewczynko – nakazał jej Alphonse. – Nie zbliżaj…

Nagranie się urwało. Abigail i Freddie spojrzeli na mnie skonsternowani.

– To wszystko? – zapytał Fred.

– Na to wygląda – odparłem.

– Urządzenia wewnętrzne wtedy właśnie przestały poprawnie funkcjonować – wtrącił Siggy. – Przepraszam za niedogodności.

– Co mówi o tym Lex? – zapytał Freddie.

– Powiedziała mi, że ci dwaj zaczęli się bić, a potem Alphonse wygrał. Z tego, co się zorientowałem, wydarzyło się to jakieś dwadzieścia sekund przed moim przyjściem.

– Nie rozumiem – przyznał Freddie. – Dlaczego Alphonse powstrzymał go przed pojmaniem Lex?

Abigail spojrzała na mnie.

– Wiedział, że gdyby spróbował to zrobić, tobyśmy go zabili.

Kiwnąłem głową.

– Bez mrugnięcia okiem. Poza tym nie wiedział, że Siggy ma problemy ze statkiem ani nawet co było powodem turbulencji, więc może uznał, że nie uda się porwać promu. Siggy ma protokoły, które nie dopuszczają do tego, chyba że dokonam autoryzacji.

– W sumie ma to sens – mruknął Freddie.

– Tak czy inaczej przesłucham go, kiedy się ocknie – zapewniłem.

Freddie spojrzał na zwłoki.

– Co z nim zrobimy?

– Jeszcze przez godzinę będziemy w tunelu – odparłem.

– Wyrzućmy go teraz – powiedziała beznamiętnie Abigail. – To dla niego jedyna opcja.

– Jesteśmy tego pewni? – zapytał Fred.

– Ona ma rację – przyznałem. – Zasłużył na to.

Razem go podnieśliśmy. Owinąłem Dockera prześcieradłem i upewniłem się, że Lex przebywa w swoim pokoju, po czym zabrałem go do śluzy. Umieściwszy go w niej, kazałem Siggy'emu otworzyć właz i wyrzucić zwłoki do tunelu.

Podobno atomy ciała są wtedy niszczone i przekształcane w nową energię. Naukowcy uważają, że ściany tunelu pozostają w stanie syntezy nuklearnej i rozszczepienia, nieustannie tworząc i niszcząc atomy. Niektórzy twierdzą, że częściowo dlatego tak to wygląda, nikomu nie udało się jednak wyjaśnić, dlaczego ani jak do tego dochodzi.

Posłaliśmy zwłoki Dockera prosto w strumień, pozwalając, aby zderzyły się ze ścianą. W ciągu krótkiej chwili jego ciało przestało istnieć, co stanowiło najprawdziwszą formę śmierci, jaką byłem sobie w stanie wyobrazić.

20

Pozbywszy się ciała Dockera, chciałem się skupić na jedynym pozostałym na Gwieździe więźniu. Tyle że Alphonse pozostawał nieprzytomny, co oznaczało, że będę musiał zaczekać.

Dałem Freddiemu broń i kazałem mu zostać z chorążym i naszą kaleką. Nawet jeśli Fred nie potrafił jeszcze dobrze strzelać, Octavia także miała broń i w razie czego nie wahała się jej użyć.

Natomiast ja i Abigail zaraz po dotarciu statku do następnego Punktu Wylotu wróciliśmy do kokpitu. Bez chwili zwłoki skierowałem nas do kolejnego tunelu, rozpoczynając ostatni etap podróży.

Abigail analizowała na mapie naszą trasę.

– Wygląda na to, że miniemy to miejsce, do którego musimy dotrzeć – rzekła.

– Jak to?

– Tunel jest o dwa lata świetlne za długi. Po opuszczeniu go będziemy musieli zawrócić.

– Zawrócić? Bez tunelu droga zabierze nam kilka dni.

– To nasza jedyna opcja. – Wzruszyła ramionami.

– A tymczasem po piętach depczą nam dwie armie, mamy nieprzytomnego więźnia i statek pełen problemów.

Dwadzieścia kolejnych minut poświęciliśmy na odczytywanie raportów szkód. Z tego, co udało mi się zorientować, większość była powierzchowna – lekkie uszkodzenia kadłuba, drzwi do ładowni i wewnętrznych czujników. Na szczęście nie pojawiły się żadne poważne problemy z systemami atmosferycznymi, bronią czy silnikami.

Zastanawiałem się, czy nie zajrzeć do Alphonse'a, lecz w tym momencie w komunikatorze rozbrzmiał głos Siggy'ego:

– Proszę pana, mamy mały problem ze ścieżką lotu. Ona… – Nagle wirująca zieleń zmieniła się w czarną otchłań normalnej przestrzeni. – Zepsuła się – dokończyła AI.

– Co się stało? – zapytała Abigail.

– Jak już mówiłem, wewnętrzne skany tunelu wykazały, że ten Punkt Wylotu został utworzony przedwcześnie – wyjaśnił Sigmond.

– Masz na myśli to, że tunel został w połowie odcięty? – zapytałem. – Jak to jest, u licha, możliwe?

– Nie wiem tego, proszę pana. Wygląda jednak na to, że dotarliśmy na miejsce.

– Chwila. Chcesz powiedzieć, że uszkodzenie w tunelu zabrało nas…

– On ma rację. – Abigail przywołała mapę gwiazd. – Spójrz. Tunel powinien nas zabrać tutaj… – przesunęła po mapie palcem, po czym go cofnęła – … a zamiast tego znajdujemy się tutaj, na końcu oryginalnej linii.

– Mapa nadal pokazuje, że tunel biegnie dalej – zauważyłem.

– Musi być przestarzała – odparła Abigail.

– Siggy, dlaczego tak się stało? – zapytałem.

– Wnioskując z niestabilności obecnej szczeliny, mogło to być sztuczne. Jednakże…

– Sztuczne? – wtrąciła mniszka. – Czy on twierdzi, że tej szczeliny nie powinno tam być? Że ktoś ją tam umieścił?

– Słyszałem o czymś takim – mruknąłem. – Ludzie opowiadają o przerwach w tunelach. Twierdzą, że nie powinno ich tam być, że jest tak, jakby zrzucono w środku bombę i stworzono nową dziurę. Zawsze traktowałem to jako wymysły podobne do gadania, że ktoś widział, że na końcu galaktyki siedzą bogowie. No wiesz, totalne bzdury.

– Proszę pana, mógłbym kontynuować? – zapytał Sigmond.

– Och, sorki, stary. Sądziłem, że skończyłeś.

– W żadnym razie, proszę pana. Jak już mówiłem, ta nowa szczelina może być sztucznym tworem. Niemniej gdy do niego wlecieliśmy, tunel sprawiał wrażenie nienaruszonego. Przeprowadziłem wewnętrzny skan o dalekim zasięgu i dowiedziałem się, że do kolejnego Punktu Wylotu mamy około dwóch godzin.

– Innymi słowy w czasie naszego wlotu do tunelu tej szczeliny nie było – podsumowałem.

– Zgadza się.

– Co to według ciebie oznacza? – zapytałem, zerkając na Abigail.

– Może to reakcja na nas?

Przez chwilę oboje siedzieliśmy w milczeniu, próbując ogarnąć, co się stało.

– Mogło to spowodować coś w statku? – zapytałem w końcu.

– I tak, i nie. W jaki sposób mamy się tego dowiedzieć?

– Nie wiem. Może wcale.

Abigail pokręciła głową.

– Sigmondzie, możesz przeskanować układ i pokazać nam, gdzie konkretnie się znajdujemy? Chciałabym szczegółową mapę regionu.

– Chwileczkę – powiedziała AI. – Analiza ukończona.

Na wyświetlaczu holograficznym pokazał się układ dwóch gwiazd. Sześć planet, dwanaście księżyców.

– Czy któreś z tych planet nadają się do zamieszkania? – zapytała Abigail.

Brak odpowiedzi.

– Sigmondzie?

– Przepraszam, proszę pani. Próbowałem dokonać dogłębnego skanu jednej z planet, która początkowo sprawiała wrażenie niestwarzającej warunków do życia, ale wygląda na to, że się myliłem.

– Więc nadaje się do zamieszkania? – zapytałem.

– Tylko jej niewielka część, lecz nie potrafię tego wyjaśnić. Istnieje obszar o promieniu dwunastu kilometrów, gdzie atmosfera umożliwia oddychanie.

– Czyli jest okrąg, gdzie da się oddychać? – upewniła się Abigail.

– Konkretnie trójwymiarowy półokrąg – doprecyzował Sigmond.

– To jakiś rodzaj kolonii? – mruknąłem.

– Nic nie wskazuje na kolonizację. Nie wykrywam ludzi ani zabudowy.

Nachyliłem się, aby przyjrzeć się okręgowi. Znajdował się mniej więcej pośrodku kontynentu. Nie było w nim czego godnego uwagi z wyjątkiem tego, że w ogóle istniał.

– A atmosfera poza tym czymś? – zapytała Abigail.

– Wysoce toksyczna – odparł Sigmond.

– Najpierw bez ostrzeżenia zostajemy wyrzuceni z tunelu, a teraz obserwujemy planetę, która bez wyraźnego powodu ma dwie atmosfery. – Wzdrygnąłem się. – Co się dzisiaj wyprawia?

– Wygląda na to, że im bardziej się zbliżamy do celu, tym więcej się pojawia dziwnych rzeczy – stwierdziła Abigail.

– Siggy, sporządź listę części składowych tej atmosfery poza tak zwaną strefą nadającą się do zamieszkania. – Nachyliłem się nad deską rozdzielczą.

W tej samej chwili obraz się zmienił i wyświetliła się szczegółowa lista składników.

95,31% dwutlenek węgla
1,91% argon
1,58% azot
0,974% tlen
0,226% tlenek węgla

Przyjrzałem się liczbom. „No, totalnie nie do zamieszkania", pomyślałem. Może podczas kontaktu człowiek by się nie zapalił, ale na pewno udusił.

– A teraz pokaż odczyt z tej części nadającej się do zamieszkania – poleciła Abigail.

Na wyświetlaczu pojawiła się kolejna lista, tym razem kompletnie inna.

78,09% azot
20,95% tlen
0,93% argon
0,04% dwutlenek węgla

0,002% neon

0,0005% hel

0,00018% metan

– To już wygląda znacznie lepiej – oceniła Abigail.

Podrapałem się po głowie.

– Myślisz, że skąd taki podział?

– Mnie pytasz?

– Kogokolwiek. Tak się akurat składa, że jesteś obok – burknąłem.

Zignorowała mój docinek.

– To nie może być naturalne, prawda? Nie ma takiej możliwości, aby na planecie bez żadnego powodu utworzyła się bańka z powietrzem nadającym się do oddychania. Ktoś musiał ją tu umieścić. Sigmondzie, czy widzisz tam coś sztucznego? Jakieś ślady ludzkiej technologii?

– Pierwsze skany niczego nie ujawniły. Mogę jednak przeprowadzić dogłębne skanowanie planety i zgromadzić bardziej szczegółowe informacje.

– Zrób tak – poleciła Abigail.

– Proszę o cierpliwość. To może zająć dłuższą chwilę.

Wstałem, nie odrywając wzroku od znajdującej się przed nami planety. Moje spojrzenie odnalazło kontynent z okręgiem i szybko wypatrzyłem małą zieloną kropkę otoczoną kolorem brązowym.

Maleńki skrawek życia pośrodku nieużytku.

W salonie spotkałem się z Hitchensem. Jeśli ktoś mógł pomóc mi poradzić sobie z tym bajzlem, to właśnie on.

– Boże jedyny, nie mam pojęcia, kapitanie – oświadczył, wpa

trując się w tablet, na którym znajdowały się wszystkie zgromadzone na razie dane na temat tej planety.

– Serio, profesorze?

Uniósł palec.

– Doktorze.

– Musi mi pan pomóc – oświadczyłem.

Raz jeszcze przyjrzał się danym i podrapał się po uchu.

– Twierdzi pan, że tunel przedwcześnie się otworzył?

– Zgadza się.

– I nie mamy pojęcia dlaczego, poza przypuszczeniem, że to reakcja na nas?

– Owszem.

Przez chwilę się zastanawiał.

– Czy może chodzić o coś, co mamy ze sobą, a nie statek jako taki?

– Ma pan na myśli nasz ładunek? A może to te pańskie artefakty?

– Ach! – Zastukał się w nos. – Dobry pomysł!

– Tak pan myśli? – zaciekawiłem się.

– Możliwe, tak, możliwe! Och, ale – ściągnął brwi – bez powrotu do tamtego tunelu nie uda nam się tego zweryfikować. A właśnie, próbował pan otworzyć szczelinę raz jeszcze? Co się stanie, jeśli się nie uda?

– Powoli, Hitchens, nie wszystko na raz. Co z tymi artefaktami?

– Ach, tak, przepraszam. – Odchrząknął. – W czasie, gdy doszło do tego pęknięcia, była ze mną mała Lex. Bawiliśmy się tym pudełkiem, które otrzymał pan od tej nastolatki z tamtego górniczego miasta. Zaraz, jak się ono nazywało?

– Spiketown – przypomniałem mu. – A dziewczyna to Camilla.

– Camilla – powtórzył zadowolony. – Taka sympatyczna rodzina, ona i jej ojciec. Bolin, prawda?

– Później sobie powspominamy – oświadczyłem, próbując skierować jego uwagę na to, co rzeczywiście było ważne. – Jak się zachował ten artefakt?

– Ach, cóż, w sumie okazał się podobny do tego, który zranił rękę biednej Lex.

– Zrobił jej to samo? Nic jej nie jest?

– Och, absolutnie nic, kapitanie. Próbowałem ją powstrzymać przed zabawą tym przedmiotem, ale jest taka szybka, że trudno mi za nią nadążyć.

– Co się stało, kiedy dotknęła pudełka?

– Aktywowała się wiązka, tak jak poprzednio, aczkolwiek nie wydarzyło się nic szczególnego. Podejrzewałem, że to prostu źródło sztucznego światła. Być może jakaś zabawka.

– Według mnie to coś więcej. Gdzie jest Lex? I to pudełko?

Dowiedziałem się, że jedno i drugie znajdę w pokoju na końcu korytarza. Lex smacznie spała. Przypuszczalnie wykończyło ją to wszystko, co wydarzyło się w ładowni, a może po prostu dzieci tak już miały.

Usiadłem na skraju łóżka i delikatnie ją szturchnąłem.

– Mała – powiedziałem. – Hej, Lex.

Poruszyła się i zacisnęła palce na poduszce, jakby po coś sięgała, a potem wróciła do poprzedniej pozycji.

Palcem wskazującym stuknąłem ją w czoło.

– Hej, mała twardzielko. Obudź się.

Uniosła powieki i sądząc po jej minie, jasne było, że coś jej się śniło. Było tak, jakby znajdowała się w zupełnie innym miejscu, daleko stąd.

– Co…? Pan Hughes?

– Hej, mała. Wszystko okej?

Pokiwała głową, jakby otrzymała właśnie przypływ energii, i uśmiechnęła się.

– Chciałem się dowiedzieć, gdzie jest to pudełko, którym się bawiłaś.

– Hę? Och, pudełko! – Odwróciła się i sięgnęła pod poduszkę.

– Tam wpadło. – Pokazała na przestrzeń między łóżkiem a ścianą.

Przyglądałem się, jak wyciąga je obiema rączkami, zdrapując przy tym farbę ze ściany. Nie skomentowałem tego. Po chwili wręczyła mi je z uśmiechem.

– To właśnie ono? – zapytałem.

Kiwnęła głową.

– Aha, pan Hitchens dał mi do zabawy.

– Myślisz, że mogę je sobie pożyczyć?

– Tak! Pan też chce się pobawić?

Poklepałem ją po głowie.

– Jasne, mała. Gdy tylko się dowiem, co ono potrafi.

Siedziałem w kokpicie razem z Hitchensem, kiedy Siggy mnie poinformował, że Alphonse odzyskał przytomność.

– Powiedz Octavii, że już idę.

Zabrałem ze sobą Hitchensa, bo może uda nam się rozgryźć, o co chodzi z tym pudełkiem.

Oszołomiony Alphonse siedział na stole. Na czole miał plaster.

– Jak się czuje? – zapytałem Octavię.

– Lepiej, ale ma pękniętą czaszkę. Zaaplikowałam już mediżel, tyle że potrzeba kilku dni, aby to się zagoiło.

– Słyszysz, Alphonse? – zapytałem.

Spojrzał na mnie, mrugając.

– T-tak.

Zagwizdałem.

– Pięknie się urządził.

– Nic mu nie będzie – odezwała się Octavia. Obróciła się na wózku w stronę Hitchensa. – Co u Lex?

Podszedł do niej i położył rękę na oparciu wózka.

– Tak się bawiła, że aż padła. Zostawiliśmy ją śpiącą w pokoju pani Pryar.

Nachyliłem się w stronę Alphonse.

– Hej, musimy porozmawiać.

– P-porozmawiać? – zapytał, próbując się skupić na mojej twarzy.

Kiwnąłem głową.

– O paru sprawach, jeśli sądzisz, że dasz radę.

Dotknął głowy.

– Wasza pielęgniarka dała mi jakieś…

– Nie pielęgniarka – wtrąciła Octavia.

– … jakieś środki przeciwbólowe. Nie jestem pewny… co konkretnie, ale… zdecydowanie działają. – Głos nagle mu zadrżał, jakby chłopak miał problem ze składaniem zdań.

– Nafaszerowałaś go prochami? – zapytałem.

Octavia wzruszyła ramionami.

– Musiałam coś zrobić. Strasznie krzyczał, kiedy próbowałam zszyć mu ranę.

Alphonse zaczął zamykać oczy.

– Hej! – Pstryknąłem mu palcami przed twarzą. – Obudź się, idioto!

Zamrugał szybko.

– Przepraszam, ale jestem taki zmęczony.

– Zanim odpłyniesz, powiedz mi, co się stało z Dockerem – poleciłem.

– Próbował skrzywdzić tę dziewczynkę, a ja... – Zamknął na chwilę oczy, po czym je otworzył. – Ja... nie wiem.

– Nie wiesz?

– Nie chciałem tego zrobić. Miał rację. Mogliśmy stąd wyjść. Zabrać prom. Uciec. Ukraść dziewczynkę. Jest cenna. Ale nie potrafiłem tego zrobić. To tylko dziecko. Ja...

Opadły mu powieki i zaczął się chwiać. Ująłem go za ramiona i pomogłem mu się położyć.

– Spokojnie – powiedziałem.

– Przepraszam – mruknął, gdy dotknął plecami blatu.

– Ostatnia kwestia – rzekłem, wpatrując się w niego.

Kiwnął lekko głową i w jego oczach dojrzałem zmęczenie.

– Okej.

– Kim jesteś? I chcę usłyszeć prawdę.

Zrobił głęboki, powolny wdech, jakby delektował się powietrzem, następnie je wypuścił. I oblizał usta.

– Jestem Alphonse – powiedział w końcu. – Chorąży w Unijnej Flocie.

Westchnąłem.

– A ty znowu swoje. Wiem, że chodzi o coś więcej...

– Jestem także Komisarzem.

Gdy usłyszałem tę nazwę, otworzyłem szeroko oczy. Komisarze. Unijni szpiedzy zabójcy. Nigdy żadnego nie spotkałem, nie osobiście. Podobno niewielu mogło to o sobie powiedzieć.

Komisarze byli sekretną armią rządu, wysyłaną do radzenia sobie z każdym większym zagrożeniem w galaktyce. Udawali się tam, dokąd Unia nie mogła, przemieszczając się niczym duchy – nigdy ich nie widziano, ale zawsze pozostawali obecni. Zawsze obserwowali.

Zrobiłem krok w tył.

– Czy on… – Freddie stał z rozdziawioną buzią. – Czy on właśnie powiedział, że jest Komisarzem?

– Tak mi się wydaje – odparł Hitchens.

Przyglądałem się Alphonse'owi. Jego oddech spowolnił, wskazując na to, że chłopak zasnął.

– Ja pierdolę – wykrztusiłem w końcu. – Ja pierdolę.

21

– Jakie masz prochy? – zapytałem, stojąc obok stołu z leżącym na nim Alphonse'em.

– Na stacji udało nam się zgromadzić całkiem porządny zapas – poinformowała Octavia. – A co byś chciał?

– Coś, dzięki czemu przez jakiś czas byłby nieprzytomny.

– Doznał urazu głowy. Nie zalecałabym w tej chwili żadnych opiatów, chyba że chcesz ryzykować, że zapadnie w śpiączkę – rzekła.

– Nie chcę zostawiać cię tu z nim samej – oświadczyłem. – A jeśli się obudzi i zacznie coś kombinować? Jest cholernym Komisarzem.

– Ty albo Abigail możecie po prostu czuwać przy mnie.

Pokręciłem głową.

– Mam inne zajęcie.

Ona i Hitchens wymienili spojrzenia.

– Jakie zajęcie? – zapytał archeolog.

– Zapomniał już pan o planecie? Musimy działać, jeśli chcemy wygrać z Sarkonianami i Unią. Jeśli dowiedzą się, gdzie jesteśmy, chcę, aby nas tu już nie było.

– Och! Oczywiście, kapitanie. Proszę mi wybaczyć ignorancję.

– W porządku. – Klepnąłem go w ramię. – Musimy po prostu rozgryźć, co konkretnie jest tam na dole i dlaczego ta wasza mapa przywiodła nas właśnie tutaj.

– Co ze mną? – zapytał Freddie.

– Ktoś musi zostać z Octavią na wypadek, gdyby potrzebowała pomocy z Alphonse'em.

– Myślisz, że skoro jestem na wózku, to nie potrafię skopać nikomu tyłka? – obruszyła się Octavia.

– Żartujesz? Nie mam wątpliwości, że w razie czego zdjęłabyś nawet tuzin facetów, ale ktoś musi zapewniać ci wsparcie.

Spojrzała na Freddiego.

– W takim razie do waszego powrotu będziemy pilnować statku, tak?

Kiwnął głową.

– Tak, psze pani.

– Pamiętajcie, aby Alphonse pozostał skrępowany – dodałem. – Choć uratował Lex przed Dockerem, to jednak pracuje dla Unii.

– A skoro mowa o Lex, to co mamy z nią zrobić? – zapytał Freddie.

– Co masz przez to na myśli?

– Powinna przebywać tutaj razem z... – zawahał się i zerknął na nieprzytomnego Komisarza – tym człowiekiem?

– Da sobie radę przez ten czas, kiedy wy będziecie trzymać straż – zapewniłem.

– Właściwie, kapitanie, jeśli mogę coś wtrącić... – odezwał się Hitchens.

– Ma pan lepszy pomysł? – zapytałem.

Kiwnął głową.

– Lex ma zdolność aktywowania artefaktów. Dobrze by było, gdybyśmy zabrali ją na naszą ekspedycję. Jeśli znajdziemy kolejny atlas albo Kartografa, tak jak na Epsilonie, może nam się okazać potrzebna.

Przez chwilę analizowałem jego słowa. Hitchens zawsze miał talent do zapewniania logicznych rozwiązań.

– Ma to sens – rzekłem w końcu.

– Poza tym – dodał z uśmiechem – marzy o wyjściu na zewnątrz. Proszę sobie tylko wyobrazić, jaką sprawimy jej radość.

Postanowiłem skorzystać z sugestii Hitchensa i zabrać z nami Lex, ale nie dlatego, że miała ochotę wyjść na zewnątrz. Nie, nie byłem tak sentymentalny jak nasz doktorek. Wiedziałem po prostu, że najbezpieczniejsza będzie przy moim boku. To samo tyczyło się reszty załogi, tyle że okoliczności sprawiły, że zmuszony byłem wybierać.

Abigail, Lex, Hitchens i ja wsiedliśmy do promu i obraliśmy kurs na półokrąg atmosfery możliwej do zamieszkania. Lot trwał dwadzieścia minut, ale wydawało się, że znacznie dłużej. Małym promem porządnie wytrzęsło, kiedy wlecieliśmy do ciężkiej atmosfery toksycznej części planety. Wszystkim kazałem założyć porządne skafandry kosmiczne, nawet Lex, której trzeba było pomóc podczas ubierania. Kiedy byliśmy w szpitalu, zaledwie kilka dni temu, udało mi się kupić skafander w rozmiarze dziecięcym.

Widać było, że Lex jest podekscytowana. Z błyszczącymi oczami obserwowała, jak przedzieramy się przez chmury i brązowy gaz, powoli schodząc w niższe partie nieba.

– Ciekawe, czy są tam jakieś zwierzęta – powiedziała.

– Pierwsze skany nie wykryły żadnych form życia – poinformował Sigmond.

– Oj tam, ale przecież mogą być.

– Wysoce nieprawdopodobne – upierała się AI.

– Co ty możesz wiedzieć, Siggy? Nie masz oczu.

– Choć to prawda, moje czujniki są zdolne do prowadzenia obserwacji w szerokim spektrum, co znacznie przewyższa…

– Natychmiast przestańcie się kłócić – przerwałem mu.

– To Siggy zaczął. – Lex próbowała zrobić obrażoną minę. Prom nagle zawibrował i za oknem dostrzegłem błysk.

– Co to było? – zapytała Abigail.

– Wygląda na to, że przelecieliśmy przez elektromagnetyczne pole do regionu wyspy nadającego się do zamieszkania – wyjaśnił Sigmond.

– Pole? – zapytałem, patrząc przez szybę. Niebo nadal było brązowe i zachmurzone, lecz powietrze bliżej nas było bardziej przejrzyste i nie tak zanieczyszczone. – Chcesz powiedzieć, że ta strefa jest chroniona polem siłowym?

– Nie wiadomo, proszę pana. Z orbity nie udało mi się tego wykryć.

– Nie udało? Dlaczego?

– Nie wiadomo – powtórzył.

– Czy to oznacza, że pozostałe jego skany były nic niewarte? – zapytała Abigail.

– Niewykluczone – odparłem. Skoro Siggy nie potrafił nam powiedzieć, co się znajduje na powierzchni tego miejsca, to mogliśmy napotkać dosłownie wszystko. – Będziemy się musieli przygotować.

Abigail obiema rękami ujęła karabin.

Chwilę później wylądowaliśmy i odczekaliśmy kilka sekund,

aż kadłub ulegnie dekompresji po użyciu chłodziwa. W międzyczasie zapiąłem kask i sprawdziłem zapięcia w skafandrze. Pozostałym kazałem zrobić to samo. Kiedy w końcu byliśmy gotowi, wcisnąłem przycisk zwalniający blokadę. Drzwi uchyliły się i do środka wpadła wiązka światła.

Gdy drzwi się otwierały, na twarzy Lex malowało się podekscytowanie. Przeskakiwała z nogi na nogę, gotowa na to, aby puścić się biegiem. Hitchens trzymał ją za rękę, pilnując, aby nie wybiegła na oślep z promu. Najpierw musieliśmy zabezpieczyć teren.

Niebo było lekko zachmurzone, brąz mieszał się z odcieniami czerwieni, ale nie powstrzymało to dwóch słońc od ogrzewania nas swoim światłem. Przyjemnie czuło się je na policzkach i musiałem przyznać, że mi się to podoba.

Sprawdziłem termometr – temperatura wynosiła 30,05 stopnia. Gorąco, ale do zniesienia.

Odczyt atmosfery wskazywał, że powietrzem da się oddychać, tak jak wcześniej sugerował Siggy.

87,084% azot
2,946% tlen
0,934% argon
0,04% dwutlenek węgla
0,001818% neon
0,000524% hel
0,000179% metan

Czyli odczyty Sigmonda okazały się prawidłowe, przynajmniej jeśli chodzi o atmosferę w środku tej bańki. Licho wie, dlaczego nie wykrył pola wokół niej. Czy to oznaczało, że jego skany w większości były poprawne? Czy po prostu miał szczęście w przypadku tej atmosfery?

Przypuszczałem, że wkrótce się tego dowiemy.

– Jest bezpiecznie? – zapytała Abigail.

– Na to wygląda – odparłem. – Na razie nie zdejmujmy skafandrów. To miejsce pozbawione jest sensu, więc lepiej zachować ostrożność.

– Masz rację – przyznała.

– Nie mogę zdjąć skafandra? – zapytała Lex.

– Nie tutaj. Za duże ryzyko – rzekła do niej Abigail.

Dziewczynka ściągnęła brwi i kiwnęła głową.

– Okej.

Dotknąłem ekranu przy nadgarstku, aktywując mapę tej planety. Nad moim ramieniem utworzyło się holo i wyświetliło trójwymiarowy obraz. Za pomocą dwóch palców dotknąłem unoszącej się kuli i wykonałem zbliżenie na naszą aktualną lokalizację. Kolejne zbliżenie i już widziałem, gdzie jesteśmy.

– Wygląda na to, że znajdujemy się kilometr od środka tego okręgu, co jest dziwne, bo poprosiłem Sigmonda, abyśmy wylądowali tak blisko, jak się da.

– Przepraszam, proszę pana. Nie wiem, co się stało. Zgodnie z pańską sugestią wprowadziłem prawidłowe koordynaty – odezwała się AI.

– To nie jest daleko – powiedziała Abigail. – Pokonamy ten odcinek w dziesięć minut. Pięć, jeśli się pospieszymy.

– No to chodźmy – rzekłem i machnąłem na nich ręką.

Im bardziej oddaliliśmy się od promu, tym trawa stawała się rzadsza. Między źdźbłami przeświecała ziemia, twarda i spękana, niczym na słonej pustyni. Nim dotarliśmy do środka okręgu, zniknęła prawie cała trawa – pozostały jedynie małe placki. Zdziwiło mnie, że nie ma tu drzew, nie wspominając o rzekach czy jeziorach. Im dłużej szliśmy w kierunku wschodnim, tym więcej było brązu niż zieleni.

Wkrótce nie było już nic oprócz pustynnego piachu i suchych skał.

Pierwszy wypatrzył to Hitchens.

W oddali widać było jakąś strukturę. Wyglądało to jak okrągły budynek, w niektórych miejscach popękany i nierówny, aczkolwiek musieliśmy podejść bliżej, aby nabrać pewności.

Było coraz goręcej, być może dlatego, że wkroczyliśmy na bardziej suchy teren. Sprawdziłem termometr i rzeczywiście, okazało się, że temperatura wzrosła o prawie dwa stopnie. Nic dziwnego, że potwornie się pociłem. Jeśli zrobi się jeszcze bardziej gorąco, możliwe, że będziemy musieli zawrócić.

Spojrzałem w górę, spodziewając się, że zobaczę jedno albo obydwa słońca, gdyż odnosiło się wrażenie, że jest południe. Zamiast tego ujrzałem tylko księżyc. Dziwne, że był taki wielki w świetle dnia, kiedy panowała tutaj taka jasność.

Po kilku sekundach musiałem spuścić wzrok i aktywować przyciemnienie przyłbicy.

Kiedy od celu dzieliło nas nie więcej niż sto metrów, zaczęły się pojawiać dziwne, częściowo wbite w ziemię kamienie.

Znajdowały się na nich ślady – wyryte kreski po bokach, niemal tak jak na reliktach Hitchensa. Doktorek podniósł z ziemi jeden taki kamień, aby mu się przyjrzeć. Obracał go w rękach, uważnie go oglądając. W jego oczach malowała się fascynacja i był wyraźnie w swoim żywiole.

– Proszę tylko spojrzeć na te linie – rzekł, pokazując je palcem. – Przypominają ruiny, które znaleźliśmy na Epsilonie.

– Kartograf? – zapytałem, przypominając sobie trasę do podnóża góry, odkryte pod nią ruiny, ukryte sprzęty, które ożyły, kiedy Lex usiadła na tamtym krześle, i zwierzęta, które się później pojawiły. Tak wiele nie rozumiałem. Ten trzymany przez Hitchensa kamień w żaden sposób nie przypominał reliktów – a przynajmniej mnie i mojemu niewyszkolonemu umysłowi. Ale Hitchens widział to, czego ja nie potrafiłem dostrzec.

– Tutaj – rzekł i przywołał mnie gestem ręki. Dotknął wgłębienia i przesuwał po nim palcem, aż zatoczył koło. – To ten sam wzór, co na Kartografie i wszędzie w tamtych ruinach.

– Mogę dotknąć? – zapytała Lex, przyglądając się kamieniowi z dziwnym zaciekawieniem.

– Oczywiście, moja droga – odparł Hitchens i delikatnie jej go podał.

W chwili, gdy kamień znalazł się w jej dłoniach, ślady zaczęły się jarzyć na niebiesko, tak jak tatuaże małej. Uśmiechnęła się, gdy światło musnęło jej policzki.

– Ładne – szepnęła, wpatrując się w kamień.

Obserwowaliśmy to z pewną rewerencją, nie dysponując wyjaśnieniem tego, co widzą nasze oczy. Jakimś cudem ten mały kamień na tej odległej planecie na jakimś pustkowiu miał związek z naszą dziwaczną albinoską. Dla nas wszystkich stało się w tej chwili jasne, że dotarliśmy we właściwe miejsce.

22

Początkowo kamieni nie było za dużo, jednak z każdym kolejnym krokiem pojawiało się ich coraz więcej i wkrótce zobaczyłem, skąd się wzięły – budynek, okrągły i wysoki, aczkolwiek będący taką ruiną, że nie dało się odgadnąć jego przeznaczenia. Nawet kiedy staliśmy tuż przed nim, przyglądając mu się z respektem pomieszanym z trwogą.

Z tyłu miał coś w rodzaju wysokiej, pionowej tuby – była okrągła, cienka i oplatały ją wystające z ziemi przewody. Sięgała ku niebu, hen, wysoko, aż do tej drugiej atmosfery, i znikała na horyzoncie, jakby nie miała końca.

– Na niebiosa, cóż to takiego? – zapytała Abigail.

Żadne z nas nie znało odpowiedzi na to pytanie. Budynek był okrągły, a w środku miał dziurę niczym pączek. Znajdowały się na nim znaki, takie same jak na rozrzuconych po piachu kamieniach, i razem tworzyło to na ścianach dziwne hieroglify.

– Myśli pan, że co to oznacza? – Spojrzałem pytająco na Hitchensa.

– Chciałbym to wiedzieć, kapitanie.

W środku tej struktury znaleźliśmy niewielki budynek, na wpół zniszczony i zapadający się. Za nim ujrzałem coś, co wyglądało jak tory, a raczej ich początek, które docierały do kierującej się ku niebu rury. Nie wypatrzyłem żadnych pojazdów, które korzystałyby z tych torów.

Podszedłem do otworu w rurze, który był większy niż ja i w którym panowała ciemność.

– Co za złowieszcze miejsce – mruknąłem i odwróciłem się w stronę swojej załogi.

– Doskonały opis – orzekł Hitchens i tak się nachylił w stronę otworu, że mało do niego nie wpadł.

– Spójrzcie na ten budynek – rzuciła Abigail, nie puszczając ręki Lex. – Co to według was jest?

Podszedłem do niego i przyjrzałem się popękanym ścianom. Przypuszczałem, że to tylko część oryginalnej wysokości, która najpewniej sięgała swego czasu wielu pięter. Wokół wieży znajdowały się sterty gruzu, no i nie było w niej drzwi.

Przywołałem holo i sprawdziłem mapę. Według odczytu znajdowaliśmy się w samym środku okręgu, aczkolwiek na mapie nie było ani śladu po tej wieży. Ani czymkolwiek innym. Kolejny znak, że czujniki nie były w stanie przebić się przez tarczę atmosfery.

Wzdłuż pleców przebiegł mi zimny dreszcz, gdy dotarło do mnie, że w gruncie rzeczy nie mam pojęcia, co się znajduje na tej planecie, i wcale nie miałem na myśli wyłącznie budynków.

Rozpadająca się wieża miała ściany takie jak pozostała część budynku, tyle że tutaj na popękanych kamieniach znajdowało się jeszcze więcej znaków. Lex chciała podejść bliżej, lecz Abigail nie pozwoliła jej na to.

– Kapitanie, proszę spojrzeć na to – powiedział Hitchens, wyrywając mnie z rozmyślań. Stał obok tylnej części budynku i dotykał kamienia. – Wydaje mi się, że coś tu jest.

Podszedłem do niego i przekonałem się, że kamień, na którym trzyma dłoń, tak naprawdę wcale nie jest częścią ściany. To był osobny element, a może jakiś czas temu się oderwał. Tak czy inaczej był luzem i może umożliwiał wejście do środka.

– Pomóż mi pan z tym – rzekłem, chwytając na krawędź.

Razem pociągnęliśmy i kamień się przesunął, następnie się przechylił i z głuchym odgłosem upadł na ziemię.

– Doskonale – wyrzęził Hitchens. – Doskonale.

W otworze w ścianie mógł się zmieścić ktoś mniejszy ode mnie. Może Abigail, a na pewno Lex, tyle że małej nie puściłbym tam jako pierwszej.

– Myślisz, że się wciśniesz, Abby?

– Raczej tak – odparła, przyglądając się otworowi.

– Tylko proszę zachować ostrożność – poprosił Hitchens.

Wcisnęła się do środka, a ja zajrzałem tam, chcąc mieć lepszy widok. Abigail szła powoli, aby nie uszkodzić skafandra o kamienie.

– Co widać? – zawołał Hitchens.

Patrzyłem, jak wspina się na przewróconą ścianę, próbując zajrzeć na drugą stronę.

– To samo, co z zewnątrz.

– Jaka szkoda – powiedział Hitchens, patrząc na mnie.

– Chwila! – krzyknęła Abigail i aż mnie zabolało ucho, bo jej głos dochodził z umieszczonego w moim kasku komunikatora. Zdążyłem stracić ją już z oczu. – Coś tu jest, pod ziemią. Widzę to przez pęknięcia. Wygląda to jak szkło i... – zawahała się – ... być może jakieś metalowe przewody. Nie jestem pewna.

– W tych skafandrach nie ma kamery? – zapytał mnie naukowiec.

No tak. Z lekka się zawstydziłem, że zapomniałem o czymś tak oczywistym.

– Dobry pomysł – rzekłem. – Siggy, aktywuj kamerę w skafandrze Abby i przesyłaj do nas obraz.

– Właśnie aktywuję – odparł Sigmond.

W lewym górnym rogu mojej przyłbicy ukazał się obraz, prezentujący perspektywę Abby przekopującej się przez kamienie wielkości pięści. Za nimi widać było niewielki otwór, który zdawał się prowadzić do piwnicy tej całej wieży.

– Widzi pan, doktorze?

– Naturalnie! – odparł Hitchens. W jego głosie słychać było zaciekawienie i ekscytację człowieka, który siedzi na skraju fotela i obserwuje, jak na jego oczach rozgrywa się coś, co ma dla niego monumentalne znaczenie. – Ostrożnie, panno Pryar. Proszę uważać na ściany.

– Uważam – odparła, odsuwając kolejny kamień. – Widzicie już wnętrze?

– Nie ruszaj przez chwilę głową – rzuciłem.

– Właśnie tak?

– Świetnie. Możesz aktywować swoje światło? To na nadgarstku.

Po chwili pojawił się snop światła. Skierowała rękę w stronę otworu i starała się nie ruszać, tak byśmy razem z Hitchensem mogli się przyjrzeć.

– Co to takiego?

Było tam szkło, tak jak wcześniej mówiła, ale miało kształt misy odwróconej do góry dnem. Pod nią biegły długie rurki. Wyglądało to jak jakieś urządzenie, tyle że ja coś takiego widziałem pierwszy raz w życiu.

– Hitchens, widzi pan? – zapytałem go.

– O rety – mruknął. – O rety, o rety, ja nie mogę.

– Mów pan, do diaska – warknąłem.

– Miałem już okazję widzieć tego rodzaju strukturę – oświadczył.

– Gdzie? Na Epsilonie? – zaciekawiłem się.

– Niezupełnie – odparł. – Rysunki, które widziałem, wiele dekad temu znalazł założyciel Kościoła.

– Ten cały Darrel?

– Darius – poprawił mnie. – Tak, Darius Clare. Jeden z wykopanych przez niego okazów wyglądał podobnie do tego, co teraz widzimy.

– Było coś jeszcze? – zapytałem.

– Całe mnóstwo, ale oglądałem to naprawdę dawno temu. Och, być może Frederick mógłby nam pomóc!

– Jak to?

– Jest teraz na statku, mógłby więc przesłać nam te obrazy, a ma spore doświadczenie w researchu.

Niecałą minutę później uzyskałem połączenie z Freddiem.

– Mógłbyś coś znaleźć? – zapytałem, kiedy Hitchens skończył wyjaśniać mu sytuację.

– Myślę, że tak – odparł.

– Nie wydajesz się przekonany – rzekłem do niego.

– Przepraszam, dajcie mi chwilkę. Muszę iść po tablet. Sigmondzie, możesz przekazać mój ekran do ich skafandrów? – zapytał Freddie.

Słyszałem, jak ciężko oddycha, biegnąc przez statek.

– Naturalnie – zapewnił Siggy.

Po drugiej stronie linii usłyszałem jakieś szelesty, gdy Freddie wyjmował skądś tablet.

– Chyba mam. Nie, chwileczkę. Tak! Oto i on.

Na mojej przyłbicy pojawił się obraz. Wyglądało to podobnie, tak jak twierdził Hitchens, aczkolwiek nie było identyczne. Ten akurat przedmiot otoczony był metalem, no i był czysty, bez śladów kurzu czy gruzu. Otaczająca go struktura miała identyczne znaki i hieroglify, co oznaczało, że te dwa przedmioty z pewnością coś łączy. Co? Nie miałem pojęcia, ale z pewnością sugerowało to, że jesteśmy na właściwej ścieżce.

Właściwa ścieżka. Słowa te rozbrzmiewały echem w mojej głowie. Skąd mogłem wiedzieć, czym jest właściwa ścieżka, skoro nic w tym wszystkim nie miało sensu? W jaki sposób łączyło się to z Ziemią? Z mojej perspektywy przed ruinami wieży wyglądało na to, że nic.

Czego brakowało? Jakiego fragmentu potrzebowaliśmy, aby złożyć układankę w jedną całość?

Niedaleko usłyszałem jakiś szelest.

Nagle hieroglify na ścianie rozjarzyły się błękitem. Opuściłem wzrok i zobaczyłem, że obok mnie stoi Lex i z szerokim uśmiechem przykłada otwartą dłoń do kamienia.

Abigail zapiszczała, a Hitchens mało się nie potknął.

– Bogowie!

Zacząłem coś mówić, lecz w tym momencie ziemia zadrżała i zgiąłem nogi w kolanach. Światło na ścianie zrobiło się jeszcze jaśniejsze.

Chwyciłem Lex za ramię i ją odciągnąłem.

– Wszyscy do tyłu! Abby, wychodź stamtąd!

Zobaczyłem, jak światło wypełnia wnętrze wieży, wędruje w górę i...

Na szczycie wieży doszło do nagłego wybuchu, który posłał ku niebu pojedynczą wiązkę światła. Przeszyła ona chmury i pomknęła prosto do…

Do księżyca. Tego samego księżyca, który unosił się pod kątem czterdziestu pięciu stopni od miejsca, w którym stałem i który od naszego przybycia w ogóle nie zmienił położenia.

Wiązka trafiła gdzieś w okolicę równika i w tym samym momencie światło rozeszło się na wszystkie strony jak prąd w sieci energetycznej.

Obserwowałem, jak księżyc z martwej, kamiennej kuli staje się czymś więcej. Czymś mechanicznym, technologicznym, zaawansowanym. Dlaczego nasze czujniki tego nie wykryły? Co to za miejsce?

– Bogowie! – krzyknęła Abigail i wyskoczyła przez otwór w ścianie.

Chwyciłem ją za rękę i odciągnąłem.

Wiązka światła zniknęła, niemniej linie na ścianie nadal się jarzyły.

– Co się stało?

Wskazałem na niebo.

– Sama zobacz.

Uniosła głowę i otworzyła szeroko oczy.

– Co to jest, na litość boską?

– Księżyc! – uśmiechnęła się Lex.

– Jasne – mruknąłem i zadarłem głowę, aby mu się przyjrzeć.

Musiałem przyznać, że ze wszystkich rzeczy, jakie dzisiaj widziałem, od kończących się raptownie tuneli do oddzielnej atmosfery, ten jarzący księżyc bije resztę na głowę.

– Święci pańscy – odezwał się Hitchens. Drgnąłem zaskoczony, bo prawie zapomniałem o jego obecności. – Fredericku, czy ty także to widzisz?

– Tak! – Oprócz głos Freda słychać było trzask wyładowań. – Wygląda to jak... trudno powiedzieć... kazałem Sigmondowi... musi przeskanować.

– Co to było? – zapytałem.

– ... pitanie? Halo? Jesteście... nie mogę...

– Mogą to być zakłócenia ze strony tej struktury – powiedział Hitchens, wskazując na jaśniejącą za nami wieżę.

– Albo ze strony tego wiszącego nad naszymi głowami giganta – dodałem.

Abigail obejrzała się na tunel.

– Eee, Jace.

– Co?

– Coś się tam dzieje.

Odwróciłem się w stronę wejścia i zobaczyłem, że środek się teraz świeci. Mało tego, platforma przed nim poruszała się.

Platforma się rozsunęła i z ziemi wyłonił się jakiś obiekt. Wyglądało to jak statek, czarny i błyszczący, o kształcie wydłużonego trójkąta.

Nim zdążyłem cokolwiek powiedzieć, na lewym boku trójkąta otworzyły się drzwi, wypuszczając w powietrze parę, a obszar wokół stał się rozświetlony.

– A cóż to takiego? – zapytał Hitchens.

Ziemią pode mną zaczęła drżeć i wieża zaczęła się zapadać.

– Odsuńcie się! – zawołałem.

Cała trójka pobiegła w moją stronę, bliżej statku i torów. Ściany wieży popękały, następnie zaczęły się rozpadać. Nagle cała wschodnia ściana przewróciła się, a w naszą stronę pofrunął pył i kurz. Zasłoniliśmy przyłbice.

Po chwili runęła pozostała część wieży, tworząc w ziemi wielką wyrwę. A z miejsca, gdzie wcześniej znajdowała się Abigail, dochodziło niebieskie światło. Widziałem, jak maszyna obraca się, kręci, wiruje. Światło z każdą chwilą stawało się coraz jaśniejsze.

– To się zapada! – wrzasnęła Abigail.

Miała rację. Ziemia wokół dziury pękała, a sama dziura szybko się powiększała.

– Musimy się stąd wynosić! – krzyknąłem.

Puściliśmy się biegiem w stronę wyjścia, lecz w ziemi pojawiła się nagle szeroka rozpadlina. Zatrzymaliśmy się w pół kroku, a Hitchens mało w nią nie wpadł.

Rozpadlina poszerzała się w jego stronę. Chwyciłem go za skafander i odciągnąłem dosłownie w ostatniej chwili.

– Do tyłu! – nakazałem.

– Co robimy?!

– Statek! – wrzasnęła Abigail.

Pokręciłem głową.

– Nie wsiądę do tego czegoś!

Rozpadlina w ziemi stawała się szersza i połykała leżące blisko nas kamienie.

– Nie mamy wyboru! – krzyknęła Abigail. – Pakuj ten swój uparty tyłek do statku!

Tym razem nie protestowałem.

Wbiegliśmy do trójkąta i drzwi same się za nami zamknęły. Nim zdążyłem się przypiąć, statek zaczął się poruszać. Chwilę później zagłębił się w tunel przed nami.

Spojrzałem na przełączniki na przedniej konsoli. Napisy były w innym języku, zupełnie mi obcym. Coś mi mówiło, że jedną pułapkę zamieniliśmy na inną.

Zaczęliśmy się wznosić przez tubę.

– Siggy, słyszysz mnie? Freddie? Ktoś mnie słyszy?

Tym razem żadnej odpowiedzi, nawet zakłóceń. Nic.

Statek kontynuował wznoszenie się w górę tuby przy użyciu czegoś, co wyglądało jak taśmociąg. Trwało to już kilka minut i zastanawiałem się, jak wysoko się wzniesiemy.

Nagle poczułem, że statek nieruchomieje. Spojrzałem na siedzącą obok mnie Abigail.

– Co się dzieje, Abby?

Pokręciła głową.

– Dlaczego mnie pytasz?

– To ty kazałaś nam tu wejść.

– Nie wiedziałam, co innego moglibyśmy zrobić.

– Patrzcie! – krzyknął Hitchens i wskazał palcem.

Nad nami pojawił się obraz wysyłany przez deskę rozdzielczą. Liczba, a raczej odliczanie od 10.

9...

8...

7...

6...

5...

– Nie podoba mi się to – odezwała się Abigail.

4...

3...

2...

– Cholera – mruknąłem.

1…

Statkiem nagle szarpnęło i ruszył przed siebie. Z takim impetem, że aż mi wbiło głowę w zagłówek. Dłonie zaciskałem kurczowo na oparciach.

Gdy przyspieszaliśmy, światła wewnątrz tunelu przelatywały coraz szybciej, aż w końcu połączyły się w jarzące się na niebiesko linie. Spodziewałem się, że w końcu zwolnimy, tak się jednak nie stało.

Po prostu poruszaliśmy się, coraz szybciej, bez żadnej inercji.

W końcu, kiedy już sądziłem, że nigdy nie opuścimy tej tuby, daleko przed nami pojawiło się kolejne światło. Szybko się przybliżało i nagle znaleźliśmy się tuż przed nim.

Wyfrunęliśmy przez wyjście niczym pocisk z lufy, kierując się w stronę horyzontu. Nie było już ścian wokół statku i zobaczyłem otaczającą nas mglistą atmosferę. Poruszaliśmy się ze zdumiewającą prędkością. Na podstawie tego, jak wysoko się znajdowaliśmy, oceniałem, że dostaliśmy się tunelem na wysokość co najmniej osiemdziesięciu kilometrów.

– Dokąd lecimy? – zapytała Lex, spokojna jak zawsze.

„A żebym to wiedział", pomyślałem.

Przed nami pojawił się ostry spadek. Opadliśmy, gdy do niego dotarliśmy, następnie unieśliśmy się ku niebu, nagle kierując się w stronę…

– Spójrzcie! – zawołał Hitchens. – Księżyc!

Pojawił się właśnie w polu widzenia – jarzące się na niebiesko światła orbitującego olbrzyma były tak jasne, że zdominowały niebo.

Gdy się zbliżyliśmy, widać było biegnące wzdłuż kuli rowy,

a światło wypływało właśnie z nich. Te rozpadliny biegły przez powierzchnię niczym ślady po pazurach.

W pewnym momencie zauważyłem, że jedno ze świateł staje się jaśniejsze od pozostałych.

– Patrzcie – rzekłem, wskazując na to. – Myślicie, że co to może…

Światło nagle nas pochłonęło, obejmując sobą statek, i poczułem ostre szarpnięcie.

Zastukałem w bok kasku.

– Siggy, mów do mnie!

– Trzymajcie się! – zawołała Abigail.

Skręciliśmy ku światłu, zmierzając prosto w stronę jednego z księżycowych rowów.

– To musi być jakaś wiązka magnetyczna – stwierdził Hitchens. – Być może hak.

– Już bardziej cholerna wędka – warknąłem. – Zostaliśmy właśnie złapani.

– Zabiera nas to do środka – oświadczyła Abigail. – Przygotujcie się!

Chwilę później daliśmy nura do rozpadliny, wkraczając w sam środek tego… cóż, nie miałem pewności. To był księżyc? A to w ogóle coś naturalnego?

Ciągnące się wzdłuż ścian metaliczne struktury zdawały się sugerować, że wszystko to jest sztucznym tworem, nigdy jednak nie słyszałem, aby zbudowano coś tak ogromnego.

Po obu stronach widać było przejścia, ukryte pod przezroczystą warstwą ochronną. Gdziekolwiek spojrzałem, widziałem ścieżki, a każda wiodła w innym kierunku.

– Proszę spojrzeć – odezwał się Hitchens, dotykając mojego ramienia. – To chyba otwiera się dla nas.

Rzeczywiście drzwi w ścianie przed nami rozsunęły się, odsłaniając coś w rodzaju lądowiska.

Gdy zaczęliśmy powoli lecieć w stronę pokładu, światło stało się przyćmione, a kiedy nasz statek wylądował, zupełnie się rozproszyło.

Pokład był ogromny i dobrze oświetlony i stało na nim całkiem sporo innych statków, identycznych jak nasz.

– Co to ma być? – zapytałem w końcu.

Jakby w odpowiedzi drzwi się uchyliły, następnie przesunęły w dół, tworząc schodki. Hitchens podskoczył na swoim fotelu.

– Spokojnie – powiedziała Abigail. – Lex, wszystko w porządku?

Dziewczynka wymachiwała nogami, a na jej twarzy błąkał się uśmiech.

– Aha.

Mniszka uścisnęła jej kolano.

– Grzeczna dziewczynka. – Spojrzała na mnie. – Co teraz?

Skontaktować się z Siggym i spadać stąd, tak miałem ochotę powiedzieć. Uciekać najszybciej jak się da i nie oglądać się za siebie.

Deska rozdzielcza bez ostrzeżenia rozświetliła się i pojawiła się twarz kobiety. Miała białe włosy, niebieskie oczy i wyglądała na dwadzieścia kilka lat.

– Witamy na Tytanie – oświadczyła.

23

Wpatrywałem się w jej twarz.

– Co… kto to…?

– Jestem gospodynią statku kolonizacyjnego zwanego Tytanem. Możecie mi mówić Athena.

Abigail nachyliła się w stronę obrazu, wpatrując się w kobietę.

– Jesteś jakimś rodzajem AI? – zapytała.

– Jestem prawdziwą, niezależnie funkcjonującą Kognitywną.

– Co to oznacza? – odezwałem się.

– Jeśli mi wolno – wtrącił Hitchens. – Wydaje mi się, że ona
sugeruje, że jest AI obdarzoną czuciem. – Odchrząknął. – A raczej inteligencją samoświadomą.

– Zgadza się – potwierdziła Athena.

– Możesz nam powiedzieć, gdzie jesteśmy? – zapytałem.

– Na Tytanie, statku kolonizacyjnym, który obecnie znajduje
się na bliskiej orbicie planety klasy G.

Ściągnąłem brwi.

– A czym, u licha, jest ten statek kolonizacyjny?

– Opuśćcie pojazd, a wszystko zostanie wyjaśnione. – Ekran zrobił się ciemny i usłyszeliśmy głos dochodzący z zewnątrz. – Pasażerowie, czekam na was.

Szaleństwo. Znajdowaliśmy się w środku jakiejś megastruktury i rozmawialiśmy z kobietą w postaci cyfrowej. Ile jeszcze niespodzianek może się kryć w jednym dniu?

– Lubię tę panią – odezwała się Lex.

Razem z Abigail spojrzeliśmy na nią.

– Uważasz, że jest miła? – zapytała mniszka.

Dziewczynka kiwnęła głową.

– Możemy wyjść?

– Jak pan sądzi, profesorze? – zapytałem Hitchensa.

– Zaszliśmy tak daleko, kapitanie. Kontynuacja wydaje się czymś naturalnym, aczkolwiek sugeruję ostrożność.

– Bez wątpienia – mruknąłem.

Opuściliśmy po kolei statek. Hitchens trzymał za rękę Lex, natomiast ja i Abigail wyjęliśmy broń, gotowi na wszystko, co zaoferuje nam to miejsce.

– Nie będzie wam potrzebna broń – powiedziała tak zwana Kognitywna.

– Skąd mamy wiedzieć, że możemy ci ufać? – zapytała Abigail.

Twarz Atheny pojawiła się na ścianie znajdującej się kilkadziesiąt metrów od trójkątnego statku.

– Proszę tędy, a ja wszystko wyjaśnię.

Nachyliłem się ku Abby.

– Bądź w gotowości.

Kiwnęła głową, przyciskając karabin do piersi.

We czwórkę udaliśmy w stronę tylnej części pokładu dokującego, mijając inne statki. Naliczyłem się pół tuzina. Ciekawe, czy były uzbrojone.

– Tędy – rzekła Athena, po czym zniknęła z ekranu.

Po prawej stronie dostrzegłem otwarty korytarz. Niektóre fragmenty ścian odpadły i leżały na ziemi. W miejscach, gdzie wcześniej się znajdowały, widać było kable i obwody elektryczne, zupełnie nieprzypominające tego, co zdarzyło mi się wcześniej oglądać. Zupełnie inne niż na Gwieździe. Opuszczając ten statek, będę musiał ukraść kilka fragmentów, aby sprawdzić, do czego służą.

– Pierwsze drzwi na lewo – odezwał się głos Atheny, kiedy skręciliśmy.

Drzwi były zamknięte, lecz kiedy się zbliżyliśmy, to się uchyliły.

– O rety – powiedział Hitchens. – Spójrzcie tylko na to.

Pomieszczenie wyglądało jak sala konferencyjna, ze znajdującym się pośrodku długim stołem. Jednak powodem zaskoczenia naukowca okazała się kobieta stojąca za jednym z krzeseł. Dłonie trzymała splecione za plecami.

– Witam. Usiądźcie, proszę.

Wpatrywaliśmy się w nią.

– Co to ma znaczyć? – zapytałem. – Sądziłem, że jesteś…

– To moja postać świetlna – wyjaśniła, robiąc kilka kroków w naszą stronę. – W pewnych częściach statku znajdują się emitery, które pozwalają mi przybrać formę fizyczną, tak bym mogła wchodzić w interakcję ze światem ożywionym.

Lex wyrwała rękę Hitchensowi i podbiegła do Atheny.

Ta się schyliła i uśmiechnęła do dziewczynki.

– Witaj.

– Cześć, mam na imię Lex.

– Rzeczywiście? – zapytała ta dziwna kobieta.

Nie mogłem nie dostrzec łączącego ich podobieństwa. Miały identyczne włosy i oczy.

– Ładna jesteś – stwierdziła Lex.

– Dziękuję ci, Lex. Ty też jesteś niezwykle urocza – odparła Athena.

– Zaczyna mnie to przyprawiać o gęsią skórkę – szepnąłem do Abby.

– Jace, cicho bądź – burknęła.

– A dla ciebie nie jest to co najmniej dziwaczne? Spójrz na nie. Mogłyby być siostrami.

– Przestań!

Athena położyła rękę na plecach Lex.

– Wasz kapitan ma rację – powiedziała, patrząc na nas. – Lex i ja rzeczywiście mamy pewne cechy wspólne.

– T-to znaczy... – wydukał Hitchens. – Obie jesteście... jesteście tego samego rodzaju... osobą?

– W żadnym razie – odparła Athena. Zerknęła na rozpromienioną Lex. – Ona jest istotą organiczną, tak jak wy, natomiast łączy nas wspólna przeszłość. – Dotknęła kasku dziewczynki; jej dłoń przeniknęła przez materiał i Athena przesunęła palcem po głowie Lex. – Jesteśmy pozostałościami po tym, co mogło być.

– Twoje słowa nie mają żadnego sensu – rzuciłem, po czym wziąłem Lex za rękę i odciągnąłem ją od tej kobiety, tej Kognitywnej. – Lex wychowała się daleko stąd. Aż do dzisiaj nie mieliśmy pojęcia, że to miejsce istnieje. Jak mogłybyście być ze sobą związane? Jak to w ogóle możliwe, że to wszystko istnieje? Kim ty, kurwa, jesteś, paniusiu?

W moim uchu rozległ się wysoki dźwięk. Najwyraźniej nie tylko w moim, bo wszyscy się wzdrygnęliśmy. Nagle ucichł i zastąpiły go głośne wyładowania. Wydawało mi się, że słyszę ja-

kieś pojedyncze słowa, jakby ktoś krzyczał podczas burzy śnież-
nej.

– Kapitanie... słyszy... statek... tam!

– Freddie?! – zawołałem. – Fred, słyszysz mnie?

– Sły... pan... lecieć...!

– Jasna cholera! – krzyknąłem.

Athena uniosła rękę, jakby coś oferowała, a potem wskazała
na ścianę obok mnie.

– Chwileczkę. Wasz przekaz jest zakłócany przez pole elektromagnetyczne Tytana.

– Da się to wyczyścić? – zapytałem.

– Wydaje mi się, że tak.

– ... pitanie, czy pan sły...? Proszę o odpowiedź!

– Freddie, jestem! – odparłem. – Słyszysz mnie?

– Tak, proszę pana! Głośno i wyraźnie! Proszę powiedzieć,
że wie pan, co się dzieje.

– Tylko trochę, ale nic się nie martw. Chyba... – Zerknąłem
na Athenę, która przyglądała mi się ze spokojnym uśmiechem. –
Wydaje mi się, że nic nam nie grozi.

– Nie wydaje się pan tego taki pewny. Powinienem się martwić?

– Nie mów mi, jaki się wydaję, Freddie. Czekajcie na statku
w gotowości i już!

Abigail parsknęła.

– To mu powiedziałeś.

– Nie testuj mojej cierpliwości, mniszko – odparłem, unosząc
brew.

Hitchens podszedł bliżej Atheny.

– Nie ma pani nic przeciwko, że zadam jej pewne pytanie?

– Wprost przeciwnie – zapewniła go Athena. – Uwielbiam

rozmowy. Sporo czasu minęło, odkąd miałam okazję rozmawiać z człowiekiem.

Doktor kiwnął głową i uśmiechnął się nerwowo.

– Rety, od czego zacząć? Przypuszczam, że pierwszym, o co powinienem zapytać... Czy ten statek... czy jesteście z Ziemi? To stamtąd tu przylecieliście?

Uśmiechnęła się.

– O tak, doktorze. Pochodzę stamtąd zarówno ja, jak i statek. Oboje jesteśmy z Ziemi, aczkolwiek muszę przyznać, że wiele wieków minęło od czasu, kiedy widziałam ją po raz ostatni.

– Wieków? – zapytał Hitchens. – Ile dokładnie ma pani lat?

– Od mojego przyjścia na świat minęło dokładnie dwa tysiące dwieście sześćdziesiąt lat – odparła Athena.

Zagwizdałem.

– Kurde, Hitchens. Niepotrzebnie o to pytałeś.

– Wolno mi zapytać, czy szukaliście Ziemi? To dlatego tu przybyliście? – zapytała Athena.

Tym razem odpowiedzi udzieliła Abigail.

– Podążaliśmy za czymś, co uznaliśmy za mapę. Zamiast zaprowadzić nas na Ziemię przywiodła nas tutaj, do tego układu. Wygląda na to, że się pomyliliśmy.

– Wprost przeciwnie – zapewniła Athena. – Nasze spotkanie jest konieczne do waszego odkrycia Ziemi. To powód, dla którego zezwoliliśmy wam na dostęp do tego statku.

– Wiedzieliście, że jej szukamy? – zapytałem.

– Tak, kapitanie. Prawdę mówiąc, właśnie dlatego zabrałam was ze Slipspace.

– To byłaś ty? – zdziwiła się Abigail.

– Częściowo. Udało mi się was namierzyć tylko dzięki aktywacji klucza.

– Czego? – zapytałem.

– Czy nie chodzi pani przypadkiem o pewien niewielki przedmiot ukryty w zamkniętym pudełku? – zapytał Hitchens. – Lex bawiła się dzisiaj czymś takim.

– Pański opis jest trafny – odparła. – To narzędzie komunikacyjne, aczkolwiek pełni wiele funkcji. Dzięki jego aktywacji oraz waszej niedalekiej odległości od Tytana udało mi się was namierzyć. Gdybyście znajdowali się dalej, mogłoby nie dojść do naszego spotkania.

Lex podskoczyła z podekscytowaniem.

– Mam to tutaj! W kieszeni! – Próbowała ściągnąć kask i w końcu udało jej się wcisnąć guzik odbezpieczający zamknięcie.

– Hej, zaczekaj, mała – burknąłem, wyciągając rękę w jej stronę.

Lex odsunęła się i zdjęła kask, potem zaś zabrała się do rękawów.

– Zdejmie mi to pan – rzekła, ciągnąc za skafander.

– Proszę – powiedziała Athena. – Nie ma powodów do obaw. Na tym statku jesteście bezpieczni. Atmosfera jest w pełni funkcjonalna i niezależna.

Lex udało się rozpiąć zamek.

– Uch, czemu to takie trudne?

Spojrzałem na Abigail, która wzruszyła niepewnie ramionami. Hitchens tak samo.

„A co tam", pomyślałem i wypiąłem także swój kask.

Zaczerpnąłem powietrza. Było normalne, choć nieco czystsze niż na Gwieździe.

– Jest w porządku – powiedziałem w końcu. – Aż jestem zaskoczony.

– Tego rodzaju obiekty nie stają się zatęchłe – wyjaśnił Hitchens, także zdjąwszy kask. Przestrzeń świetnie sobie radzi z konserwacją i zapobiega gniciu.

Lex wyjęła z kieszeni artefakt i z radosnym uśmiechem zaprezentowała go Athenie.

– Nie mogę uwierzyć, że to zabrałaś – rzekłem.

– Jest ładne – odparła Lex takim tonem, jakby to wszystko wyjaśniało.

Athena wzięła od niej urządzenie i uważnie mu się przyjrzała.

– Wygląda na w pełni sprawne. Wiele opuszczających Tytana statków zabrało ze sobą takie właśnie urządzenia, aby pozostać ze sobą w kontakcie. Zdziwiłam się, kiedy się okazało, że na waszym statku obecne są dwa.

– Dwa? – zapytał Hitchens, patrząc na mnie.

– Możliwe, że pierwsze zachowałem – odparłem z lekkim uśmiechem.

Athena także się uśmiechnęła.

– Muszę pana pochwalić, kapitanie, za perspektywiczne myślenie. Dzięki temu urządzeniu udało mi się wyśledzić wasze położenie. I także w taki sposób możemy kontaktować się z waszym statkiem.

– Jak to? – zapytałem.

– Chwileczkę. – Przyłożyła urządzenie do pobliskiej ściany, przez co się rozjarzyło. Po krótkiej chwili spojrzała na mnie. – Proszę teraz mówić, a pańska załoga pana usłyszy.

– Mówić? Chcesz, żebym ot, tak do nich mówił? Ale oni nie…

– Kapitanie?! – zawołał przestraszony Freddie. – Czy to pan? Gdzie pan jest?

– Freddie? – zapytałem. – Słyszysz mnie?

– Pewnie, że słyszę! Gdzie jesteście? Widzicie to dziwne światło emitowane przez powierzchnię? To przez was?

– Dziwne światło? Znowu się pojawiło? – zapytała Abigail.

– Zostało reaktywowane – wyjaśniła Athena. – Ten proces to część procedury przerzucania energii, która jest konieczna do tego, aby sieć energii jądrowej zachowała równowagę.

– Pobieracie energię od planety? – zapytała Abigail.

– Tę sieć energetyczną na powierzchni zainstalowano przed wieloma wiekami. System gromadził energię jądrową i czekał na aktywację. Aż do teraz korzystam wyłącznie z tej rezerwowej energii.

– Więc jeśli dobrze rozumiem – odezwał się Hitchens – to kiedy Lex dotknęła wieży, aktywował się transfer ze znajdujących się pod ziemią generatorów do tego statku. Zgadza się?

– Mniej więcej – przytaknęła Athena.

– Hej! Jest tam ktoś? Czyj to głos? Słyszę kobietę – rzucił Freddie.

Nachyliłem się ku przytwierdzonemu do ściany urządzeniu.

– Sorki, Fred. Znajdujemy się w środku księżyca i rozmawiamy z mającą dwa tysiące lat kobietą o sekretach wszechświata. Daj mi chwilkę, okej?

– Co takiego?!

Już-już miałem zadać Athenie kolejne pytanie, kiedy nagle znieruchomiała. Ściana za nią zamigotała, prezentując obraz pustej przestrzeni nad planetą.

– Przepraszam – powiedziała. – Wygląda na to, że zbliżają się kolejne statki.

– Kolejne? – zapytała Abigail.

Athena odwróciła się w stronę ekranu i w tym samym momencie pojawiło się na nim sześć sarkonijskich statków.

– Czy to osoba, o której myślę? – zapytała Abigail.

– Chodzi ci o tę psycholkę z blizną? Sądząc po uszkodzonym kadłubie, to raczej tak – odparłem.

– Mam zrozumieć, że te osoby to wrogowie? – zapytała Athena.

– O tak – potwierdziłem.

Do ekranu podeszła Lex i przyglądała się, jak sarkonijskie statki coraz bardziej zbliżają się do Gwiazdy.

– Oho – rzekła i podniosła na mnie wzrok.

Położyłem jej dłoń na głowie.

– Ty to powiedziałaś, mała.

24

– Eee, halo? – zawołał Freddie. – Chyba mamy problem.

– No co ty! Siggy, słyszysz mnie?

– Potwierdzam – odparł Sigmond.

– Rozmieść tarcze, bierzcie dupę w troki i schowajcie się za tym księżycem!

– Już się robi, proszę pana.

– O rety – jęknął Hitchens. – Musieli lecieć za nami tym tunelem.

– Tak i nie. Widzieliście, w jaki sposób się pojawili? Musieli ominąć przerwanie i lecieć do następnego Punktu Wylotu – wyjaśniłem. – Mają lepsze silniki, niż sądziłem.

– Tytan nie jest jeszcze przygotowany na konflikt zbrojny – powiedziała Athena. – Mam szczerą nadzieję, że się opamiętają.

– W razie ataku nie jesteście w stanie walczyć? – zapytałem.

– Nie mamy rezerw energii, aby dokonać porządnego ataku. Niemniej tarcza działa z osiemdziesięcioprocentową wydajnością. Na jakiś czas powstrzyma ich atak, o ile nie pojawią się nie-

233

przewidziane okoliczności. Tyle że takie środki obronne nie będą wieczne. Tytan ma swoje ograniczenia.

– Musimy umieścić Gwiazdę wewnątrz tej tarczy – oświadczyłem.

– Eee, kapitanie, jeden ze statków wysyła do nas przekaz – odezwał się Freddie.

– Siggy, możesz ich połączyć? – zapytałem.

– Tak jest. Proszę zaczekać.

Przez chwilę panowała cisza.

– Kapitanie Hughes – odezwał się pełen determinacji, znany mi głos. – Tutaj major Mercer Equestri. Ktoś chciałby z panem rozmawiać.

– O czym ona, u licha, mówi? – mruknąłem.

– Ha… halo? Kto to? – To był głos dziewczyny. – O-oni mają mojego ojca! Proszę, niech ktoś…

– Przestań ględzić! – warknęła Mercer. – Powiedz im, kim jesteś.

– M-mam na imię C-Camilla. Proszę, niech ktoś pomoże…

– Słyszał pan, kapitanie? – zapytała Mercer. – Dziewczyna, ta, którą ukradł pan z sarkonijskiej przestrzeni. Jest tutaj, niecałe dwa metry ode mnie. Jej ojciec też tu jest.

– Do kurwy nędzy – zakląłem. – Ta kobieta działa mi na nerwy.

– Co powinniśmy zrobić? – zapytał Freddie.

– Niech z wami dalej rozmawia. Powiedzcie, że już idę do kokpitu albo coś w tym rodzaju – odparłem.

– Pan… pan chce, abym się tym zajął? – wyjąkał.

– Po prostu zrób to, Fred! Potrzebuję chwili, aby się zastanowić.

Nie mogłem ugiąć się przed tą psychopatką. Co nie znaczy,

że zgodziłbym się na jej warunki. Musiało istnieć jakieś rozwiąza-
nie. Zawsze tak było, jeśli tylko wystarczająco uważnie się rozej-
rzało. Musiałem na razie sprawić, aby zwolniła. Musiałem…

– Już wiem! – wykrzyknąłem. – Athena, jak konkretnie działają te wiązki światła? Da się pochwycić większe statki niż ten,
którym tu przybyliśmy?

– To zależy od wielkości statku – odparła.

– A takie? – Wskazałem na ekran.

Ponownie na chwilę znieruchomiała, po czym wyraźnie się
odprężyła.

– Tak, wiązki nośne Tytana są je w stanie utrzymać, tyle
że nie na długo.

– O jakim czasie mówimy? Jak długo?

– Mniej więcej dziesięć minut, zależnie od aktualnych pozio-
mów mocy.

Dziesięć minut. Niewiele. Udałoby nam się wkroczyć na ich
statek i odbić dziewczynę i jej ojca, jednocześnie odpierając atak
porządnie uzbrojonych żołnierzy? Może, ale mogło się zrobić nieciekawie.

– Będziemy potrzebować waszego sprzętu i podwózki. Da się
tak zrobić?

Athena kiwnęła głową.

– Mogę odesłać was na wasz statek w tym samym pojeździe,
którym tu przybyliście.

– Kapitanie, chyba nie sugeruje pan, że dokonamy szturmu
na ich statek? – zapytał Hitchens.

– My? Nie, tylko ja i Abigail. Wy nie macie odpowiedniego
przeszkolenia.

– Spodziewasz się, że we dwoje poradzimy sobie z całą żołnierską załogą? – zapytała Abigail. – Lubię wyzwania, owszem, ale to mi wygląda na misję samobójczą.

– Wolno mi coś zasugerować? – wtrąciła Athena.

Wzruszyłem ramionami.

– Jasne.

– Tytan dysponuje zbrojownią. Jako że nie posiadacie cech Lex, nie będziecie w stanie w pełni z niej korzystać. Być może jednak przyda wam się coś w rodzaju osobistej tarczy.

– Macie zbrojownię? – zapytałem. – Czemu wcześniej nie powiedziałaś? Szybko, pokaż, co tam się kryje.

– Proszę za mną.

– Chwileczkę – rzuciłem. – Siggy, otwórz linię, tak by Mercer mnie słyszała. A wszyscy pozostali mają siedzieć cicho.

– Linia jest aktywna, proszę pana.

– Mercer, jeśli mnie słyszysz, tutaj Jace Hughes.

– Ach, kapitanie, no proszę – odparła. – Cieszę się, że moja propozycja wywołała pańską reakcję.

– Mercer, na pewno dobijemy targu. Wypuść tych dwoje i może ten dzień nie będzie wcale taki zły. Chętnie się poddam. Tylko proszę, żebyś mnie nie zabijała.

– Więc zgadzasz się na moje warunki? Mądre posunięcie. Niech ten wasz statek wyleci zza księżyca i przygotujcie się na nasze wkroczenie na pokład.

– Daj mi dziesięć minut, a potem poddam się.

– Dziesięć minut – powtórzyła. – Ale jeśli spróbujesz uciec albo zaatakować, wydam moim statkom rozkaz zniszczenia twojego. Mam gdzieś, czy stracimy to dziecko od was. Wszystkich pozabijam.

– Rozumiem – odparłem. – Niedługo się odezwę.

– Połączenie przerwanie – powiedział Sigmond.

– No dobrze. – Spojrzałem na Athenę. – Pokaż mi tę tak zwaną zbrojownię.

Zbrojownia okazała się ogromna, a wzdłuż ściany znajdowały się ciężkie szafy. Próbowałem otworzyć pierwszą z brzegu, nie dałem jednak rady. Według słów Atheny mógł to zrobić tylko zarejestrowany mieszkaniec Tytana, a ja nim przecież nie byłem.

Athena dotknęła mojego ramienia i wzdłuż mojego ciała pojawiło się jasnoniebieskie światło. Wisiało nade mną niczym ubranie, jakieś trzy centymetrów od ciała.

A potem zniknęło.

– Co to było? – zapytałem.

– Wzmocnienie osobistej tarczy. Aktualny limit to trzydzieści pięć procent.

– Co to oznacza?

– Pole będzie przyjmować pociski, ale proszę o ostrożność. Ten sprzęt nie ma pełnej wydajności i wytrzyma tylko dwa lub trzy ataki.

– Powinno wystarczyć – rzekłem, patrząc na Abigail.

Jej ciało się rozjarzyło, kiedy Athena aktywowała drugą tarczę. I tak samo jak w moim przypadku trwało to tylko sekundę czy dwie.

Gdy już byliśmy gotowi, wróciliśmy do zatoki dokującej, tej samej, gdzie wylądowaliśmy. Czekał tam nasz trójkątny statek, tyle że teraz odwrócony był w stronę wyjścia. Athena wyjaśniła, że z powodu naszej niemożności sprzężenia się ze statkiem proces lotu będzie automatyczny. Tego ostatniego nie byłem pewny, czy dobrze rozumiem, za to reszta wydawała się wystarczająco jasna. *Rączki trzymajcie przy sobie, dzieci, i pozwólcie, aby ta szalona pani od komputera zajęła się sterowaniem.*

Nim weszliśmy do statku, odciągnąłem Hitchensa na bok.

– Musi pan tu zostać z Lex, doktorku.

– Zostać? A po cóż, kapitanie?

– To zbyt niebezpieczne, Hitch. Musi pan zapewnić Lex bezpieczeństwo. Jeśli wpadnie w łapska Sarkonian lub Unii, nie ujdzie z tego z życiem. To miejsce... nie wiem, czym jest ani co o nim sądzić... ale widzę, że jest bezpieczniejsze od Gwiazdy. Choć mówię to z ogromną niechęcią.

– Dobrze pan myśli, kapitanie. Zrobię, o co pan prosi. Tylko proszę nie dać się zabić.

Kiwnąłem głową i dołączyłem do Abigail, która czekała już w statku. Gdy drzwi się zamknęły, usłyszałem głos Lex.

– Dokąd oni lecą? Dlaczego my zostajemy?

Nim zdążyłem usłyszeć odpowiedź Hitchensa, drzwi się zaplombowały.

Gdy już zadokowaliśmy się na Zbuntowanej Gwieździe, Athena przywołała swój statek z powrotem na Tytana, a ja wydałem Freddiemu rozkaz wyprowadzenia nas zza księżyca.

– Rozumiesz plan, tak? Wylatujesz, kiedy Athena użyje wiązek światła i unieruchomi sarkonijskie statki. Obieramy za cel statek główny, ratujemy Bolina i jego córkę, a potem stąd spierdalamy.

Freddie pokiwał głową, a Abigail rzuciła mu karabin.

– Przyda ci się, jeśli nam się nie uda i Sarkonianie spróbują przejąć statek.

Z pewną dozą niepewności zmierzył wzrokiem broń.

– O-kej, dzięki.

– Dasz sobie radę, Fredericku – zapewniła go.

– Gdzie Octavia? – zapytałem.

Staliśmy w salonie i spodziewałem się, że ona też tu się zjawi.

– Jest z Alphonse'em – odparł Freddie. – Chłopak czuje się już lepiej, ale musiała zmienić mu opatrunki.

– Jeszcze z tego nie wyszedł?

– Z tego, co mi mówiła, doznał dość poważnego urazu czaszki.

– Cóż, teraz nie możemy zawracać tym sobie głowy. Siggy, przygotuj się na realizację planu, który ci przedstawiłem.

– Tak, proszę pana. Będę go realizował z największą dokładnością. Proszę być spokojnym.

– Świetnie. – Wziąłem głęboki oddech. – Wszyscy gotowi?

Abigail uniosła karabin.

– Wystarczy, że rzucisz hasło.

– Athena? – zapytałem. – Słyszysz mnie?

– Tak – odparł głos. Zaskoczyła mnie jego głośność. – Aktywuj wiązkę za pięć sekund. – Spojrzałem na Abigail. – Pora zabić paru cholernych Sarkonian.

25

Zbuntowana Gwiazda pofrunęła w stronę statków, celując w ten, który znajdował się w samym środku niewielkiej floty.

– Wystrzel, kiedy będziesz gotowa, Athena! – rzuciłem, kiedy znaleźliśmy się na tyle blisko, aby użyć broni.

Z powierzchni Tytana wystrzeliło kilka wiązek takich jak ta, która nas ku niemu przywiodła. Zbiegły się w jednym punkcie, tworząc gigantyczny promień światła. Prześlizgnął się przez otchłań między nami i trafił w sarkonijskie statki, wszystkie pochłaniając.

Gdy tak się stało, my byliśmy już prawie na miejscu. Jeśli miało się udać, musieliśmy się spieszyć.

Zaczęło się odliczanie.

– Dawaj, Siggy – poleciłem, nie tracąc ani chwili.

Mój statek zbliżył się do głównego statku wroga, wysunął klamry i się zadokował.

– Nadpisuję wewnętrzne systemy obronne – oświadczył Sigmond. – Śluza się otworzy…

Drzwi z obu stron rozsunęły się i dwaj Sarkonianie puścili się biegiem w moją stronę. Razem z Abigail odruchowo ich zastrzeliliśmy, nim zdążyli choćby przekroczyć próg naszego statku.

– ... teraz – dokończył Siggy.

– Taa, dzięki! – burknęła Abigail.

– Gotowa? – zapytałem, wyjmując z kabury drugi pistolet. Ten, który zabrałem ze Spiketown.

Kiwnęła głową.

– Chodźmy uwolnić tę rodzinę.

Wypadliśmy ze śluzy i znaleźliśmy się w sąsiadującym z nią korytarzu. Sarkonianin ruszył na Abigail, próbując wziąć ją z zaskoczenia, ale skończyło się to złamaniem nosa rękojeścią karabinu. Wpadł na ścianę i Abigail zafundowała mu kulkę w środek czoła.

Szedłem dalej, wiedząc, że mniszka jest zaraz za mną. Drugą sekcję stanowił korytarz z kilkoma pomieszczeniami, co oznaczało więcej okazji do tego, aby zostać zaatakowanym. Przeszukaliśmy pierwsze cztery.

Kiedy dotarliśmy do piątego, Abigail chwyciła mnie za rękaw i przytrzymała. Spojrzałem na nią z konsternacją, ona jednak wskazała na podłogę. Tuż pod drzwiami widać było dwa cienie. Kiwnąłem głową i pokazałem, aby się odsunęła pod ścianę. Tak zrobiła, ja zaś wcisnąłem guzik otwierający drzwi.

Ten idiota w środku oddał strzał od razu, kiedy drzwi się poruszyły.

Abigail i ja znajdowaliśmy się po obu stronach drzwi, plecami do ściany. Wysunąłem rękę i strzeliłem mu prosto w brzuch. Kiedy się zaczął osuwać, Abigail wychyliła się i wykończyła go strzałem w głowę.

Wkrótce dotarliśmy do końca korytarza. Gdy skręciliśmy

w stronę środkowej części statku, zaskoczyła mnie grupka trzech żołnierzy. Bez wahania zaczęli strzelać, a my bez wahania odskoczyliśmy.

Padliśmy na ziemię i wycofaliśmy się do korytarza. Usłyszałem w uchu głos Atheny:

– Tarcza zredukowana do dwudziestu procent.

Zostałem trafiony w nogę i jarzyła się teraz na niebiesko.

Abigail kucnęła tuż za węgłem, nisko trzymając karabin.

Byliśmy w pułapce, co oznaczało, że albo będziemy musieli przebić się przez nich, albo poddać się i odejść.

– Jakieś pomysły? – zapytała mnie.

– Tylko jeden – odparłem. – Pora zrobić użytek z tych tarcz.

Kiwnęła głową.

– Ty masz być nisko, ja się wyprostuję. Pozostań blisko ściany, żebyś w razie czego mogła się schronić.

Wyjrzałem zza węgła i zobaczyłem, że jeden stoi z wycelowaną bronią, dwaj pozostali zaś zdążyli podejść bliżej nas. Jeden trzymał przed sobą tarczę. Widać, że się przygotowali.

No ale my też.

Wyskoczyłem przed nadchodzących żołnierzy i strzeliłem do pierwszego, nim ten zdążył mnie dostrzec. Kiedy się z nim zderzyłem, chwyciłem go za rękę i pchnąłem na tego z tarczą, dzięki czemu żaden z nich nie mógł porządnie we mnie wycelować.

Abigail wystrzeliła zza rogu, trafiając mężczyznę z tarczą w bok. Jej tarcza zamigotała, kiedy żołnierz na końcu korytarza nieprzerwanie strzelał w jej stronę.

– Uciekam! – zawołała i ponownie schowała się za węgłem.

Uniosłem pistolet i przyłożyłem lufę do brody żołnierza. Próbował mi się wyrwać i sięgnąć po swoją broń. Nie było mu to dane. Strzeliłem mu prosto w czaszkę i z tryskającą z nosa krwią upadł przede mną.

Ten z tarczą także się przewrócił. Zabrałem mu tę tarczę i uniosłem w samą porę, aby odeprzeć ostrzał ich kolegi.

Usłyszałem głos mówiący mi, że zostało tylko dziesięć procent. Czyli nawet nie wiedziałem, że zostałem trafiony.

Parłem do przodu, a z boku tarczy wystawiałem lufę. Ostatnią kulę wystrzeliłem w stronę trzeciego żołnierza. Trafiła go w udo i mężczyzna padł na kolano, próbując jeszcze unieść karabin. Nim to zrobił, sięgnąłem do boku i z drugiego pistoletu oddałem strzał w jego czoło, rozwalając mu czaszkę. Z głuchym odgłosem padł na ziemię.

Przeładowałem broń.

– Myślisz, że już prawie jesteśmy? – zapytała Abigail, ocierając z czoła krople potu.

– Nie wiem – odparłem, wkładając magazynek.

Pomogłem jej wstać. Minęliśmy szybko zwłoki i udaliśmy się w stronę kokpitu.

Gdy zbliżyliśmy się do drzwi, z systemu głośników dobiegł głos:

– Kapitanie Hughes, proszę natychmiast się zatrzymać!

To była Mercer, na pewno z jakimś ultimatum. Zatrzymać się, jasne.

– Jeśli nie zaprzestanie pan swoich działań, wyeliminuję dwoje więźniów. Rozumie pan? To ostatnie ostrzeżenie!

Dotknąłem komunikatora w uchu.

– Gotowy, Siggy?

– Na rozkaz, proszę pana – odparł.

Z bocznej kieszeni wyjąłem gogle, założyłem je sobie na czoło i pstryknąłem włącznik. Abigail zrobiła to samo.

– Zrób to.

Drzwi się rozsunęły i w tym momencie każde światło na statku zgasło.

– Włamanie zakończone sukcesem, proszę pana – powiedział Sigmond.

Nasunąłem sobie gogle na oczy i wszystko znowu stało się jasne, tyle że miało odcień zieleni.

– Do roboty.

Abigail i ja skręciliśmy w korytarz przed nami. Kilkoro Sarkonian próbowało się odnaleźć w ciemności. Wystrzeliliśmy wszystkich po kolei.

Ścieżka zaprowadziła nas prosto do kokpitu, który okazał się przestronny i aktualnie pełen paniki. Kobiecy głos zawołał:

– Zapalić światło! Tersa! Odpowiedz, ty przeklęta AI.

– Obawiam się, że Tersa jest w tej chwili niedysponowana. – Z głośników dobiegał głos Sigmonda. – Jestem Sigmond, ale przyjaciele nazywają mnie Siggy. Pani może mi mówić Sigmond.

– A co to, u licha, takiego?!

Kobieta z blizną na twarzy stała z jedną ręką na balustradzie, w drugiej zaś trzymała pistolet.

Niedaleko od niej dostrzegłem Bolina i jego córkę – trzymali ich dwaj żołnierze. Dotknąłem ramienia Abigail i wskazałem na nich. Ruszyła w ich stronę z uniesionym karabinem.

Rękojeścią walnęła jednego z mężczyzn w policzek, lufę przystawiła do brzucha drugiego i oddała strzał. Zrobiła to w ciągu kilku sekund. Żaden z nich nie wiedział, co się dzieje, dopóki nie padł na ziemię.

– Zabić więźniów! – wrzasnęła Mercer.

Uniosła w ciemności pistolet, celując w stronę Bolina i Camilli. Nic nie widziała, ale i tak strzeliła, trafiając w ścianę za nimi.

Camilla z krzykiem kucnęła i złapała się za głowę.

Pobiegłem w stronę Mercer i zderzyłem się z jednym z jej pomocników, powalając go na ziemię.

Mercer to usłyszała i wycelowała we mnie, po czym oddała strzał. Kula trafiła mnie w ramię, a tarcza zamigotała.

– Pozostało zero procent – powiedziała Athena.

„Cholera", pomyślałem. „Koniec z drugimi szansami".

Wyciągnąłem rękę do jej broni i chwyciłem za lufę w tym samym momencie, gdy Mercer pociągnęła za spust. Kula przeleciała mi obok głowy. W ustach zaczęło mi dzwonić, nie zatrzymałem się jednak.

Uderzyłem jej dłonią o balustradę, próbując ją zmusić do wypuszczenia pistoletu. W tym samym czasie lufę swojego wbiłem jej w bok.

– Rzuć ten cholerny pistolet! – warknąłem.

Próbowała mi się wyrwać.

– Puść mnie, inaczej zastrzelę całą twoją załogę.

– Nie liczyłbym na to, pani major.

Abigail była przy Bolinie i Camilli. Kazała im wstać. Trzecią parę gogli nasunęła na czoło Bolina.

– To wam pomoże – rzekła, aktywując je.

Następnie kazała mu wziąć Camillę za rękę i udać się za nią. Odczekałem, aż cała trójka wyjdzie z kokpitu.

– Zabiję cię, Hughes! – warknęła Mercer, próbując się poruszyć. – Zabiję was wszystkich, zaczynając od tej cudacznej dziewczynki!

Szturchnąłem ramieniem gogle, przesuwając je na czoło. Nagle zrobiło się ciemno, mimo to widziałem twarz Mercer, zaledwie sześć czy siedem centymetrów ode mnie.

Bez ostrzeżenia światła się zapaliły.

– Kontrola odzyskana – rozległ się mechaniczny głos.

Nagle znalazłem się twarzą w twarz z Mercer. Na mój widok jej oczy wypełniły się nienawiścią.

– Niech ktoś go zabije! – warknęła.

– Nie dzisiaj, ty szalona suko – odparłem, następnie wbiłem mocniej lufę w jej bok i pociągnąłem za spust.

Patrzyłem, jak malująca się na jej twarzy wściekłość ustępuje miejsca szokowi, gdy kula wbiła się w brzuch i wyleciała drugą stroną.

Żołnierka poluzowała uścisk dłoni na pistolecie, więc wyrwałem go jej i cisnąłem za siebie. Czułem na sobie spojrzenia wszystkich osób w kokpicie, które odzyskiwały orientację, w końcu świadome mojej lokalizacji.

Obróciłem Mercer i stanąłem za nią, po czym otoczyłem ramieniem jej szyję i przyłożywszy jej broń do boku, powoli zacząłem się cofać.

W tym samym momencie wycelowano we mnie z pół tuzina broni. Ciągnąłem za sobą Mercer przez korytarz.

– Nie zginie, jeśli będziecie się trzymać z daleka! – warknąłem do jej żołnierzy.

Próbowała mi się wyrwać.

– Puszczaj!

Czułem jak krew, mokra i ciepła, wypływa z niej i ścieka mi po udzie. Szybko. Długo nie wytrzyma. Musiałem przyspieszyć.

Gdy ciągłem ją przez korytarz, za nami w stosownej odległości podążało kilkoro jej ludzi. Celowali we mnie z pistoletów i karabinów, lecz nie strzelali. Wiedziałem, że dopóki mam na muszce ich dowódczynię, to nic mi nie grozi.

– Siggy, przygotuj się, aby zamknąć właz – mruknąłem, kiedy zbliżyłem się do zakrętu na korytarzu.

Skręciwszy, poczułem, że ciało Mercer staje się bezwładne. Ręce zwisały jej po bokach.

– Muszę pana poinformować – odezwał się Sigmond – że pojmana przez pana kobieta przestała oddychać.

– Jasna cholera – zakłąłem cicho. Żołnierze nie odpuszczą, ale resztę drogi mogłem przebiec. Miałem kilka sekund, nim wyjdą zza węgła. – Pierdolić to.

Upuściłem Mercer i puściłem się biegiem. Usłyszałem, jak ciało uderza w metalową kratę.

– Gdy tylko wbiegnę, zamknij śluzę! – nakazałem. – Siggy, słyszysz...

Nagle poczułem szarpnięcie w ramieniu, przez co wpadłem na ścianę. Upadłem kilka metrów od drzwi, a górną część ręki obezwładniał mi ból. Miałem już okazję być postrzelonym, więc doskonale wiedziałem, co się dzieje.

Odwróciłem się i zobaczyłem celującego do mnie żołnierza. „Kurwa mać", pomyślałem, wpatrując się w nieznajomego, który zaraz mnie zdejmie. „Myślałem, że jestem szybszy".

Nim zdążył pociągnąć za spust, rozległ się strzał, zaskakując nas obu. Kula trafiła w ścianę za nim, nim jednak zdążył zareagować, kolejna trafiła w jego klatkę piersiową, trzecia w pas, a czwarta w szyję. Upadł na kolana, po czym przewrócił się na bok.

Odwróciłem się i zobaczyłem, że w śluzie stoi Freddie. Trzymał karabin i ciężko oddychał.

– Fred? – zapytałem, nie mając pewności, czy to przypadkiem nie halucynacje.

Chwycił mnie za rękę i pociągnął do tyłu, nie przestając celować w stronę końca korytarza.

– Mam pana, kapitanie!

Dotknąłem ramienia i między palcami poczułem ciepłą krew.

– Ulżyło mi – mruknąłem. – A teraz zabierajmy się stąd.

– Dobry plan, proszę pana.

26

Dotarliśmy do Tytana i zadokowaliśmy Zbuntowaną Gwiazdę. W komunikatorze usłyszałem głos Atheny.

– Kapitanie Hughes, proszę natychmiast wrócić do pomieszczenia obserwacyjnego.

Podczas lotu na księżyc Abigail opatrzyła mi ranę na ramieniu. Bolało jak diabli, ale nie takie rzeczy w życiu się znosiło.

W zatoce dokującej czekał na nas Hitchens. Na widok mojego ramienia wyraźnie się zaniepokoił, machnąłem jednak ręką.

– To nic takiego – zapewniłem, nim zdążył zapytać.

Lex podbiegła do Abigail i mocno ją uściskała.

– Abby!

Za nami wyszedł Freddie, niosąc Alphonse'a, który wyglądał na nieprzytomnego.

Obok nich jechała Octavia. Jako że ona i Fred wcześniej nie widzieli tego miejsca, rozglądali się z szeroko otwartymi oczami.

Ująłem Hitchensa za ramię.

– Sprawdźmy, czego chce Athena.

– Mam iść z panem? – zapytał.

– Oczywiście. To pan jest ekspertem, doktorku. Nie ja.

Kiwnął głową i zaczęliśmy iść.

Drzwi do niewielkiej sali konferencyjnej rozsunęły się. Athena stała w tym samym miejscu, co poprzednio.

– Witamy z powrotem – odezwała się. – Kolejny statek zmierza w naszą stronę. Musi go pan zaklasyfikować, abym mogła dokonać dalszej oceny sytuacji.

– Zaklasyfikować? – zapytałem.

Machnęła ręką w stronę tylnej ściany, na której widać było sarkonijskie statki. Uwolnione od wiązki światła ostrzeliwały tarczę Tytana.

– Oto on – rzekła.

W tym momencie pojawił się gigantyczny statek, niemal w połowie tak duży, jak Tytan. Rozpoznałem go jako Galaktyczny Świt.

– Zdecydowanie wrogowie – oświadczyłem.

– Nie sądzę, aby Tytan wytrzymał atak ze strony takiej jednostki. Nadal nie dysponujemy pełną mocą. Nie będę mogła odpowiedzieć ogniem.

– Co zrobimy, kapitanie? – zapytał Hitchens.

– Musimy się stąd zwijać – odparłem. – Athena, jak szybko potrafi się poruszać ten statek? Damy ich radę przegonić?

– Przy użyciu podstawowych silników Tytan może się przemieszczać z prędkością równą jednej dziesiątej prędkości światła. Jedyne wyjście to użycie Slipspace.

– W tym układzie nie ma tuneli – rzekłem.

Ekran za Atheną pokazał, jak Galaktyczny Świt rozmieszcza swoje statki szturmowe.

– Tuneli? – zapytała Athena.

– Tunelu ślizgu – doprecyzowałem. Kończył nam się czas.

– Ach, ma pan na myśli istniejące korytarze. Proszę wobec tego patrzeć.

Znieruchomiała, lecz tylko na chwilę, i ekran za nią uległ zmianie, prezentując część przestrzeni przed Tytanem.

Pojawiła się szczelina, która przecięła próżnię niczym nóż, odsłaniając zielone światło tunelu ślizgu.

– Tunel? – zapytałem, wpatrując się w niego. – Był tu przez cały czas?

– Nie bardzo rozumiem – przyznał Hitchens.

– Wygląda na to, że wasi ludzie zdążyli zapomnieć wielu rzeczy od czasu, kiedy wasi przodkowie odeszli ode mnie, kapitanie Hughes – oświadczyła Kognitywna. – Ja potrafię nie tylko otwierać istniejące tunele, lecz także je tworzyć.

Tytan ruszył przed siebie, tylko kawałek, i nagle znajdowaliśmy się już w środku nowo utworzonego tunelu.

Spojrzałem na drugi ekran, który pokazywał obszar za nami. Galaktyczny Świt posuwał się w naszą stronę, niewątpliwie także próbując dostać się do tunelu. Nim jednak zdążył to zrobić, szczelina zamknęła się.

Byłem zdumiony tym, co widziałem. Przez całe swoje życie, podczas podróżowania z jednej części galaktyki do drugiej, ani razu nie widziałem statku, który potrafiłby tworzyć własne tunele.

– Proszę być spokojnym – powiedziała Athena. – Jeśli wasi wrogowie będą nas chcieli dogonić, będą musieli poszukać innej ścieżki.

– Dokąd nas teraz zabierasz? – zapytałem.

– Nie ja – poprawiła mnie. – Trasa zależy od pana. – Spojrzała za mnie, a ja obejrzałem się i moim oczom ukazali się Abigail i Freddie oraz Octavia na wózku. – Od was wszystkich – dodała Kognitywna.

Lex przecisnęła się między nimi i wpadła do pomieszczenia. Podeszła do mnie i wzięła mnie za rękę. Odruchowo uśmiechnąłem się do niej.

Odwróciłem się do Abigail.

– Przybyliśmy tutaj nie bez powodu, prawda? Równie dobrze możemy doprowadzić to do końca.

– Zgadza się – odparła, ujmując drugą dłoń Lex. – Nie odpuścimy przecież po tym wszystkim, przez co przeszliśmy.

– Pomimo wszystkiego, co udało wam się osiągnąć, ścieżka będzie naszpikowana trudnościami – ostrzegła Athena. – Podróż będzie długa. Tytan potrzebuje napraw i paliwa. To nie będzie proste. Jesteście pewni, że chcecie kontynuować?

Kiwnąłem głową.

– Zróbmy to, co od początku było naszym zamiarem. – Spojrzałem na pradawną Kognitywną. – Athena, obierz kurs na Ziemię.

EPILOG

Stałem obok Octavii w niewielkim pomieszczeniu. W jednej ręce trzymała igłę, w drugiej pistolet.

Jeśli leżący na łóżku mężczyzna przesunie się choćby o kilka centymetrów, dostanie kulkę w sam środek mózgu. Jeśli będzie grzeczny, może pozwolę mu żyć.

Bądź co bądź Alphonse nie tak dawno uratował małą dziewczynkę. Zasłużył na możliwość pozostania przy życiu.

Komisarz uchylił powieki. Na jego twarzy malowało się oszołomienie. Jako pierwszą dostrzegł broń Octavii; potem jego spojrzenie prześlizgnęło się na mnie. Zgodnie z moimi przewidywaniami dokonał szybkiej oceny sytuacji, bo nawet nie zapytał, co tu robimy z wycelowanym w niego pistoletem. Zamiast tego wyrzucił z siebie:

– Gdzie ja jestem?

Stanąłem w nogach jego łóżka.

– Sporo się wydarzyło w trakcie, kiedy spałeś.

Zaczął siadać i Octavia szybko uniosła pistolet. Posłała

mu spojrzenie mówiące, że jeśli będzie coś kombinował, zrobi się nieprzyjemnie. Alphonse zmierzył wzrokiem lufę, po czym skinął lekko głową i ponownie się położył, aby móc mi spojrzeć w oczy.

– Później do tego przejdziemy – kontynuowałem. – Na razie pora, aby dorośli porozmawiali sobie, tylko nasza trójka. Dasz radę?

Wpatrywał się we mnie długą chwilę, a jego klatka piersiowa miarowo unosiła się i opadała. Nie potrafiłem ocenić, czy jest przestraszony, czy zdenerwowany.

– Co to miałaby być za rozmowa? – zapytał w końcu.

– Taka, podczas której ty opowiadasz mi różne rzeczy – odparłem. – Taka, podczas której ja zadaję pytania, a jeśli ty udzielasz właściwych odpowiedzi, to może pozostajesz przy życiu.

Alphonse zamrugał zielonymi oczami i przez chwilę analizował moje słowa. W końcu cicho westchnął.

– Dobrze – rzekł. – Co chce pan wiedzieć?

OD AUTORA

Sporo się wydarzyło w czasie, kiedy pracowałem nad tą książką. Najpierw zachorowałem i po raz pierwszy od trzech lat musiałem się udać do lekarza. W czasie mojej rekonwalescencji we Florydę uderzył huragan Irma, fundując połowie stanu brak prądu, zniszczenia i powodzie. Można powiedzieć, że to były miesiące pełne chaosu.

Co nie znaczy, abym pozwolił, by mnie to powstrzymało. Znajdowałem się przecież w połowie książki i nie mogłem przestać pisać. Tego wieczoru, kiedy nadciągnął huragan, naładowałem baterię w laptopie i na wszelki wypadek upewniłem się, że mam przejściówkę, aby podpiąć go w samochodzie. Dobrze zrobiłem, bo prądu nie mieliśmy przez jakiś tydzień, a to początkowe naładowanie wytrzymało tylko pięć godzin. Dość powiedzieć, że sporo czasu spędziłem na tylnej kanapie w samochodzie, starając się skończyć tę książkę w ustalonym terminie. Ciekawe doświadczenie.

Mimo wszystko miałem szczęście. Kiedy po uderzeniu huraganu przejechałem się z kolegą po mieście, okazało się, że wiele domów zostało zniszczonych, a powódź zmyła z mapy całe drogi, zabierając ze sobą okoliczne domy. Jeśli chcecie zobaczyć zrobione przeze mnie zdjęcia, zapraszam na mój Instagram. W życiu nie widziałem niczego równie niszczycielskiego, choć mieszkam na Florydzie prawie całe życie.

Pomijając ten aspekt, praca nad książką sprawiała mi ogromną przyjemność. Zawsze fascynowały mnie elementy badawcze science fiction i pragnąłem wlać swoją fascynację w tę serię. Gdy Jace i jego ekipa kontynuują poszukiwanie Ziemi, odkrywają różne interesujące rzeczy, na przykład pętlę startową, dzięki której udaje im się dostać na księżyc.

Co więc czeka naszą załogę? Cóż, zważywszy na tytuł trzeciej części, *Renegat. Księżyc*, z pewnością się domyślacie. Nasz zespół lepiej pozna tajemnice swojej nowej bazy, jej oryginalnych mieszkańców i odpowiedzi na dotychczasowe pytania. Sporo się już dowiedzieliśmy w temacie wszechświata, niemniej dużo zostało do odkrycia. Choćby pochodzenie Lex, jak również prawda o tym, w jaki sposób ludzkość straciła kontakt z Ziemią. Wszystko zostanie wyjaśnione w kolejnym wstępie do serii Renegat.

A tymczasem wysokich lotów, Renegaci.

J.N. Chaney

PS. Amazon nie powie wam, kiedy się ukaże kolejna część, ale możecie się tego dowiedzieć z wielu innych źródeł.

1. Dołącz do grupy na Facebooku, JN Chaney Renegate Re-

aders, i się przywitaj. To świetne miejsce dla czytelników sci-fi, którzy lubią się pośmiać.

2. Obserwuj mnie bezpośrednio na Amazonie. Aby tak zrobić, wejdź na mój profil autora i kliknij w button pod moim zdjęciem. To sprawi, że Amazon będzie Cię powiadamiał e-mailowo o ukazaniu się nowej książki.

3. Możesz się zapisać na moją listę mailingową, klikając **tutaj**. Dzięki temu będę z Tobą w bezpośrednim kontakcie i otrzymasz dostęp do darmowych opowiadań.

Robiąc jedną z tych trzech albo wszystkie trzy rzeczy, będziesz miał pewność, że dowiesz się o publikacji każdej nowej książki.